杨庆祥 主编
新坐标

在这故事世界

乔叶 著

魏华莹 编

江苏凤凰文艺出版社

图书在版编目（CIP）数据

在这故事世界 / 乔叶著；魏华莹编. —南京：江苏凤凰文艺出版社，2023.9
ISBN 978-7-5594-6394-4

Ⅰ.①在… Ⅱ.①乔…②魏… Ⅲ.①中国文学-当代文学-作品综合集 Ⅳ.①I217.1

中国版本图书馆 CIP 数据核字(2021)第 243027 号

在这故事世界

乔 叶 著　魏华莹 编

出 版 人	张在健
责任编辑	李 黎　项雷达
特约编辑	王 怡　郭 幸
责任印制	刘 巍
出版发行	江苏凤凰文艺出版社
	南京市中央路 165 号，邮编：210009
出版社网址	http://www.jswenyi.com
印　　　刷	苏州市越洋印刷有限公司
开　　　本	880 毫米×1230 毫米　1/32
印　　　张	8.25
字　　　数	200 千字
版　　　次	2023 年 9 月第 1 版
印　　　次	2023 年 9 月第 1 次印刷
标准书号	ISBN 978-7-5594-6394-4
定　　　价	56.00 元

江苏凤凰文艺版图书凡印刷、装订错误，可向出版社调换，联系电话 025-83280257

新时代，新文学，新坐标

杨庆祥

编一套青年世代作家的书系，是这几年我的一个愿望。这里的青年世代，一方面是受到了阿甘本著名的"同时代性"概念的影响，但在另外一方面，却又是非常现实而具体的所指。总体来说，这套"新坐标"书系里的"青年世代"指的是那些在我们的时代创造出了独有的美学景观和艺术形式，并呈现出当下时代精神症候的作家。新坐标者，即新时代、新文学、新经典之涵义也。

这些作家以出生于1970年代、1980年代为主。在最初的遴选中，几位出生于1960年代中后期的作家也曾被列入，后来为了保持整套书系的"一致性"，只好忍痛割爱。至于出生于1990年代的作家，虽然有个别的出色者，但我个人认为整体上的风貌还需要等待一段时间，那就只有等后来的有心人再续学缘。

这些入选的作家都是我们这个时代的新青年。鲁迅在1935年曾编定《新文学大系小说二集》，并写有长篇序言，其目的是彰显"白话小说"的实力，以抵抗流行的通俗文学和守旧的文言文学。我主编这套"新坐标书系"当然不敢媲美前贤，但却又有相似的发愿。出生于1970年代以后的这些作家，年龄长者，已经50多岁，而创作时间较长者，亦有近30年。他们不仅创作了大量风格各异、艺术水平极高的作品，同时，他们的写作行为和写作姿态，也曾成为种种文化现象,在精神美学和社会实践的层面均提供着足够重要的范本。遗憾的是,因为某种阅读和研究的惯性,以及话语模式的滞后,对这些作家的相关研究一直处于一种"初级阶段"。具体来说表现在以下几个方面。第一,单个作家作品的研究比较多,整体性的研究相对少见;第二,具体作品的印象式批评较多,深入的学理研究较少;第三,套用相关的理论模式比较多,具有原创性的理论模式较少;第四,作家作品与社会历史的机械性比对较多,历史的审美的有机性研究较少;第五,为了展开上述有效深入研究的相关史料的搜集、整理和归纳阙失。这最后一点,是最基础的工作,而"新坐标书系"的编纂,正是从这最基础的部分做起,唯有如此一点一点地建设,才能逐渐呈现这"同代人"的面貌。

埃斯卡皮在《文学社会学》里特别强调研究和教学对于文学"经典化"的重要推动。在他看来,如果一部作品在出版 20 年后依然被阅读、研究和传播,这部作品就可以称得上是经典化了——这当然是现代语境中"短时段经典"的标准。但是毫无疑问,大学的教学、相关的硕博论文选题、学科化的知识处理,即使是在全(自)媒体时代依然发挥着不可替代的历史化功能。编纂这部书系的一个初衷,就是希望能够为大学和相关研究机构的从业者提供一个相对全面的选本,使得他们研究的注意力稍微下移,关注更年青世代的写作并对之进行综合性的处理。当然,更迫切的需要,还是原创性理论的创造。"五四一代"借助启蒙和国民性理论,"十七年"文学借助"社会主义新人"理论,"新时期文学"借助"现代化"理论,比较自洽地完成了自我的经典化和历史化。那么,这一代人的写作需要放在何种理论框架里来解释和丰富呢?这是这套书系的一个提问,它召唤着回答——也许这是一个"世纪的问答"。

书系单人单卷,我担任总主编,各卷另设编者。需要特别说明的是,所有的编者都是出生于 1980 年代以后的青年评论家、文学博士。这是我有意为之,从文化的认领来说,我是一个"五四之子",我更热爱和信任青年——即使终有一天他们会将我排斥在外。

　　书系的体例稍做说明。每卷由五部分组成:第一,代表作品选。所选作品由编者和作者商定,大概来说是展示该作者的写作史,故亦不回避少作。长篇作品一般节选或者存目。第二,评论选。优选同代评论家的评论,也不回避其他代际评论家的优秀之作。但由于篇幅所限,这一部分只能是挂一漏万。第三,创作谈和自述。作家自述创作,以生动形象取胜。第四,访谈。以每一卷的编者与作者的对话为主体,有其他特别好的访谈对话亦收入。第五,创作年表。以翔实为要旨。

　　编纂这样一套大型书系殊非易事。整个编纂过程得到了各位编者、作者和江苏凤凰文艺出版社的大力支持,尤其是张在健社长和青年编辑李黎老师的大力支持!在此向付出辛苦劳动的各位同代人深表谢意。其中的错讹难免,也恳请读者和相关研究者批评指正。记得当初定下选题后,在人民大学人文楼的二楼会议室召开了第一次编务会,参会的诸君皆英姿勃发,意气风扬。时维夜深,尽欢而散。那一刻,似乎历史就在脚下。接下来繁杂的编务、琐屑的日常、无法捕捉的千头万绪……当虚无的深渊向我们凝视,诸位,"为什么由手写出的这些字/ 竟比这只手更长久,健壮?"生命的造物最后战胜了生命,这真是人类巨大的悖论(irony)呀。

　　不管如何,工作一直在进行。1949 年,作家路翎在日记中写道:"新的时代要浴着鲜血才能诞生,时间,在艰难地前进着。"而沈从文则自述心迹:"我不向南行,留下在这里,为孩子在新环境中成长。"70 年弹指一挥间,在这套"新坐标书系"即将付梓之际,我又想起苏联作家帕斯捷尔纳克的一首诗《哈姆雷特》:

　　　　喧嚷嘈杂之声已然沉寂,
　　　　　此时此刻踏上生之舞台。

倚门倾听远方袅袅余音，
从中捕捉这一代的安排。

敢问，什么是我们这一代的安排？

是为序。

2019. 2. 16 于北京
2020. 3. 27 再改
2023. 7. 11 改定

目录

Part 1　作品选　　001

散文　　003

　　乡村夜色　　003

　　吴堡笔记　　007

短篇小说　　014

　　语文课　　014

　　指甲花开　　036

　　煲汤　　084

　　黄金时间　　097

　　锈锄头　　119

　　头条故事　　159

Part 2　评论　　　　　　　　　　　　　　185

从"寓言"到"传奇"——致乔叶　　　　　　187

乔叶小说创作论　　　　　　　　　　　　　202

Part 3　创作谈　　　　　　　　　　　　221

沙砾或小蟹——创作杂谈　　　　　　　　223

Part 4　访谈　　　　　　　　　　　　　231

我的文学基因——乔叶、魏华莹对谈　　　233

Part 5　乔叶创作年表　　　　　　　　246

Part 1

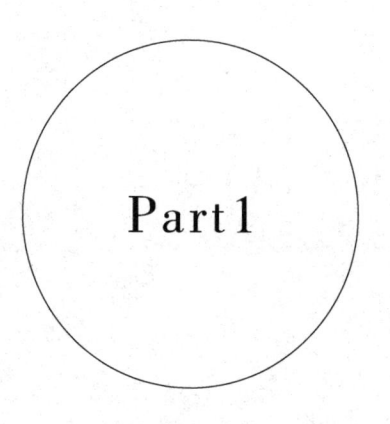

作品选

散　文

乡村夜色

1990年，我师范毕业，回到老家乡下教书，教书的镇子离我的村子三里地。上的虽然是中师，但好歹是在大城市焦作上的，所以自己觉得很有一些见识，行事做派也颇有些文艺，比如读书看报写信弹吉他等等，一时改不掉，也压根儿没打算改，在村里人眼里，便说这是"带样儿"了。

其中最带样儿的，便是散步。

在焦作，散步不叫散步，叫"游一游"，也可能是"悠一悠"，反正就是这个音儿，音调是阴平。当时觉得真是土气，现在读来却觉得倍有诗意。"游一游"时，如鱼在水。"悠一悠"时，如荡秋千。——嗯，相比之下，我还是更喜欢"游一游"。

散步的习惯是在学校养成的。每天晚饭后会和投契的同学沿着操场走几圈，一边说闲散话一边消食。在乡村，晚饭吃得早，吃完也才刚刚暮色四合，最适合散步。

我便出去。

去干啥呀？

游一游。

有啥？

我明白过来，便正色道：走走路。

锻炼呐？

嗯。

年纪轻轻，怪知道保养身体呢。

嗯。

这样的问答很是无聊，所以是绝不能在村里多待。我便朝村外走。村里通往镇上有一条路，是最大的路，宽展平直——如今想来也不过是条双车道而已。我就在这条路上走。白天在这条路上，是为了去学校上课。晚上在这条路上，却只是为了游一游。

不时会碰上晚归的村人，见面依然是要打招呼的。即使夜色深浓，他们看不清我的面目，也是要执着地打个招呼。

是不是二妞呀？

嗯。回来啦。

回来啦。你这是去哪儿啊？

……

无比烦人。可是又不能走那些偏僻的小路。小路上总归是不安全的，会有蛇，有青蛙或者蛤蟆，树叶也多。

更有意思的是，有闲话渐渐传来，说我有心事。不然黑漆漆的，不在家里好好看电视，去荒天野地的大路上走啥呢？有心事，这在乡村，算是风评不良的含蓄前奏，接下来，要么会说你精神有问题，要么会说你品行不端正。母亲和奶奶断然不能容忍这个,便试图阻拦我。我不肯妥协,寻思了一下,便游说了几个同龄的女孩子,晚上一起出去。居然成功了。

现在想来,那些乡村女孩子虽然整日脸朝黄土背朝天地劳作,就生活表象而言和我差异颇大,但骨子里,她们也和我一样,都有一颗文艺的心。只是她们比我胆怯。她们也很想出去"游一游",就等一把外力。我便是很适合的那种外力。作为吃皇粮的公办教师,我的身份可谓是"乡村贵族",我去邀请她们,在她们看来很有面子,家里人都不好反对。而我有了她们的陪伴,便人多势众,在行为的正当性上也更有了说服力。

母亲和奶奶都不说什么了,村里人也都不说什么了。游一游,渐渐就成了村里年轻人的一种风尚。女孩子们出来了,男孩子们也都出来了,邻村的女孩子们和男孩子们也都出来了。你能想象么?这样的夜晚散步,成了一种心照不宣的集体约会。没有路灯的乡村路上,或浓或淡的夜色里,一个又一个身影,一群又一群身影,他们走过来,走过去。女孩子们说着衣裳和化妆品,有些矫情地娇笑着,男孩子们故作成熟地抽着烟,打火机明明灭灭……有时候还会唱起歌来,唱当时最流行的歌:《梅花三弄》《大海》《路边的野花不要采》《童年》……这边女孩子们唱,那边男孩子们也唱,比赛似的,此起彼伏,有时候居然还会合唱起来。却也常常唱不到头儿就笑场了。

暗夜里应该是看不清面貌的,但互相之间却分外熟悉起来。远远地看见那个身影,就知道是他或者她,他们或者她们。待到了白天，辨识也更容易。

一两年之后，这些男孩子和女孩子里，有几个谈了恋爱，也有几对订了婚，还有一对结了婚——结婚的人，他们就不出来了。也有男孩子喜欢上了我，去我家提亲。我断然拒绝了。怎么可能呢？我怎么可能长长久久地在乡村待着呢？我暗暗地觉得，他的提亲简直就是对我的侮辱。我觉得自己注定是要到更大的世界去"游一游"的。这乡村路上的"游一游"，于这个早就下决心要逃离乡村的女青年而言，不过是对往昔城市生活的重温和致敬，也不过是对未来城市生活的抚摸和预习。

在这样的乡村夜色里，我散了四年的步。1994年，我调到了县城。县城有好几条主干道，每条主干道上都有路灯，县城的人都喜欢散步，我再也不是一个异类，也再也不用开风气之先了。我的颇有点儿浪漫色彩的乡村散步史，便也到此为止——我必须诚实地承认，之所以回忆起来有点儿浪漫，是因为此时已经成为回忆，且是乡村局外人的无耻回忆。有一首歌，是叫《小芳》吧："村里有个姑娘叫小芳……"我非常清楚，自己文字里的这种乡村夜色，是另一种意义上的小芳。

吴堡笔记

吴 堡

吴堡在陕北，属于榆林市，扼秦晋要冲。因此我从郑州到吴堡，却在山西拐了个弯儿：先乘高铁到西安，再从西安飞吕梁，在吕梁下了飞机，坐车过黄河到吴堡。我问了订票的会务为何如此，他的回答简明扼要：离吴堡最近的机场是吕梁，而不是榆林。

之前我到过三次陕北，都是去延安。这是我第一次来吴堡。吴堡的堡，音同补。但在路标和景点介绍文字上，见到多处汉语拼音的标注却是 bao，于是大家开玩笑说，堡字在这里应当这样拼啊：b—ao—bu。

县城只有一条大街，只有四万多人。整个吴堡县的人口也不过八万多——我老家豫北修武县在河南是数得着的小县，也有将近三十万人呢。很多高楼直矗矗地扎在岩石上，看得我触目惊心。于是委婉地问:"这些房子……安全性还好吧?"

答曰:"好着呢。"

从数字看,吴堡很小,但从气势看,吴堡很大。

窑　洞

酒店在县城的郊外,名叫同源堂,是依着整面山坡建造的窑洞式酒店。刚进房间的时候,我还担心这酒店只是做个窑洞的样子,进去之后就放心了:这是真的窑洞,只有一面采光。

这也是我第一次住窑洞。炕很大,足够四五个人睡。两床蓝白格的新褥子,罩着雪白的新床单。大红缎子棉被,雪白的被里,没有被罩。仔细闻一闻,还有棉花的温暖清香——新被子。床帷子墙画的样式是很明艳的喜鹊登梅。炕桌上摆着一碟子干红枣,一碟子南瓜子,一碟子小黄瓜。我脱鞋上炕,想象着炕烧起来的时候该有多么滚热,便兀自笑起来。

按捺不住欢悦,便发了微信朋友圈,众人纷纷议论,说有洞房的感觉。洞房,洞房——窑洞,新房,没有比这房子更符合洞房的实义了吧。遗憾的是,洞房里该有新郎新娘的,这个洞房里却只有我一个旧娘。

饭后的黄昏,我坐在廊下,看着对面的山坡,圪梁梁上有一个人,蹲在那里。应该是个男人吧。他看着我,我也看着他。其实我很想请他唱几句信天游,可是我说不出口。

枣 树

在吴堡，无论走到哪里，都能看到枣树。悬崖畔，城墙边，漫山遍野都是枣树。在这五月之末，每一棵枣树都在开花，淡黄色的清雅小花——简直不像是花，太朴素了。枣叶比一般的树叶子都要绿得嫩、绿得浅，如阳光下的少年，或者少女。而黑褐色的枝丫显得这叶子和花几乎是半透明的。

枣花这么繁盛，枣子的收成也一定很好吧？这可不见得。暮春盛夏，吴堡的雨水不少，到了雨季，绝大多数的花都会被雨打风吹去，只是枉自开。就是不枉自开，结了果，到了收枣子的时节，也不好收的。吴堡极少平地，枣树不好攀爬采摘，多是在树下打。而等到费力打下，也有多少枣子不知会散落到哪里去。

但怎样的艰难都妨碍不了这些枣树，她们该开花的开花，该结果的结果。

在一道浅浅的山谷里，我远远地看见了一座天蓝色的简易小屋，小屋旁边是一摞摞蜂箱。我看了很久。在我心里，所有的养蜂人都是神秘的，这些沉默的人，他们有一种巨大的权力：统治着成千上万的蜜蜂和蜂蜜，负责着最卑微最琐屑也最忠贞的甜。

这是五月的吴堡，频繁的风雨还没有到来，养蜂人正在和蜜蜂们商量，所有的枣花都在等待。

黄河二碛

在很多地方我都看到过黄河，黄河都是那副样子：平平的，缓缓的，很好欺负的样子。在吴堡，起初也是如此。一路走来，经常可以看到黄河。莫非是春天的缘故？远远地看去，黄河不黄，还有些绿莹莹的意思，这使得它更像是一条普通的河。

怎么可能普通呢？有人说：什么时候都不能小看黄河。老虎病了也不是猫。

我没有小看它。从不敢小看它。

去二碛看看吧。有吴堡的朋友悠悠地提议。

碛是什么意思？他们说是河滩。既然有二碛，那一碛呢？是壶口。

二碛连个标志都没有，但是到了那个地方，我们就都知道了：这个二碛，就是黄河的二碛。这必须是黄河的二碛，也只能是黄河的二碛。

你以为河很窄么？那是你离得远。你以为河很静么？那是你离得远。前仆后继的大浪，声嘶力竭的大浪，不屈不挠的大浪——它们不仅是浪，它们就是河流本身。滔滔的巨浪如狮虎怒吼着，进入河道深处。而在河道深处，更是暗流汹涌。

这就是黄河。当你走近，再走近，你会晕眩，你会恐惧，你会知道，这才是黄河的根本性力量。

在敬畏中，我突然涌起一种要把自己扔进去的冲动。如果我把自己扔进去，那我会顺流而下，经潼关和风陵渡到河南么？再过三门峡、小浪底和桃花峪到花园口么？

这条河，似乎能把我带回故乡。可是，我知道：回不去的。沉重的肉身在沿途会被鱼虾分食，会被那些水库的大坝拦阻。哪怕轻盈成一具白骨，也只能以河床为墓。

你回不去的。回不去。也好，以此为借口，作为一个胆怯之徒，我不会把自己扔进去。

还是窑洞

几天里，看了很多窑洞。我终于知道，自己住的窑洞，是最时尚的、最好的。

那些破败的、空荡无人的窑洞啊，仿佛是死了。它们活着的时候，是什么样子的呢？那些箍窑的主人们呢？当他们依坡选址，剖崖凿土，一点一滴地建着这些窑洞时，哪一户人家不曾有着活泼泼鲜灵灵的热望？当他们兴致勃勃地裱窑掌，盘炕，垫脚地，垒锅台，请工匠在门楼上雕刻吉祥图纹，在方格子窗棂上贴上洁净的白纸……他们一定是想着要长长久久地在这里柴米油盐，生儿育女。所有的细节都是他们的心劲儿，要把日子千秋万代过下去的强韧心劲儿。

——在我眼里，这些窑洞都是有性别的。她们都属雌性，她们都是母亲。你看，窑洞的样子不就是子宫么？她们分娩和养育着人们的一切：无数的昼夜，不尽的悲喜，难以丈量的梦想和记忆。

可是母亲会老，窑洞也会老。这些被放弃的窑洞，都是老死的母亲。而她们的孩子,都在远方。

挂　面

张家山的人们住的也是窑洞,这里的窑洞却生龙活虎。《舌尖上的中国》来这里拍过传统的手工挂面制作,我看过那一集,印象深刻。不知道为什么,看得眼泪汪汪的。

现在,这里每家每户每天都在忙着做挂面,教游客做挂面也是他们的一种日常。比如此刻,面已经成了小拇指般的粗条,一圈一圈地在盆里窝盘好,两根长木棍一左一右伸在我的眼前。我学的环节是像纺线一样把面缠上架。婆婆们缠得轻巧敏捷,看着容易。我有样学样,分明是小心翼翼,却做得破绽百出。总是用力一过,面就断了。这面,需得不徐不疾,举重若轻——想来,就轻和重而言,举轻若轻、举重若重和举轻若重都是容易的,难的就是举重若轻啊。

缠好的面还要挂在廊下,再抻细,让它阴干。《舌尖上的中国》里的画外音如是说:"……撑面杆从中间精准分开,面的柔韧与重力的合作恰到好处。160 根一挂,能拉长到 3 米,银丝倾泻,接受阳光和空气最后的塑造。"最后的塑造之后呢?裁长为短,包装为挂面。

廊下的架子高高的,像晾衣架。他们把面挂上,我能做的就是把面抻细。这可是一个有趣的活儿。我把撑面杆横穿在面的底部,往下抻。他们让我使劲儿,我就使劲儿。有多大劲儿使多大劲儿。好吧,使劲儿,使劲儿!面断了一些?不要紧。把抻断的面捡起来,直接下锅煮个半熟,再拌上肉和洋葱炒一下,这饭名叫"炒挂面头"。

土豆和洋芋，黄土和柳青

晚上读酒店为客人准备的《柳青纪念文集》，看到贾平凹谈柳青的两面：深植于本土的民间气息和中西兼备的现代性学养，忽然想起土豆和洋芋。在吴堡，每一顿饭里都有土豆：蒸土豆，洋芋擦擦，土豆粉，土豆炖粉条……土豆就是洋芋，这个我早就知道，只是来了吴堡，忽然觉得这更有意思起来。这两个名字，一个是域外来风，一个是乡情浓厚。细细想来，很多优秀的作家其实都有这两面：既是土豆，又是洋芋。

柳青先生是吴堡人。一路走来，他便一直是个关键词。听了很多他的故事，对他有了极其出乎意料的了解和理解。以前谈到他的时候，我总是动不动就可以长篇大论一番，在吴堡，更全面地知道了他之后，反而不敢轻易说什么了。我怕轻易地言说会让自己陷入武断、粗暴和不敬——轻易地言说必然会陷入武断、粗暴和不敬。

临走前的早晨，在酒店里的亭子旁边，我抚摸了一下坡上的黄土。这怀抱着窑洞的黄土，我知道它很柔软，可是它也很密实。让我惊讶的是，它还很硬，像柳青的文字一样硬，像他文字的气息一样硬，怎么说呢，简直是有着石头的质地。

短篇小说

语文课

1

刘小水是从前门进去的。一进去,她就知道自己走错了。不该走前门的。不过都快二十年没进过教室了,也难怪。校园里刚刚响过标志着上课的音乐钟。钟声消逝的瞬间,世界总是格外安静。全屋子的人都顺着开门声齐刷刷地看着她,那么多粉扑扑的小脸蛋啊,头发都一般般的黑,眼睛都一般般的亮,都明铿铿地照着她,仿佛每个人的眉毛下都点着两盏小灯,把她照得都有些恍惚了。

她的富丫头,在哪里呢?

"您是谁的家长?"一个仿佛被熨斗熨过似的平展的声音。刘小水闻声转向讲台,一个年轻的女老师正微笑着看着她,一脸的礼貌和知识。

刘小水有些慌了,她道:"哦,富丫头……余富。"

老师笑了,孩子们也都笑了,叽叽喳喳地一起朝一个角落看去,一屋子的小脑袋在转向的瞬间形成了一个漆黑黑的目光通道,刘小水的眼睛顺着通道溜过去,就在通道的终点看见了富丫头。富丫头有些不好意思地趴在了课桌上,一边小声道:"去,去!看啥看?!"

"请在后面就座。我们马上要开始上课了。"老师伸出右手,做了个请的姿势,然后把脸转向孩子们,"同学们,请打开课本,翻到第121页,今天我们学习第二十一课《真想变成大大的荷叶》……"

窸窸窣窣的翻书声波浪一般响起,总算没有人看自己了。刘小水松了一口气,连忙朝教室后面走去。孩子们坐得可真挤啊,过道可真窄啊。刘小水侧着身子,将手里的袋子高高地拎起来,走到最后,左右瞅瞅,没位子。她转脸又去看她的富丫头,富丫头冲她努努嘴儿,哦,在富丫头的身后,最靠南的窗户边儿,有一个小小的凳子,那是富丫头给她留着的呢。她连忙挤过去,坐下来。

富丫头扭头看了看她手里的袋子,用眼睛狠狠地剜了她一眼,才又转过身去。老师已经开始朗读课文了:

夏天来了,

夏天是位小姐姐。

她热情地问我:

想变点儿什么?

……

刘小水笑了。这写书的人可真会写。女老师很年轻,齐刘海,马尾辫,一对小酒窝时隐时现,很白,阳光似的那种白。上身一件黑毛衫,下身是条黑裙子,颈上却绕搭着一条白丝巾,看起来素净俏丽，还有几分说不清道不明的神仙气儿。声音也好听，清清爽爽，甜甜脆脆。那个味道，让刘小水不由得想起一道自己调拌的拿手小菜：凉拌萝卜皮儿。

2

窗户台子不高。刘小水把右胳膊支在窗台上，又把脸支在手上。阳光透过窗户，罩住她的半边身子和半边脸。阳光很好。她不由得把整个脸都转了过去，凑向这阳光。这阳光像什么呢？阳光就是阳光。她知道。可坐在教室里，她就不由得想起上学时候老师叫自己造句的情形来。比喻句，拟人句，排比句……这阳光，到底像什么呢？像温热的酒么？像薄薄的丝绵么？她的眼睛眯起来，感到自己的眼皮儿先是一阵炫亮，然后慢慢被点燃了，一点点地热起来，红起来，热得越来越深，红得也越来越深……

她打了个盹儿，从袋子里取出一个"甜蜜蜜"，放进嘴巴里。平日里劲儿不足的时候她就往嘴里放块"甜蜜蜜"。甜物能领精神。"甜蜜蜜"的老名字叫"梅豆角"。今儿一早起来，买了菜，将小菜的料都备齐了，她就开始揉面、熬糖、擀角、灌浆，一直炸到这会儿……七斤面能炸出十斤梅豆角。在县糕点厂当工人的时候，这是刘小水最会做的甜点，她炸得真是好呢，一个个饱嘟嘟的，真像熟透了的梅豆。最开始在燕庄卖这个东西时，她还沿袭着老规矩，叫它梅豆角，卖得不怎么好，每天只有四五斤的量。后来还是富丫头说她学校附近有个摊子卖的也是这，人家却不叫梅豆角，而叫"甜蜜蜜",人家就卖得好。"洋气得很呢。有个电影,有个电视剧,还有个歌儿,都叫甜蜜蜜!"富丫头说。她想了想,也就改叫了"甜蜜蜜",一下子就卖到了七八斤。

当然,今天手里这一大袋可不是自己当零嘴儿的,是给老师带的。家离学校不远,两站路,富丫头已经在这儿读两年书了,每学期都有请家长来听的公开课,她是第一次来。她这次要不来,富丫头说她就真生气了。"不跟你玩儿了。"富丫头说。富丫头现在是班长了,家长不来,就格外没面子。"班长要给同学们做榜样,你是班长的家长,也该给同学们的家长做榜样。"她吧嗒着小嘴说。

于是,她就做榜样来了。榜样没做成,先用迟到给富丫头的面子打了个巴掌。这事儿弄的。

3

教室是三间。有暖气,有空调,讲台右边是台饮水机,饮水机上方是台大电视。刘小水抬头看了看天花板,不由得笑了:当然没有水印子。怎么可能有水印子呢?这省城的学校,怎么会跟她当年读书的村小一样,滴答滴答地漏雨呢?倒是密密麻麻的一堆棒管,她数了数,十八支。富丫头说天阴的时候老师就会全部打开,整个教室就雪亮雪亮的。

课文也不一样了。二年级,自己那时候学的是什么课文来着?《你办事,我放心》?《好好学习,天天向上》?《我爱北京天安门》?《毛主席万岁》?《董存瑞炸碉堡》?《小英雄雨来》?《小萝卜头》?《八角楼上》?《鸡毛信》?《我的战友邱少云》?《草原英雄小姐妹》?《一件珍贵的衬衣》?《飞夺泸定桥》?《十里长街送总理》?……似乎除了英雄就是领袖,都是些响当当的人物。对了,还有动物,《乌鸦喝水》《小猫钓鱼》《小马过河》《小猴子下山》《小白兔与小灰兔》……富丫头一年级的课文她也看过,第一篇就把她镇住了,叫《人有两个宝》,只一遍她就背了下来:"人有两个宝,双手和大脑。双手会做工,大脑会思考。用手又用脑,才能有创造。"没事的时候,她就喜欢在心里默背这篇课文。越背越觉得人家怎么说得那么好啊,怎么就好像把所有人一辈子的事都说清楚了似的呢?

忽然,她觉得肩背有些酸痛,牵扯得心里也有一块地方软软地酸痛起来。就是这样。一闲下来,那些平日里躲着的毛病就来了,所以除非睡觉,她一般不让自己闲下来。干活的时候不过是身子累,闲下来的时候却是心累。

我想变成透明的雨滴,
睡在一片绿叶上;
我想变成一条小鱼,
游入清凌凌的小河。
……

刘小水又笑了。变成雨滴?这倒是自家男人说的话呢。是他跟她说的第一句话。机械厂紧挨着糕点厂,他就在机械厂上班。上班的时候是厂挨厂,下班的时候是村挨村,前后脚在一条路上走,每天都挂个面儿,就是没说过话。那天她下了班,走到半路上下了小雨,春末梢的雨,不冷。她正骑着车,忽然他就赶了上来,和她并排骑着车,还是不说话。一直不说。雨下得真是静啊,路边的田野绿得也静,她的心都跳到脸上了,也快到分手的路口了,他才说:"我想变成雨。"然后,他便贼一般慌慌张张地走了。刘小水愣在雨里。他想变成雨?变成雨干什么呢?去浇地?到底什么意思呢?莫不是神经了?脑子有毛病?她反复思忖着,最后都疑心自己听错了。回到家里,娘在门口迎她,接过车子就埋怨:"也不快点儿骑,小雨怕慢路,你看你,一身雨!"一瞬间,刘小水忽然明白了他的话,她湿淋淋地扑倒在床上,笑了起来。

然后呢?然后两人就成了家,他可不就是一条鱼了么?只是他这鱼可不是小鱼,怎么说呢?该是电视上看过的鲨鱼吧?猛着呢。多少个夜晚,他凶巴巴的,像要撕吃了她一样……在他身下,她可不就成了一条河么?

再然后,他们在县城安了家,生了儿子余钱,两人的厂子却先后关了门。都不甘心回去,又想再要个孩子,就一窝子来到了省城,扎根在了这名叫燕庄的城中村。燕庄多的是他们这样的人家。"为的就是两个字:计和生。"房东大姐说,"是躲计生,也是讨生计。"

如今,一晃都八年了。

4

……

我想变眨眼的星星,

我想变弯弯的新月。
　　最后，
　　我看见小小的荷塘，
　　真想变成大大的荷叶。
　　……

　　老师还在念。不，这一句她不喜欢。她隔着富丫头的脑袋，远远地看着她的课本。课本上还画着几片绿绿的荷叶。这荷叶她也不喜欢。也说不出为什么，就是不喜欢。她看了一眼手里的"甜蜜蜜"，两斤的分量是有的，一斤卖三块半，这一袋子"甜蜜蜜"值七块钱。昨儿她跟富丫头商量了，富丫头立马就说："你可别丢我的人！"她气噎了半天，才想起来问："怎么就丢你的人了？你是嫌这东西土气？不值钱？"富丫头说："我不喜欢你送礼！太低塌！"——"低塌"是老家的方言，刘小水估摸放到书面上，应该约等于卑微，或者是贱。

　　她又看了一眼这一袋子的"甜蜜蜜"。七块钱的东西，说到净本儿也就是五块。做生意时间长了，她见一样东西就爱算算本儿算算利，成了习性。没法子，活一天就得跟钱打一天交道。柴米油盐，房租水电，进货卖货……每天一睁开眼，就得想着今天得挣够多少才算有了自家的本儿。自家的倒也罢了，好歹心里有个谱儿，最怕的是额外伸来的那些个手，娘家的，婆家的，亲戚的。"在省城都开着买卖呢，手头活便……"是啊，手头是活便，可锅再大也搁不住窟窿多啊。都以为她有钱，她哪有那么多？暑假里，儿子余钱帮她做生意，在夜市上算账算得飞快，边算边对她说："妈，你给我起的名字可真好，人人都离不开。你仔细听听，谁说哪句话不带个钱？"

她就留出一只耳朵，一听还真是。

"烩面多少钱？"

"三块。"

——这是烩面摊儿上的。

"老板，多搁点儿醋！"

"不是我心疼醋钱，再搁就不是那个味儿了……"

——这是酸辣粉摊儿上的。

"老板，来，帮我们照张相！"

"中啊。再挤一挤，再挤挤，好咧，说：茄——子——"

——这是麻辣串摊儿上的。刘小水暗暗寻思：这几位可没说钱。可好像就是为了驳她，一个女孩子顿时叫了起来："说什么茄子啊，早就 OUT 了！现在流行说的是：抢钱！我们一起来说：抢——钱——"

有一段时间，她总是收到假票。一张假票到手，一天就白忙活了。小本生意，这个亏他们真是吃不起。于是每天晚上忙完了，她就开始练功夫：摸钱。她闭上眼睛，像瞎子一样摸。五毛也就算了，一块的就不能放过。练到最后，她的眼前开始飘着一张张印着伟人像的百元钞：绿色的，紫色的，月蓝色的，土黄色的，绿色的，红色的……这些百元大钞她可是太熟悉了。票子就在她眼前飘着，伟人的笑就在她眼前和气着，本来有心想抓，可她看着，就不敢了。她心里明白：这些可不是钞票上印的画儿，能一抓一卷地塞到口袋里。可这么多钞票在眼前晃着，她心里真痒痒。又没有人看见——

这可是她的梦啊,她的梦可没有旁人进来啊。她刘小水就有这个本事,在梦里还知道自己是做梦。既然是梦,反正是梦,那抓一把应该没关系吧?她看看左右又看看前后,都是一团团浑浑噩噩的雾,像在掩护她似的。她就壮了壮胆子,伸出了手……

胳膊被狠狠地捅了一下,刘小水一激灵,睁开了眼睛。

"妈!"在一片喧闹的读书声中,富丫头小声呵斥。刘小水笑了笑。她捏出一个"甜蜜蜜",又放进了嘴里。旁边一个穿裙子的女家长斜了她一眼,轻轻道:"上课不准吃东西。"

刘小水停止了咀嚼。她紧紧地绷住嘴巴,将"甜蜜蜜"默默地含住,含到后来,腮帮子都有些疼了。

5

"请注意,坐正了!挺直了!安静了!"老师绷紧了嘴角,带着一点点微笑,静静地看着教室。教室马上跟着老师静下来。仿佛老师的静是一个神秘的旋涡,能吸进去全班的静。突然间,老师说话了:"下面我们开始开火车!哪一组先当火车头?"

"我们!"

"我们!"

"我们我们我们!"

孩子们举起的手臂如一片突然生长出来的小树林。孩子们的叫声如树林里叽叽喳喳的小鸟。老师把右手的食指竖在唇边,用口型做出一个"嘘",然后笑道:"第一组!"

一小撮孩子们发出一阵胜利的欢呼。

老师又环视了一遍教室,郑重其事地张开了嘴巴:"热——"

"热乎乎!"——"热门!"——"热天!"——"热水!"——"热菜!"——"热汤!"——"热烈!"——"热心!"——"热心肠!"……

听着听着,刘小水就明白了。原来是接力组词比赛。竖着为一组。孩子们一个个站起,又一个个坐下,小椅子随着孩子们的动作唧唧呱呱地响着。有性急的孩子早早就站了起来,紧张地等待着属于自己的庄严时刻,仿佛自己嘴里含着的词是一颗烫烫的炭,早一点吐出就早一点不烧自己的舌头。而一旦听到自己琢磨的词被别人说着了,他们马上就会发出响亮的叹息声。

开着开着,孩子们就把火车开远了:"热狗!"——"热人!"——"热钱!"——"热牌!"——"热辣!"——"热舞!"——"萨拉热窝!"

孩子们还没什么,家长们倒轰地笑了。老师笑着做了个停止的手势,道:"都很好,下面这个词从第二组开始,透——"

"透气!"——"透明!"——"透明装!"——"透光!"——"透透的!"——"透漏!"——"看透!"——"说透!"——"想透!"——"湿透!"——"透湿!"——"透视!"——"湿透透!"——"透透湿!"

最后几个像是绕口令,说着说着孩子们就又笑了。

老师竖起了右手的食指,仿佛有一个字已经站在了指尖上:"游——"

"旅游!"——"游览!"——"游人!"——"游客!"——"上游!"——"中游!"——"下游!"——"游伴!"——"游牧!"——"游船!"——"游湖!"——"游园!"——"游荡!"——"游击!"——"游击队!"——"游击战!"……孩子们的声音如一朵朵无形的花,肆无忌惮地开放在空气中,这个字他们似乎格外有感觉,老师似乎也格外想试试孩子们的本事似的,任由他们说开去。不知道说了多少,也不知道说了多长时间,仿佛全班的孩子们都说了一遍了,火车却还在往前开着。直到刘小水又打了个盹儿醒过来,孩子们还在争斗着,不过争斗的节奏明显慢了下来,如大年夜的鞭炮放到了最后几声,零零星星地炸着:"游戏机!"……"游戏规则!"……"游刃有余!"……"游手好闲!"……"游山玩水!"……"游方和尚!"

连游方和尚都冒出来了。老师笑起来,正要做出停止的手势,一个孩子突然叫道:"游泳!还有游泳没有说!"

接着,鞭炮的鸣响骤然又热烈起来:"蛙泳!""蝶泳!""仰泳!""自由泳!"……

"等等!"老师终于忍不住了,"我们说的是游,怎么跑到泳上了?"

教室里又爆炸一般笑起来,或许是因为后面坐着家长,一些小家伙故意笑出几分夸张的兴奋,要不是老师用目光压着他们,他们肯定就蹿到桌子上去了。

"不过,也难怪同学们会对这个字特有感觉。这个字是我们的新朋友,还是新朋友里长得最复杂的最难写的一个。大家可以仔细认识认识它。"老师说着,转身在黑板上一笔一画地写出了一个大大的"游"字,边写边道:"请注意我的笔顺哦。按笔顺写出来的字才会好看哦。我们古人写信的时候常说:见字如面。字,就是我们的另一张脸,我们可要让我们的这张脸又帅又靓哦……"

6

安静的教室越发显得暖和了。教室里的气味品种很齐全:女孩子们轻轻的汗腥味儿,男孩子们酸酸的汗臭味儿,妈妈们的香水味儿、面霜味儿、油烟味儿,爸爸们的皮革味儿、烟味儿、酒味儿,爷爷们和奶奶们散出来的老年人特有的霉腐味儿……

隔过富丫头的肩膀头儿,刘小水看见她已经写到了"穿"字。富丫头的字敦实大方,周周正正,耐看得很。随着富丫头的笔,刘小水也用手指在膝盖上一笔一笔地写着。已经很久没有这么写过字了。写这无用的字——可不是么?平日里写字都是有用的。银行存取款签名,给富丫头的卷子签名,租房协议签名,给进货的老板留联系方式签名……已经多少年没有单单为写字而写字了?像现在这样?

远远地看着富丫头课本上的那些字,她忽然觉得那些字都有些不像那些字了。似乎不是少了一个点儿,就是多了一个钩,一派奇奇怪怪的模样。这是怎么了?怎么这些字都跟自己这么生分了?好歹自己也是上过高中的人呢。燕庄这么多小摊主里,平日就数她买报买得多呢。她忽然又想起富丫头给她讲字的事情来。那天晚上的饭桌上,说起了写字,富丫头问她:"妈,你知道咱们的字都是怎么来的么?"

"仓颉造的呗。"她说。很有些得意。那些个小摊主,有几个知道仓颉呢?

"那是传说。仓颉一个人不可能造那么多字,"仿佛印书一般,富丫头一板一眼地说,"我们的汉字是几千年来人民群众集体智慧结的晶。"

"那你说说,人民群众到底又是怎么结的晶?"刘小水忍住笑问。

"是画来的。"富丫头说,"你想想,山不是山样?水不是水样?火不是火样?"

"可不是么?一是一样,二是二样,三是三样,万还是万样呢。"她抢白她。常常地,抢白富丫头是她的一种享受。

富丫头没回嘴,只是用食指蘸上水杯里的水,在饭桌上写了三个并排的"木"字。

"我看出来了,一个木是木样,两个木是林样,要是把这个木放到这俩木上头,那就是一个森样了。"刘小水依然打趣。

富丫头依然没还嘴,她默默地在左边"木"的竖的最上头画了一个短横,在右边"木"的竖的最下方画了一个短横,方才一字一句地对刘小水说道:"木字上头加一横,就表示树梢,这就成了末字。木字下头加一横,就表示树根,这就成了本字。本末倒置这个词听说过没有?就是头尾颠倒的意思。这就是木、末、本,这三个字的关系,你懂了没有?"看着刘小水吃惊的样子,她这才得意地晃了晃大大的脑袋,"老师说,专门有一种学问是研究咱汉语历史的,叫古代汉语。上大学我们就能学这个了。"

"那,未呢?"刘小水忽然问,"未这个字,是不是也和木有关系?"

"不知道。"富丫头有些瘪了,"老师没讲。明儿我替你问问老师。"

7

老师走得很慢。就该这样的慢。不慢就不对了——她得时不时停一停,给孩子们指拨指拨毛病呢。刘小水忽然觉得老师很像一个庄稼把式,一边察看田里的苗儿,一边给苗儿锄杂草——她不由得笑起来,知道老师和庄稼把式这个词很不搭。富丫头的日记里,就说老师是"人类灵魂的工程师",可她忍不住就要这么想。

"别讲速度,写得快并不重要,"老师以和脚步一样的速度慢慢地说,"重要的是写得对,写得好……"

"报告老师,"有个小男孩举手道,"要是写得又快又对又好呢?"

这是个爱吃劲儿的别扭孩子。家长们都无声地笑了,老师走到小男孩跟前,摸了摸他的头,"那当然就太完美啦。"

刘小水的眼睛追随着老师。富丫头的嘴巴上整天念着的,就是这个老师吧?有的孩子已经写完了,看看周围,互相比较着,发出蜜蜂一样轻微的嗡嗡声。

"写完的同学不要打扰别的同学,可以默默地读课文,也可以趴在桌上静息。"老师说。

刘小水无声地笑了。这老师是好，怎么看都好。课堂刚才虽然乱得有些不成体统，可在她的娇纵里孩子们也真是学得有趣，有兴致。所以乱得也真是好。就"静息"这两个字说得也好。听听，不是歇歇，不是休息，是静息。有多少意思在里边！这个姑娘，不简单呢。不过，她的调调可是有些……怎么说呢？有些像电视里的台湾腔，有些哆——不对，也不是电视里的，现在很多人都这么说了，那调调打的，比这老师可花哨得多新鲜得多。每天在夜市上，她满耳朵都是这样的声音："他们真能搞啊。"……"要不要挺他？"……"我顶。"……"赞！"……"很潮。"……"衰人！"……"我有去看她！"……"好拉风哦。"……"I 服了 You！"……"我晕！"

这些话倒常常让她觉得有些晕。都快四十的人了，突然连话都听不怎么明白了，好像白活了似的。又不好意思问别人，只有回家请教孩子们。余钱住校，不常回来。那就只有富丫头。那天，她听到一个女孩骂另一个女孩"四十"。

"这个，你懂不懂？"富丫头正做着数学作业，顺手在演草纸上写下一个"三八"，道，"香港电影里常有的。"

"知道。"刘小水说，"就是骂女人的呗。"

富丫头又写下一个"二"："这个呢？懂么？"她抬起头，强调道，"北京话。"

"你说呢？"刘小水有些怯了。

"就是二百五的简称。意思就是不照脸儿，不靠谱儿，胡来。"

"我懂，懂。"刘小水忙不迭地点头。二百五在乡下有好几个叫法呢：一钉砖，半封银……

富丫头在"三八"和"二"之间画了一个大大的加号,又在"二"后面画了一个等号,看了刘小水一眼,才重重地在等号后面画了一个大大的问号,道:"三八加二,你说等于几?"

若论说话,刘小水还是愿意回乡下。偶尔回乡下一趟,听听乡下那些话,她才会踏实一点儿。那些话多亲哪。"野的,咱来野的!"……"收成不赖!"……"将将就就吧。"……"又去哪儿日哄人了?"……"明年扎根基,起房!"……"老婆子纺花,慢慢儿上劲。"……

再返回城里的时候,她就会有些恍惚:这是一个世界上的声音么?

是的,这是一个世界上的声音。她知道。外国话,中国话,城里话,乡下话,电视上的话,书里的话,家常话,正话,歪话,新话,老话……都是这个世界的声音。都是。这杂七杂八的声音如无边无际的海,刘小水常常会觉得有些害怕,仿佛这个声音的海会把她淹没,她不会游泳,蛙泳,蝶泳,仰泳,自由泳,她一样也不会。这些声音让她莫名其妙地觉得孤单。好像这海里就她一个。活在这世上,就是为了被这些声音淹没么?——听哪,听哪,来了,来了,那些声音又来了……

她又一激灵。是富丫头又在捅她。方才,她又睡着了。

8

捅完她,富丫头就站起来,朝讲台上走去。刘小水揉揉眼睛,心提了起来。这个丫头,她上讲台上干什么呢?哦,还有好几个孩子都正往讲台上走去,不止富丫头一个呢。

她看看手表,再有八九分钟就下课了。

孩子们围到老师跟前,伸出小手。老师笑嘻嘻地给他们每人发了一个纸牌子,道:"老师发哪个是哪个,不准换哦。"

等孩子们将牌子拿在手里,刘小水才明白过来,原来是演戏呢。是要把课文里的东西再演一遍呢。富丫头也算一个争取到了角色的演员呢。刘小水数了数,一共七个。

"老师,谁演夏天呢?"一个手拿小雨滴的男孩子问。

"我呀。"老师有些调皮地歪歪头,说。台上台下的孩子们都哈哈大笑。

"同学们,我们的电影马上就要开拍了。"老师紧并着双腿,笑盈盈地面对着台下那些不是演员的孩子们,"谁是导演呀?"

"我——们——"孩子们齐刷刷地说。看来他们对当导演都很有经验了。

刘小水的心里一热。多可人的老师!

演出开始了。老师的手势很雅气地舞动着,念完了第一段。然后是小雨滴男孩,他比画着让自己从空中落下,在讲桌上摆出睡着的模样。接着小鱼女孩上场,她摇头摆尾地在讲台上走了一遍。刚走完就有同学举手,批评道:"小鱼应该吐泡儿,她没吐。"

然后依次是蝴蝶女孩翩翩地飞,蝈蝈男孩蹦蹦跶跶地跳,轮到星星和月亮上场时,两个男孩合作了起来,星星像猪似的推搡着月亮,月亮则慢悠悠地不慌不忙地任他推搡着,等他们表演完了,老师要求他们解释，星星言简意赅地说："众星拱月嘛。"

一屋子人都笑翻了。

富丫头在喧闹中出场了，她演的是荷叶。富丫头脸圆，身材壮，还别说，台子上的孩子们还就她适合演荷叶呢。她高高地举着画有荷叶的小纸牌，仿佛真就举着一片荷叶。

……
小鱼来了，
在荷叶下嬉戏。
雨点来了，
在荷叶上唱歌。
……

"荷叶"在富丫头的手里，一会儿晃到左边，一会儿晃到右边，仿佛在感受风的吹拂，又仿佛在感受雨的重量。小鱼和雨点也都用稀奇古怪的自创动作配合着富丫头，讲台上顿时热闹到了高潮。在近乎聒噪的喧哗中，刘小水默默地看着富丫头。这是她的富丫头，在省城生，在省城长，好运气的富丫头，出生的时候是在省人民医院，这可是省里最好的医院啊。幼儿园上的是燕庄村自己的幼儿园，别看是城中村的幼儿园，水平还真不错呢，还是双语呢。到了上小学的年龄，本来以为没有省城户口，上不了好学校，没想到凑巧碰到了上面的政策，说是给民工子弟寄读提供条件，一丝一毫力气没费，她就上了这个区里的重点。这个富丫头，这个和城里孩子一样连米和面从哪儿来都不知道的富丫头，这个从来没见过庄稼怎么长大的富丫头，刘小水知道，她这一辈子是不会再回乡下了。她赶上了好日子。

——好日子。什么是好日子呢？昨晚男人和她在枕头上聊到以前的一个邻居，开出租车的那家，在燕庄住了十来年，去年终于攒够了钱，付了首付置了新房，欢欢喜喜地搬了出去。男人说进货的时候在街上看见那家的出租车了，男当家的载了个描眉画眼的小女人，两人有说有笑，一看就是腻得过了头儿。

"人家可熬出头了。"男人说。毫不掩饰自己的羡慕。

"等咱有钱了，我不拦你。"她说。男人也曾是荒唐过的。小小地。

男人扑哧一声乐了："那你也找一个，我也不拦你，啊？"

两人都孩子般笑起来，仿佛在说着一件最好玩的事情。要说，男人还算是好男人呢，还对她说这种疯话。要是还在乡下，别说叫他说这种疯话，就是她自己去说一句半句的，他就得把她打个半死……可是，真的也是疯话呢。有钱买新房了就是好日子么？有钱了再找一个就是好日子了么？有钱了……刘小水想起富丫头给她讲的那个"未"字："老师说，未字就是没有的意思。"

"跟木没关系么？"

"老师没说。我猜可能有关系，只是可能啊。"富丫头说话越来越讲究了，"我猜啊，未指的可能是树梢没长出来的那部分。"

"未就是没有……"刘小水不甘心，"那未来呢？不都喜欢说未来怎么怎么的么？"

"就是因为还没有，大家才爱说。要是有了，那还有啥可说的？"

富丫头说得很圆。

刘小水不吱声了。未就是没有。她没有想到这个。怎么会是这样呢？未怎么会是没有呢？

9

孩子们还在台上，又开始了新一轮的表演。这次表演的核心是几个重点词。老师的词是"热情"，笑得跟什么似的。"小雨滴"的词是"透明"，这个词把他难为得不得了，"小鱼"的词是"游"，"蝴蝶"的词是"穿梭"……台上和台下都笑声连连。刘小水忽然觉得这种表演有点儿荒唐。把句子从文章里单剥出来，又把词从句子里单剥出来，这不就跟把庄稼从地里单剥出来一样么？这不就跟把一天从长长的日子里单剥出来一样么？——这不就跟把这一刻从这一天里单剥出来一样么？这可不就是有点儿荒唐么？

刘小水不能想象。她不能想象这种单剥。她忽然觉得自己就是那个被单剥出来的字——木。自己就是那个木。是被从林里单剥出来的那个木，是被从森里单剥出来的那个木。余钱和富丫头就是她的末。终归有一天，她这棵木会把"末"留在城里，然后和同样是单剥木的男人回到他们乡下的"本"里去。

而未呢？

——未就是没有。

看着台上的富丫头，刘小水的心里一绊一绊地疼痛起来，仿佛富丫头远得像电视里的人，电视一关就不见了。

……
荷叶像一柄大伞，
静静地在荷塘举着。
……

　　老师让富丫头表现的重点词是"静静"。讲台上的她果然一动不动地举着那片莫须有的荷叶，像一尊小小的雕像，很庄重。当然她的庄重引来的仍然是一阵欢笑。刘小水忽然明白自己为什么不喜欢荷叶了。自己这一辈子，可不尽当荷叶了么？顶风冒雨，下面还养鱼养虾养藕……一瞬间，一种莫名的委屈感汹涌上了刘小水的胸口。她突然觉得自己怎么就过得那么可怜呢？日子是越过越好了，她知道——她都能坐在省城的学校里看富丫头表演荷叶了，这还不好么？可为什么她还是觉得自己过得可怜呢？是因为一天赚不到一百块钱么？是因为从早到晚的辛苦么？好像都有那么一点点儿。可是要是一天能挣够一百呢？如果一天能挣两百甚至三百呢？就不可怜了么？要是自己什么都不干，清清闲闲的，把胳膊揣在袖子里，整天坐在马路牙子上看野景，要是这样都有人论天儿给自己送两三百块钱呢？——当然这是说胡话——可真要那样的话，那自己就不可怜了么？可怜。刘小水还是觉得自己可怜。她有些糊涂了。她不知道为什么她就觉得城里的自己和乡下的自己，忙着的自己和闲着的自己，赚钱的自己和不赚钱的自己，赚小钱的自己和赚大钱的自己，一切一切的自己，都是那么地可怜呢？

　　刘小水难过起来。她的难过越来越深，越来越深。下午最后一缕阳光很温柔地照在她的身上，这更让她难过了。她不知道自己是怎么了。自己这是怎么了呢？都不像平日里的自己了。自己怎么就不像平日里的自己了呢？可她就是难过。就是控制不住自己的难过。

富丫头已经表演完了。她的完成当然意味着全剧的完成。台上的富丫头规规矩矩地、有模有样地朝台下鞠了一个躬。其他的孩子也赶紧跟着富丫头鞠了一个躬。哗哗的掌声里，刘小水深深地低着头，一手拎着"甜蜜蜜"，一手去捂嘴巴。她的内心充满了羞愧和恐惧。她知道掌声一停下来，全屋子的人都会听到她乱七八糟的哭泣声。

指甲花开

1

　　小春就是不服气：为什么在整个村子里，小英家，小芳家，小秋家，小香家，只要有女孩子的家，就可以种指甲花，偏偏自己家就不可以？

　　指甲花多好啊。泼皮，结实，春天撒下种，风风雨雨的就不用再操心，不几天就出了两牙儿嫩嫩的翠苗儿，出了苗儿，就一天一个样儿，像女孩子的身子一般，葱葱茏茏，苗苗条条地，就长起来了。等到了初夏，叶子就抽得细细的，长长的，叶子根儿那里就打起了绿色的小苞，这时候，就该开花了。一开就是一个长夏，开起花时，白的，粉的，黄的，紫的，大红的……对了，还有两样儿女孩子们叫它们花花儿——花的花儿，有点儿绕口，开的是白底儿红晕和红底儿白晕的花，是最名副其实的花。这些花都是好看的。当然，更好看的，是这些个指甲花开到了女孩子们的指甲上。说来奇怪，无论什么颜色的指甲花，染到了女孩子的指甲上，都是一样的红。

好像是自打有女孩子以来，在这乡村里，染指甲就成了她们的必修课。课上了一代又一代，染法倒没什么大变。先把开饱的花儿摘了，在太阳下晒晒，去去水，然后放到碗里，加上点儿白矾，用蒜锤子捣碎了，一直碎成花泥，这就成了染料。至于包指甲的叶子，都说还是用指甲花的叶子最好，原叶配原花，染出的指甲最是漂亮，可是用它来包的人却少之又少。因用它包需要两样铁板钉钉的功夫：一是包的功夫。它的叶子只比柳叶大一圈，用来包指甲显得过于窄怯，容易让花泥跑出来，滴滴答答地蔓延一手。二是睡觉的功夫。即使好不容易用这叶子包好了指甲，睡觉时要是不老实，胡抓乱挠的，半夜里也很容易脱落，末了还是祖国江山一片红。因此，若是这两样功夫都平常的女孩子，是绝不敢用这叶子包的。通常用的都是豆角叶。豆角叶是圆圆的桃子型，叶面阔大厚实，韧性好，包起来最是趁手合适。包的时候，只需将花泥在指甲上按瓷实，然后将两张豆角叶交错叠放在指肚下面，自下而上，将指甲轻轻包裹起来，再将指尖外多出的那点儿豆叶尖儿朝里折下，最后用白棉线不松不紧地缠好，就算停当了。第二天早上，解开白棉线，摘下绿叶套，那鲜红的指甲出现在指端的一瞬间，如同一个小小的绚丽的魔术。

这是女孩子们特有的魔术，所有的女孩子都可以玩，小春就是不明白，为什么自己家就不可以？

"妈，种点儿指甲花吧？"

"不种。"

"为什么?"

"不为什么。哪儿来的那么多为什么。"柴枝淡淡地说,"你为什么生在这个家里?生在这个家里,就是不准种指甲花。记着,以后不准再提这个事儿了。"

不准提,心就痒痒,于是小春就一年一年提,一直提到九岁那年。那一年,姨父老蔡死了,姨妈柴禾带着女儿小青回了娘家。她们来的第二天,小春就悄悄地央告小青:能不能让姨妈给说说情,在家里种些指甲花。

"我妈最讨厌的就是指甲花。"小青说,"你就死了这个心吧。"

后来小春才懂得,自己的妈妈,也就是柴枝,是招了养老女婿的。这养老女婿,就是爸爸。按常理,招养老女婿的往往都是家里最小的女儿,前面的姐姐嫁了,留下一个小女儿,招个女婿过日子,一根斜叉也没有,一个人影也不多,清清静静,安安稳稳。姥姥这一辈子没有男孩,就是两个女儿,大的是姨妈柴禾,小的是妈妈柴枝,招个养老女婿是最自然不过的事了。

平常日子里,柴家就四个人。如今虽然多了姨妈柴禾和表姐小青,添了些热闹,也没什么不好。现在,家里就爸爸一个男人,其他的都是女人:姥姥、柴枝、柴禾、小青、小春。可是——五个女人在家,每个人的手指都素白素白的,像什么样子呢?小春纳闷。她真是越想越不服气啊。

又一年夏天来临。村子里大大小小的女人们都开始染指甲了。

小春只有看的份儿。她东家钻，西家跑，北街逛，南街瞧，去得最多的，是错对门的小芳家。她和小芳一般大，从不会说话的时候就认识，上了学又是同桌，老交情了。

每年夏天，小芳都要染指甲，雷打不动。给小芳染指甲的，是小芳的妈妈，柴枝叫她五嫂，小春叫她五娘。五娘是村子里头一个利落能干的媳妇，会编方方正正的大苇席，也会吆喝着三四匹大骡子犁地，会在红白事上当迎来送往的女知客，也会织各式各样的毛裤毛衣。当过生产队长，也当过妇女主任，农闲的时候，还是个有名的媒婆子，吃着男家和女家送的双份礼。她跟前三个小子，就小芳一个姑娘，就把俏心思都给小芳留着了。每年到了指甲花开的时候，她就把给小芳染指甲当成了一件正经事。不仅给小芳染，她自己也染，还给小芳的奶奶染。于是她们老少三个女人一出门，手脚就都是红彤彤的，和柴家形成了鲜明的对比。

吃过晚饭，写过作业，小春就跑到了五娘家，来看五娘染指甲。五娘这时候也已经刷完锅，洗过碗，将灶台收拾干净，也给小芳、自己和婆婆都冲了凉，抹了澡。手边再没有什么杂务，染指甲就成了睡前最后一件事。她先给婆婆染过，再给小芳染。五娘一边染着，小春一边问，口里的话川流不息：

"五娘，为什么不用布包？布不是更软和？"

"布吸花汁儿，不中用的。"

"五娘，这线是不是太松了？"

"太紧了不中用。血不顺畅，明儿指头就肿起来了。"

"五娘，半夜里想挠痒痒了怎么办？"

"那就痒呗。"

"那花泥要是跑了呢？指甲不就染不红了？"

"那就第二天接着染呗。"

"五娘，怎么不染食指？"

"染食指嫁得远。"

"谁说的？"

"老辈人说的。"

"怎么不染中指？"

"染中指找不到好人家。"

"也是老辈人说的？"

"嗯。"

"为什么脚趾头就不论这个？"

"哪有那么多为什么。"五娘笑了，"真是话怕挖根，事怕掘蔓。"

"还有，我姨嫁得那么远，还嫁得那么不好，"小春仍旧自顾自地问下去，"是不是就是因为染过食指和中指呢？"

五娘不说话了，住了手，看了看小春。

"这孩子。"她道，"这孩子。"

"那你妈嫁得这么近，又嫁得这么好，不是也不染指甲？"小芳道，"女人嫁，和染指甲有什么关系！"

五娘呵呵地笑起来。又把脸朝向小芳："这孩子。"她的口气里显然多了几分得意："说得也倒是在理儿。早知三日事，富贵三千年。不过是人们嘴里闲了，拿花说个玩意儿话解闷，哪能这么当真啊。都这么当真起来，可还了得呢。"

2

日子是有脚的。在人身上有脚，在花身上也有。过了立秋，指甲花明明还艳艳地开着，那红却成了空的，染到指甲上怎么都不上色了。然后，花样子也渐渐地空了，开得渐少，渐败。秋分之后就开始打籽儿，霜降之前，籽儿就一个个结牢实了。

指甲花的籽儿也很有趣：如果不动它们，它们就严严地裹在一个绿色的圆团籽苞里，这个籽苞嫩绿嫩绿的，看起来像没开的花苞。采的时候，要格外小心地从籽苞根儿处下手，连带整个籽苞都采下来，这样就省事了。如果稍一粗鲁，触到了苞身，那可就难收拾了。籽苞在你触到的一瞬间便会爆裂开来，如一枚小小的炮弹，炸出了无数的籽儿。有的籽儿落到地上，有的籽儿落到花枝上，有的籽儿则落到你的手里和衣服上，而那张包着籽儿的嫩绿皮儿呢，也顿时蜷缩起来，如同一颗瘪了气的心。

那年，最后去小芳家看指甲花的时候，小春成功地采下了几个籽苞。她把这些籽苞在掌心里捻裂，看它们一粒粒地卧好，然后把它们包在一张作业本的纸里。

"你要籽儿干什么？你家又不让种。"小芳说她。

小春笑笑。没说话。她知道不让种。可她总能放在自己的枕头芯里吧？要是放在自己枕头芯里的话，这些指甲花在梦中也会发芽，开花，香到她的梦里来吧？

这些籽儿果然在她的梦里开了一冬天的花。第二年春天，她去菜地里帮妈妈搭黄瓜架子的时候，想起了那包籽儿，就悄悄地撒在了地边儿上。

后来小春才渐渐明白：自己这一家五个女人之间状态是有些奇异的。都是母亲和女儿好，姊妹之间却不怎么好。也就是说，柴禾和柴枝都跟姥姥好，每天早上，姊妹两个都要到姥姥床前问安，听她老人家安排一天三顿吃些什么，上午下午做些什么活计。姥姥要是换下了衣服，两个人都连忙拿去洗。远远听见街上传来卖豆腐卖豌豆糕的叫卖声，就赶快拿盆往外奔。姥姥牙齿不好，最喜欢这些软吃食……而姥姥呢，和天下的父母一样，虽说对姊妹两个都是亲，却还是五个指头不一般齐，多少要偏疼一个。偏疼的，自然是过得最不如意的那个，也就是柴禾了。这是应当的。自从柴禾回了娘家，不要说当娘的偏疼，就是村里人碰着了她，都要格外怜惜地议论两句：

"今儿看见她去菜地了。说是种豆角。"

"我也见了，那脸色比刚来时好多了。唉，受罪呢。"

"那天见她去小卖部买酱油，穿了件白底儿红花的褂子，看着胖了些似的，就是见人没话。"

"她当姑娘的时候就这样。话金贵。"

……

说是偏疼，其实姥姥也没让柴禾多吃多喝，不过是每当有媒婆上门时，她把紧的两句话。姥姥总是说："不成呢，让她再养养。"或者说，"一步错不能两步错，得细细法法的，挑个合适的人家。不急,不急。"这话说得都在理。一朝被蛇咬,十年怕井绳。对于守了寡的女儿,养养总是应该的。想再挑个好人家也是应该的。可是这些话,怎么说呢?听起来又像是推辞。已经这么大的女儿了,要养到什么时候?什么样的人家才是合适的人家?谁也不能打这个包票啊。于是,听多了就明白了:这是娘疼女儿的一种说辞,是怜惜女儿所受的苦,要多留女儿几日的意思。

其他的两对母女,柴枝跟小青好,柴禾跟小春好,都是不必说的。而姊妹之间呢,柴枝和柴禾之间却是淡淡的。小青和小春倒不淡淡,只是整天热辣辣地吵着架。架多半是小青提的头儿,自从跟了姨妈回了柴家,小青就处处摆出姐姐的架势来,时不时地就要欺负一下小春。似乎不欺负小春就会被小春欺负,似乎不强硬在这个家就住不长。

"我家的枣树开花了……"放学路上,小春和同学们闲聊。

"是你家么?那是姥姥家!"小青火急火燎地打断她。小春明白她的心思:如果说是姥姥家,那小青就和她的地位平等了。

"是我家!"小春说,"就是我家!收音机,录音机,台灯,电扇,哪一样不是我爸爸妈妈买的?"

"这些东西是你们的,房子却是姥姥的。所以还是姥姥家!"

要说,小青争辩得似乎也有几分道理,可小青自卫自护的神情还是让小春反感:住就住吧,又没谁要撵她们母女,这么整天拿话往外扛,不是心虚又是什么?

"姥姥跟我爸爸妈妈过,是我家!"

"姥姥也跟我妈过,是我家!"

"我家有爸爸,爸爸是男人,男人才有力气养家!"小春的嘴巴很溜,"你没了爸爸才回来的,自己都养不了自己,还怎么养姥姥!"

这下子小青没什么说的了,呜呜地哭着,先跑回家告状。小春一挨到家门口,就被柴枝摁着,一五一十地打了一顿屁股。

晚上,小春没吃饭。吃什么饭?气都气饱了。她跟姥姥打了个招呼,说去五娘家和小芳一起做作业,晚上就在那里睡,不回来了。柴枝知道她还在怄,含笑看着她小小的背影消失在大门后面。

一进五娘家的院子,小春就看见东厢房的窗台子上放着一个小小的白瓷碗,碗上盖着一叠鲜碧鲜碧的豆角叶,她知道:这一年的头茬指甲花又开了。她正赶上今年的头染。——都说头茬的花染出来的指甲颜色最纯正,像母亲怀的头胎孩子最聪明漂亮。小春掀开豆角叶看了一眼,可真不少,小半碗呢。

果然用不完。小芳和小芳奶奶都包过了,花泥还有那么一大块。

"小春,我给你包了吧。"五娘说,"放到明儿就得扔了,可惜哩。"

"五娘,"小春眼巴巴地看着那浓浓的花汁儿说,"你还是自己包吧。"

"那还用你说?我自然是要包的。只是我一个人也包不完。"五娘不由分说抓过小春的手,"我来给你包吧。"

"不敢。"小春说,"妈不让。"往后拽着胳膊,手指头却不听话地卧在了五娘的掌心里。

"你妈不让,我让。"

"那我妈要是打我呢？"

"我去跟她说。"五娘说，"不就是给妞妞染个指甲么？我就不信我这张脸连这个都说不动。"

五娘开始给小春包了。知道是小春第一次包指甲，五娘就包得用心。她仔仔细细，精精腻腻。先是把花泥敷在指甲上，一点儿也不多，一点儿也不少。那感觉，润润的，凉凉的，真好。然后是豆角叶，像一个小小的绿色怀抱，稳稳妥妥地把指甲包住。再然后是细细的白棉线，一道道一圈圈，像绿裙子系上了白腰带。脚上十个，手上六个，一共一十六。小春看看自己的脚，再看看自己的手，这样子是有些奇怪的，然而也是好看的——还没有等到明天早上，光想就能想出这份儿好看来了。

晚上，小春住在了五娘家。她和小芳、五娘一起睡在了平房顶。她几乎没有睡着。不是怕掉下来，而是因为红指甲。她生怕豆角叶子会脱落，染出一身红。

乡村的夜晚真静啊。天空是深蓝色的大布衫，上面的小星斗是黄灿灿的玉米粒，蛐蛐儿啾啾地唱着，青蛙也呱呱地配着乐。东院的猪在打鼾，西院的老母鸡不时发出一声声轻微的"嗑啦"响。这间平房下面垛着干草，冬天的时候，村里的人都要在床上铺一层厚厚的干草。这些干草洗三遍，晒三遍，躺在上面，身子一动，就会有一股清香汩汩地管涌出来……在小春无边的漫想中，露水悄悄地下来了，是一种无声无息的滋润，在这滋润里躺着，感觉自己一点一点地变成了一株庄稼……小春还是不知不觉地睡着了。早上一激灵醒来，小春连忙看看自己的手脚，还好，豆角叶都好好地在上面呢。

几个人都把手指凑到一起,比了起来,五娘的掉了两个,小芳的掉了四个。小芳奶奶和小春的一个都没掉。五娘拿起小春的手仔细打量,连连赞叹:"好看。是好看。我猜小春的指甲染出来就会好看。不是我说,娘,"她把脸转向婆婆,"咱们上年纪的人,就是包得再服帖也不中。人老了,指甲也老了,不上色了。再涂胭脂再抹粉也是枉然啊。"——枉然。有时候,五娘就会用这些文绉绉的词。小春不由得笑起来。她也入迷地看着自己的指甲。红得不是很深,却是那么纯正,那么润亮,既照人的眼,又养人的眼。这红指甲红得多么俊!像课文说得那样:红得像宝石——不,小春没见过宝石,那就像刚洗过的红樱桃吧,或者是秋天成熟的枸杞子。

"我的也红呢。"小芳酸溜溜地说。

"你那染的也叫红?颜色都吃到指头肚儿上了。"五娘说,"你那指甲,叫屁红!"

几个人一起哈哈大笑起来。

3

第二天是星期天,不用上学。小春磨磨蹭蹭的,半上午才回到家,小青一眼就看见了她的红指甲,转脸就告了柴枝。她告状的时候,很知道该往哪里告。

"刮掉。"柴枝二话没说,就给小春递来一把小刀。

小春不接。小青伸过手,把刀子接过来,塞到小春手里。

"你要是不刮,我就替你刮。"柴枝说,"到时候,你可别嫌疼。"

小春拿着刀子,搬了张凳子,来到了大门底下。坐在这儿,她自然是有打算的:她希望五娘能从门前路过,路过了,看见她可怜巴巴的样子,就会问她在干什么。问明白了,就会去替她向妈妈求情,那她就能保住自己的红指甲了。

小刀子放在指甲盖上,小春舍不得往下刮。红指甲的光映到刀刃上,闪出一片惨惨的血痕,看着就心惊。小春的眼眶发胀,泪已经开始打旋了,手却突然被一双大手捉住:柴枝来了。她把小春的手按到自己手里,开始给她刮。小刀片很薄,被柴枝使在手里却是那样地重。

嗤!嗤!小春的左手大拇指指甲上,落下了两道白印儿。

"妈!疼!"小春叫着。其实不怎么疼。最让小春疼的,还是这刚刚染上的红指甲。

"妈,让我自己刮吧。"小春说,"我求求你。"

柴枝的手住了。"好好刮。刮干净。"她声音不高,却神情凛然。

柴枝进了堂屋,小春眼睁睁地看着柴枝进了堂屋,她放下小刀,一溜烟儿跑到了五娘家里。

"五娘,五娘!"小春喊。小芳说五娘不在家,去地里了。小春出来就往地里跑。柴枝已经追了过来,却追不上小春的小脚。小春拼命地跑啊,跑啊,直到看见五娘,一头撞在五娘怀里。

中午,五娘带着小春回了柴家,说事来了。她让小春在屋外躲着,小春哪里按得住?悄悄站在门边偷听。

"自古以来,哪家女孩子不染个红指甲?染个红指甲就犯法了?

婶,"五娘叫着姥姥说,"你倒是说说看!"

"五嫂,我们家的事,你又不是不知道。"柴枝说。

"我知道。不就是为柴禾么?"五娘扬起了声音,"柴禾——"

小春看见,姨妈从里间出来了。

"柴禾看不得红指甲,我知道。她为这个遭了罪,我知道。可怎么能这么死抱葫芦不开瓢?还祖祖辈辈不准染指甲了?还成了家规了?"

三个女人都沉默着。

"叫孩子染了吧。"柴禾终于说。

"这就对了。有些事,忌讳不如不忌讳。啥时候忌讳着,就说明啥时候还在心里熬煎着。啥时候不忌讳了,才是忘了。"五娘拍拍屁股站起来,"该忘就得忘。不忘就是跟自己过不去。"

小春的红指甲就这么留了下来,一留就留了一夏天。白指甲根儿每长出一点儿,她就连忙去找五娘,让五娘给她续上。——好不容易得到了染指甲的权利,她可得尽情尽兴地染一染,不能浪费了。五娘给她染过了,她还会再挑一点花汁儿,放在食指上。食指慢慢地也红起来了。

"这傻丫头,莫非想嫁得远?"五娘笑。

小春不说话。她是想嫁得远。嫁得百里远千里远,到时候想染多少次红指甲就染多少次,想种多少指甲花就种多少指甲花,看妈妈还怎么管她?看姨妈还怎么嫌弃!

可是,姨妈究竟为什么嫌弃染指甲呢?这似乎是一个秘密。不过，既然五娘知道这个秘密，那这秘密肯定又算不上什么秘密了，只能算是一件事情，一件不想让小孩子们知道的事情。其实小孩子知道又怎么了？什么都不能当家做主，小孩子是最没用的，干吗这么防备小孩子？小春不明白。然而小孩子最旺盛的就是好奇心。有时候，瞅着了时机，小春就会拐弯抹角地打听。看见柴枝在剥花生，她慌慌张张地放下作业，蹲过来一起剥。

"妈，你和爸最开始是怎么认识的？"

"怎么想起问这个了？"

"说说吧。"小春说，"说说。"

柴枝说，村挨村的，又一起在镇上读过书，哪有不认识的。就像大麦认识小麦，棉花认识大豆，自然而然就认识了。

"爸比你大几岁？"

"三岁。"

"那和姨妈一样大？"

"嗯。"

"和姨妈同过学？"

"嗯。"

"那，当时为什么姨妈不嫁给他？"

柴枝停住手，仔细地看着小春的脸，在小春黑漆漆清亮亮的瞳仁光里，她微微笑了。

"要是姨妈嫁了你爸，生出来的就不是你了。"

"那，我就是小青？"

柴枝摇摇头，拍了一下小春的脑袋。小春忽然觉得自己的脑子有些漾，把原本想打听的话题都漾没了。没错，如果姨妈和爸结婚，生出来的孩子肯定不是她，也不是小青，想必是另外一个孩子吧。那会是谁？是男是女？会叫什么？莫非会把她和小青的名字合起来，叫青春？

后来，小青也跟着小春去五娘家串门，串着串着，就也染了指甲。她的指甲，染出来也是好看的，只是小春想起她当初告状的那个快捷劲儿，就看着不顺眼。

"你也染？"小春说，"我还以为你不喜欢呢。"

"喜欢倒是喜欢。"小青说，"就是我妈不喜欢，所以我不敢说喜欢。"

听她这么老实地招认着，小春倒心软了。

"哎，你知道你妈为什么那么讨厌染指甲么？"

"不知道。"小青说，"她只说她一看见指甲花就恶心。"

"怎么会恶心？这么好看的指甲花，这么好看的红指甲，怎么会恶心？"

"恶心就恶心呗。哪儿来的那么多为什么。"小青说。小春发现，她说话的口气像极了妈妈柴枝。

在自家人这里是打探不出什么来的。小春明白了：要讨话，还是得从五娘口里去引。

"五娘，听说指甲花可以防蚊蝇，是么？"

"嗯。还能治眼病呢。小芳小的时候，有一次被马蜂蜇了，我就用指甲花，加上白矾、黑炭，和青核桃皮，用擀面杖捣碎，包到指甲上，一夜就好了。"

"非得用擀面杖？"

"嗯。"

"为啥？"

"又来了，你这孩子又来了。"

"你知道得多我才问呢。"小春说。

"这嘴甜的。"五娘笑了，"有些老方子，祖祖辈辈传下来，不知道为啥，也不想为啥。山楂能开胃，橘子皮能消食，连翘能败毒，薄荷能清火，谁知道为个啥？"

"听说蛇也怕指甲花？"

"嗯。这个我倒是听过缘故，"五娘说。她说她也是听老辈人说的。说蛇们最先的老祖宗是有爪子的，爪子上都留有指甲，指甲可长，可毒，比蛇的牙还毒。玉皇大帝就想把它的指甲给掐了。它听说了，就赶快把指甲埋到土里，不想让玉皇大帝看见。可它哪里能斗得过玉皇大帝啊。玉皇大帝就让那块土变了性，把它的指甲给吃了，变成了指甲花。蛇躲过了天兵天将，把手一伸出来，却看见自己的指甲都没有了。藏爪子的地方长出了水灵灵的指甲花，它就知道，那就是它前世的指甲。后来，蛇就不能看见指甲花了，一看见就觉得浑身疼……

"五娘，"小春赞美道，"你说得跟真的似的。我的鸡皮疙瘩都起来了。"她把小脸凑到五娘面前，"那你说说，我姨妈到底是为什么不能看见指甲花？"

五娘沉默了。

"我哪儿知道。"她说。

"你肯定知道。全村人都说你是个百事知。"小春道,"你跟我说,我绝不跟别人说的,五娘。"

"我叫你好说。我叫你好说。"小芳奶奶在一边笑了,"嘴皮乱翻,越说越宽。"

"说就说。迟知早不知,早知迟不知。早种一日,早熟七天。我不说给她,她这一辈子就不知道了?孩子懂人道,明事理,不都是从这桩桩件件的事上来的?话语一阵风,传传到东京。与其叫她长大了去东京听这话,不如我当下跟她说了,省得转样儿。"

五娘是从自由这个词,开始对小春讲的。

"知道不知道啥叫自由?一男一女,不经媒人,不经父母,看对眼儿了,喜欢上了,自己做主要成夫妻,就叫自由。"她叹口气,"你姨妈就是闹过自由的人。"她突然放轻了声音,小心翼翼地看了小春一眼,"你姨妈当年自由的人,就是你爸。"

4

最开始知道他们"自由"的,是两家的地。村和村邻着,地也跟地邻着。两人回乡之后,在紧邻的地里干着活儿,抬头不见低头见,面越来越熟,话越来越多,就"自由"了。后来被两家人知道了,柴家这边没什么,男方家里却不同意,死活不同意。

"为什么?我姨妈长得又俊,脾气又好。"

"唉,你奶奶说,会'自由'的女子都不安分。还说,你姥姥这边的家世和他家做亲不配。"

"怎么不配？都是乡下人。"

"这个，不好说……"五娘看了婆婆一眼，道："不知道。"

一年小，两年大。姐姐不出门，妹妹就跟着白耽搁。这边姥姥等了三年，看着没了指望，就不让柴禾再熬，想给她另说一家。周边村里却都知道了柴禾"自由"的事，名声传了出去，近处就难找，于是折腾了一场，在三十里远的蔡庄给柴禾另说了门亲，就是小春叫过姨父的那个人，老蔡。订了婚，柴禾却拖着不嫁，意思还是要等"自由"的这个。订婚之后，老蔡经常过来帮忙干农活，按规矩，这是未婚女婿应该干的。那天他又过来帮着给玉米上肥料，晚上就住在了家里。当晚柴禾和柴枝都染了指甲，柴禾讲究，是用指甲花的叶子包的，说怕睡觉功夫不好，手乱动，柴枝就出了主意，把柴禾的手捆在了床栏杆上。没想到，半夜里，老蔡摸上了柴禾的床，轻轻易易地把她给睡了。

柴禾寻死觅活，不成。又口口声声说要告，传出去却让村里人笑倒了牙。乡里人土，他们的见识和白纸黑字的法自然有着黑黑白白的差别。在他们的意思里，老蔡没结婚就睡了柴禾，是不对。不过，怎么说呢？既然已经定了媒约，好像也没有什么大不了的不对。反正迟早是人家的菜，就让人家先尝尝呗。大家背地里说起来，是一边叹，一边笑的："这个老蔡，霸王硬上弓，还真射着了。"于是劝柴禾的时候，也是一边骂老蔡，一边夸老蔡的："他是可恨，猪狗不如，做出这等事来。不过，再想，迟早是他的人，也没给别人，给的是正主儿呢。生气是生气，骂是骂，打也该打，可真要告就真成了笑话。因此呢，一头儿恨着，一头儿还得想想他的好处。他虽然一时糊涂，却也是站有站相，坐有坐相，标标致致的一个孩子。家世也好。再说了，这事也看出了老蔡的心，他要不是心里真有你，怎么会去冒险做这进牢的事？虽是亏欠了你，以后让他一准儿对你好，就齐了。要说，老蔡也是良苦用心，断了你的旧念想，才好开始过新日子。"

怕柴禾还想着"自由"的这一头，就又送了些话出来："你的身子给了老蔡，谁还肯戴这绿帽子？就是那个人不嫌弃你，想要娶你，你能忍心让他落得一世界人耻笑？"

柴禾无话可说。无话可说的柴禾就认了命，嫁到了蔡家，和老蔡过起了日子。过起日子来她才知道他心里的气憋了那么多，那么久，那么毒。他早就听说了她"自由"的事，若不是那天晚上他试出了她的初红，他是不会要她的。不过要了初红还远不够，他还要她的心。他三番两次要她给他晾心，要她把那个人翻出来，他要她朝他发誓：她心里再也没有那个人了。

她不说。她死活不说。她知道她就是说了他也不信。干脆就不说。——反正她就是说了，她自己也不信。

她不说，老蔡就打。她不让老蔡上她的身，老蔡更打。老蔡说："人是苦虫，不打不成。""娶来的媳妇买来的马，不让骑就是找打。"她就是找打。老蔡不仅打她，连带着也打孩子。因为打她她能忍，连泪都不落一滴。能忍就不解气。打孩子，孩子哭她就也跟着哭，看着还畅快些。

开始柴禾还三天两头回娘家诉苦，后来柴枝招的养老女婿——就是"自由"的那个人进了门，也许是怕留话柄，也许是不好意思给妹妹妹夫看笑话，她反而很少回去了。她像死在了蔡庄一样，成月成月没个消息。姥姥不放心，就派柴枝过去看看她的光景，看见柴禾，柴枝惊呆了：瘦骨嶙峋，浑身是伤。眼看就活不下去了。

柴枝让柴禾跟着自己回去，柴禾高低不肯。就这么煎熬了一年又一年，直到那年夏天，老蔡在房顶睡觉的时候摔下了房，死了。柴枝回来守寡，大家才都跟着长长地出一口气。

"五娘，"小春沉默了半晌，"我奶奶不是说我姥姥家和她家做亲不配么？怎么又答应了？还让我爸来当养老女婿？"

"你姨妈出嫁的第二年，你奶奶就死了。"五娘说。

这事是有些复杂。小春再寻思也是糊涂：似乎是妈妈从姨妈那里抢走了爸爸，又似乎是妈妈替姨妈嫁了爸爸。似乎是老蔡从爸爸那里抢走了姨妈，又似乎是爸爸从老蔡那里收回了姨妈……有些头疼了。好在有一个事实是清楚的。老蔡死了就不说了，妈妈、姨妈和爸爸这三个人里，最可怜的就是姨妈。她嫁前受罪，嫁后受罪，老蔡不死是受罪，老蔡死了还是受罪。

小春的小鼻子有些酸酸的了。她想要把红指甲刮了，又实在是舍不得。于是开始格外注意不让柴禾看到自己的红指甲。见了柴禾就有些内疚，像欠了柴禾什么似的。没有法子，只得用别的方式来补救。头锅饺子二锅面，滋味最好。中午吃饺子。头锅饺子下出了两碗，她把一碗端给姥姥，另一碗分成两半，一半给爸爸，一半给柴禾。

"小春今儿这是怎么了?对我特别亲。"柴禾笑。

"你该和我爸一起吃头锅的。"小春说,"我爸还管你叫姐呢。"

柴禾不笑了,她轻轻地摸了一下小春的脸,眼睛变得很怪,幽深莫测。

5

因着在五娘家格外乖巧懂事,小春就得了五娘许多夸奖。去得多了,小芳渐渐地就有些吃醋,和小春不太对路起来。在家里自然不会怎么样,在学校里就开始找小春的茬,时不时借她的铅笔,把笔尖给她掐折,借她的橡皮,又把橡皮弄黑。事情不大,小春就都忍了。可是那天美术课上,小春正画着一只漂亮的小鸡,小芳一个胳膊肘撞过来,小鸡嘴变成了小鸭嘴,小春就受不住,恼了。两个人帮帮当当地吵了起来。

"以后不准你再来我家!我不准我妈再给你染指甲!"小芳很解气地下了拒客令。

"不去就不去!"

"不去就中了?把你以前染的指甲花都还给我!"

小春简直要哭了。哪有这个道理?可话赶到了这里,要是不接也太没骨气。

"还就还!"

"什么时候还?拿什么还?"小芳咄咄逼人,"谁不知道你家不种！"

"那你不用管。我还你就是。这两天就还！"

放了学，小春再也没地方可去。拖着书包回到家，一面做作业一面发愁：说出去的话，泼出去的水，这指甲花是一定得还了。可怎么还呢？去挨家挨户借？有点儿太麻烦，也抹不开面子。到处借花，丢人败兴的，算什么事？可不借还真不行，五娘常说的那句话是什么来着？借债要忍，还债要狠。不仅还她，还要多多还呢。

正愁着，柴枝叫应了她，让她去菜地摘两个茄子回来。她磨磨蹭蹭地出了门，从一户户人家的门前过着，想着去哪一家借花——突然间，小春跑了起来。她甩开两只小胳膊，飞快地跑啊，跑啊，马不停蹄地朝村外跑去。

菜地并不远，离村口半里地的样子。那块地种的是玉米，在地头儿留了一块，种了菜。村里人的菜地都是这样，在离村子最近的那块地里选个地头儿。菜娇气，这么着是为了方便管理，也是为了方便吃。这边锅里正倒着油，那边去地里摘把菜，吃鲜吃现，是一点儿都不耽误的。

——小春想起了种在菜地里的指甲花。怎么就把那些花给忘了呢？她们都开了么？妈和柴禾去地里会不会看见？看见了会不会给薅了？……想着想着，小春就没了劲儿，脚步慢下来。然而，此时，菜地也已经到了。

她一眼就看见了地边儿那些指甲花。

没想到，她们开得这么好。

一菜地的菜，长的豆角，尖的辣椒，紫的茄子，绿的黄瓜。她的指甲花种在地边儿，一色的红。或许是因为种在地里，气儿足，这些指甲花长得格外的高，花开得格外地盛。在田园淡淡的风里，这些花儿扬着笑脸，绰绰约约地晃着身子，妖妖娆娆地舞着胳膊。她们是不怕晃，不怕舞。看看她们的枝干，多么结实！多么粗壮！有些地方还暴出了一根根的红筋儿呢。

小春的心，一下子便被这些花涨满了。多好的花儿啊。一共十八株呢。而她居然把她们都给忘了！真是该死！她蹑手蹑脚地在花中间走着，一株一株地看着这些花儿，又是惭愧，又是欣慰，又是难过，又是得意，看了这个看那个，看了那个再看这个，哪一个都看不够，哪一朵都看不够。看到后来都不知道该怎么办好了。

她小心翼翼地在花中间坐下来。现在，她可舍不得摘这些花了。把这些花还给小芳？才不呢。她又不缺，还了她她也不过是白糟蹋。那可要把自己给心疼死了。她承认自己小气。就让小芳骂自己小气去吧。为了这些个花，她认了。

夕阳的霞光映着小春的瞳仁，然后慢慢地从玉米苗的顶端湮没了踪迹。天越来越暗了，坐在花中间的小春，却不觉得害怕。渐渐地，她觉得自己也成了一朵花。常听姥姥说：风有风神，雨有雨神，雷有雷神，电有电神，河有河神，井有井神，树有树神。那这些指甲花，也该有个花神吧？指甲花的花神，该是什么样的呢？会有一副什么样的眉眼？穿着一身什么样的衣裳？她的指甲上，会不会也染着纯红纯红的红指甲？她要是说话，该是什么样的声音？

——哦，似乎有女人细细的声音从哪里传来了。小春打了个激灵：莫非是指甲花神听见了她的念叨，来见她了？她连忙捋了捋头发，想要站起来。转而又笑了：自己真是痴了呢。不过，似乎真的有女人的声音，这声音很熟悉，有些像妈，又有些像柴禾。妈在家做饭，那么肯定是柴禾了。小春想起来了：柴禾这几天和爸爸在玉米地里上肥料。

果然，又传来一个男人低低的声音，是爸爸。

小春站起来，想要出其不意地吓他们一下。她走进了玉米地。玉米地的光线已经很暗了，蚂蚱在脚边欢欢地蹦着，牵牛花的软蔓不时牵绊一下她的衣裳。小春轻轻地，高抬腿，低放脚。近了，近了，这声音越来越近了。

小春看见了爸爸和柴禾。

她没有吓他们。

小春一动不动，站了很久。直到爸爸和柴禾离开，小春还是站着，一动不动。

她被他们吓着了。

小春很晚才回到家里。回家后，小春就病了。她手脚上满是红疙瘩，浑身滚烫。谁问她什么，她的牙齿都咬得咯咯响，却是不说话。柴枝也叫来了五娘，请她再看看，五娘来了，后面跟着怯怯的小芳。五娘摸了摸小春的头，看了半晌，说是怕冲撞了什么神，让柴枝到了半夜的时候，在村子十字口烧些纸钱。柴枝应了。爸爸请来了卫生所的赤脚医生，给她查了体温，说是着了风寒，吃两天药就好了。又打着手电筒看了看她的喉咙，说她扁桃体发了炎，红得像开了花似的。

"像什么花?"小芳连忙问。

"指甲花!"五娘说。探身刮了一下小春的鼻子。

大家都笑了。

半夜时分,柴枝烧纸回来,小春还没有睡。她一把抓住柴枝的手,叫了一声"妈",便呜呜地哭了起来。孩子终于有了声,柴枝这才把悬在嗓子眼儿的心放进了肚子里。

那天晚上,小春就在柴枝的怀里睡了一夜。睡出了一身的汗。

那天晚上,下了很大很大的雨。

6

小春一看就是有了心事,走路不再像小兔子一样蹦蹦跳跳了,也不怎么动不动就笑。话也少了。说话的时候,也不再像一架小机关枪,一梭子一梭子,铿铿锵锵的就把子弹打了出来,顾头不顾尾地乱说一气儿。她有些大姑娘的神情了。似乎比小青看着还要老成些。小青说她有些装,她不还嘴,没听见似的。这份不计较,更显得有了些大样。放了学,她也不再往五娘家里去,只是和柴枝腻在一起,递针拿线,嘘寒问暖,活脱脱一件小棉袄的质地。

她的乖,让柴枝倒是有些不放心。

"怎么了?"柴枝偶尔会问,"春这是怎么了?"

"不怎么。"

"没事儿?"

"没事儿。"

然而，这不是没事的样子。小春对柴禾前些时的亲，很明显地又淡了下去。对爸爸倒比以往上心。爸爸出门的时候，她一定要问清楚去哪里。爸爸和柴禾要去地里，她如果在家，一定会跟去。如果得去上学，她就会央求柴禾留在家里，给她做最拿手的千层饼、蒸面条。对于她的这些小枝杈，大人们都是一副不着意的样子，该怎么还怎么。那天，小春中午回家，知道柴禾和爸爸又一起上地的时候，绷起了小脸，对柴枝道："为什么不听我的话？你为什么不和爸爸一起去？"

"我脚上长了个疔，疼。等消了再上地。"

"脚再疼也得去！"

"十七还想管十八？我就不去。"柴枝道，"怎么了？"

"你不知道么？"小春道，"你不知道爸爸和妈妈应该在一起么？"

小春的眼泪在眼眶里打转转了。

通常，柴枝夫妇都睡在东厢房，柴禾睡西厢房。姥姥睡堂屋东里间，小青和小春睡的是西里间。后来，姥姥的手脚没有以前便利了，夜里要喝口水解个手什么的，就需要人照顾。柴枝和柴禾就在姥姥身边加了一张床，轮流值夜。以前轮到柴枝值夜的时候，小春总是会从西里间跑过来，粘着柴枝睡。现在，只要轮到柴枝值夜，她就跑过来，撵柴枝走。

"妈，我替你。"小春说，"姥姥待我亲，我要伺候姥姥。"

"你太小。"柴枝瞪大了眼睛，"等你大了，有你伺候的日子。"

"我要是大了，还不知道有没有姥姥了呢。"

"什么话!"柴枝喝道。姥姥却在一边呵呵地笑了起来。

"大人嘴里没真话,孩子口里讨实言。"她一边咳嗽一边拍着小春的头,"叫她说。孩子大了。叫她说。"

"春,你还要上课,晚上睡不好,明儿就没精神了。"

"让我试试。"小春推着柴枝往外走,"让我试试。"

"孩子大了。"姥姥道,"是大了。"

睡了几晚,小春居然伺候得不错。渐渐地,小青和小春就开始轮班伺候姥姥。两个小女孩子都中了用,这倒是让大人们没想到的。

姥姥瘦弱,白净。头发在脑后梳成了一个光光的圆髻,用一个黑色的网罩网住,周周正正。夏天穿着的确良斜襟衫,春秋天穿着斜纹布夹衣,冬天是盘扣对襟棉袄。每天早上都要漱口,吃茶。茶渣子倒在屋角的大缸里,说是存放到一定时日,就成了性寒的药,可以治烫伤。有一次,小青的手背被开水烫了个大泡,抹上去,泡果然立刻就小了。连五娘都说,姥姥话虽然不多,却是个很有见识的女人呢。

姥姥话不多,柴枝和柴禾却都听她的话听得紧。她说一是一,说二是二,姊妹两个从不敢违拗。上行下效,小青和小春在各自妈妈面前无论怎么撒泼耍蛮,在姥姥面前却是不敢的。姥姥却也不使她们害怕,她们说了什么不得体的话,姥姥也总是那句:"叫她说。孩子么,叫她说。"

开始值夜伺候姥姥之后,小春和姥姥的话渐渐地就多了起来。然而姥姥也还是不同于五娘,小春总多了几分小心。她问姥姥:为什么男人都要娶女人？女人都要嫁男人？姥姥说天地万物都有个阴阳。落到人身上，女人是阴，男人就是阳。自然要男娶女嫁。小春又问姥姥：姥爷什么样？姨妈和妈都记不得姥爷的样子呢。姥姥说姥爷死得早，他的模样连她都已经忘了。想了想，又说："左不过是男人样儿。"这回答小春不满意，又不好说什么。小春又问姥姥和姥爷是怎么认识的，姥姥说她小时候兵荒马乱地出去逃难，半路上碰见的，就过起了日子。小春道："那你和姥爷不也是自由的么？"姥姥道："这个小闺女，连这个词都知道。啥自由不自由？不过是在一起搭个伴儿过日子罢了。"

"姥姥，你为什么不染红指甲？"小春终于问了她久已想问的问题。

"你不是知道了么。我想着五娘都告诉你了呢。"姥姥说，"为了你姨。"

"我五娘说，我姨没出事的时候，你也不染。"

"年轻的时候染得太多了。"姥姥说，"染烦了。"

"骗人。"小春忽地坐了起来，"你年轻的时候不是在逃难么？逃难还染指甲啊？"

"那有什么稀奇。"姥姥说，"有女孩子的地方就有指甲花。有指甲花的地方女孩子就要染指甲。"

那天晚上，是小青值夜。小春混混沌沌睡着了，喝多了水，她半夜起来想要小解。院子里很静。她没有开灯，拖拉着鞋出了门，想到院子里撒尿。从窗玻璃那里她似乎看见一个身影，由东厢房走向西厢房。肯定是爸爸。她知道。她打开门,走到院子里,看见西厢房的灯亮了起来,窗帘没拉严,在窗帘缝里,她清清楚楚地看见:爸爸和柴禾躺在了一起。

小春含着眼泪把脸转向东厢房。妈妈睡了。她想:妈妈什么都不知道。可她惊讶地看见:东厢房的灯也开着,柴枝正在走动,她拿起暖壶,正往玻璃杯子里倒着开水。

小春慢慢地退回到堂屋,在西里间躺下来。她数着姥姥的咳嗽声,一下,两下。而小青仍然沉沉地睡着。

"姥姥。"小春喊,"你要喝水么?"

"不喝。"

"要解手么?"

"不解。"姥姥说,"春,乖,睡吧。"

小春不说话了。她的眼睛盯着黑黝黝的屋顶。突然间,她号啕大哭起来。

7

过了几天,五娘来家里借簸箕,姥姥和五娘打了招呼,要她给柴禾说个媒。姥姥是在大门口和五娘打这个招呼的。声音不大,路过的人全都听见了。姥姥要放媒婆来提亲了。都知道这是个信号。这个信号一发出,就等于告诉人:这家女儿搁不住了,禁不住搁了,要打发出门了。

此后两天,柴禾的眼睛肿得像初开的桃花。

第三天晚上，该是小青值夜，姥姥却早早打发她和小春到西里间睡去了，说让柴禾陪她睡。她说她肚子受了凉，有些不舒服，怕起夜次数多，小青睡不好，耽误她明天上学。话是这么说，小春却有些疑惑：姥姥这一天哪一顿都没有少吃，肚子也没有咕噜咕噜叫，连屁都没有放一个，怎么就是受了凉呢？

小青睡得很沉了，小春还没有睡。现在她对夜晚的感觉很微妙了。她知道有些事要发生了，就在今晚。

钟敲过了十一点，堂屋正中的灯亮了起来，东厢房和西厢房的门依次打开，三个人的脚步朝这边响来。小青轻轻地在门帘边掀开一条细缝，看见姥姥神一样端坐在堂屋正中的太师椅上，柴枝柴禾和爸爸进了屋之后，都像犯了错误的学生一样低着头站在姥姥身边。

"跪下。"姥姥威严地说。

三个人就都跪下了。爸爸跪中间，柴枝和柴禾各跪一边。

"你们都知道，我不是你们的亲娘。可从把你们姊妹两个捡回来开始，我就把你们当亲生待了。除了那层皮肉疼没受，当娘的该操的心，我都操了。我是什么都见过，都好说。"姥姥说，"你们的事，我早知道了。你们也知道我早知道了。"

小春屏住呼吸，眼睛一眨不眨。

"原想睁只眼闭只眼就这么过，可现在孩子们都大了，恐怕也都有知觉了。瞒不住了。该有个说法了。"姥姥说，"你们的事，你们自己说说该怎么办。手心手背都是肉。哪个我都想让过得好点儿。平日里手心看不见手背，手背看不见手心。今天手心手背都说说，把话说到明里。"

"娘,"柴枝说,"你说。"

"我说,按正理,该柴禾出门,再走一家。"

三人沉默。

"要是,要是我们俩都愿意呢?"小春看见妈妈柴枝抬起了头。

"你不委屈?"

"不委屈。"柴枝说,"姐姐当初的事,也是我的错。若不是我出主意绑了她的手,她或许就不会跟了老蔡……我也是有私心,怕她耽误了我……我没想到,姐会过得那么苦。现在的日子,是我该补给姐的。我愿意。"

"你不委屈?"姥姥又问柴禾。

"不委屈。"柴禾说,"我只是觉得妹妹委屈。"

"这么说,你们俩都愿意?"

"都愿意。"

一片静谧。只有时钟的秒针在一下一下地走着。嘀嗒。嘀嗒。

"你呢?"姥姥问跪在中间的爸爸,"两个人的命都在你身上。你是什么心?"

"我,也愿意。"

"那,你,"姥姥对爸爸说,"谁都不能亏待。"

许久,小春听见爸爸说了一个字:

"是。"

"那好。就这么过吧。"姥姥长长地叹了口气,"都是孽啊。"

姥姥仍旧那么郑重地坐着。一动不动。跪着的三个人也都一动不动。都如雕像一般。

不知道什么时候，小春感觉到了耳朵边有咻咻的鼻息声。她捂住嘴，转过脸。是小青。

当然是小青。她也醒来了，看着这一切。

两人都没有说话。

多年以后，长大成人的小春才明白过来：那个晚上，姥姥知道她们会偷看。她是故意要她们偷看的。

爸爸的话从来就是不多的。他下地锄草的时候就拎起了锄头，上房补瓦的时候就搬起了梯子。他该干什么就干什么，似乎是这个家的一道布景，一堵砖墙，沉默寡言，无声无息。即使面对两个小女孩，他的笑纹多了许多，话也是不多的。每天晚上，吃过晚饭，他就去外面走一会儿，回到屋里再看一会儿电视，然后就睡了。

他去赶集，买衣服，一定要买两件。柴禾瘦弱，衣服要小一号。柴枝胖一些，就比柴禾大一号。柴禾喜欢素的，就买净面儿的。柴枝喜欢艳的，就买花的。给两个大女人买完，再给两个小女孩子买。两个女孩子爱比较，所以一定要买一模一式的，让她们没个挑拣。——他是哪个女人都爱的。柴禾爱他爱得硬，是他的骨。柴枝爱他爱得软，是他的肉。开始时，骨头重，肉轻。随着日子的营养，肉也丰满起来了。骨上面就是肉，肉下面就是骨。骨肉不分。分不清，就都爱了。

这样一个男人，厚重，沉闷。似乎是最不懂风情的，然而两个女人都愿意跟他过，都愿意把一辈子的日子给他，小春再想不出他有什么好，能让妈和姨妈都死心塌地。但是，这个六口之家里唯一的男人，他确实是这个家的半边天——不，他是这个家的地。一屋子的女人，老老小小，都是云朵，他是结结实实的大地，擎着这些云朵。对她们来说，他和任何男人的意义都不一样。

当然，她的姨妈，她的妈妈，她的姥姥，也都和一般的女人不一样。家里的这些大人，个个都和别人不一样。使得她和小青这两个原本和别的女孩子们没有什么不一样的姊妹，也都有些不一样起来了。

几个人的心都是苦的，却也都是甜的。几个人的心都是薄的，生怕什么东西什么时候就塌了。却也都是厚的，知道有些东西什么时候都塌不了。几个人的心都是浑的，总有些东西看不清楚。却也都是清的，有些东西总是明镜一般。几个人的心啊，都是凉的，秋天一样的凉。却也都是暖的，春天一样的暖。

这是大人们的事，小春知道自己没资格发言，也发不出什么言。现在，在这个家里，她不知道该体恤谁了。谁都值得体恤，谁都值得可怜。可似乎又是谁都不值得体恤，谁又都不值得可怜。小春为每一个人难受，也为自己难受。她总算明白：有些事情还是不知道的好。但是，只要知道了，就再也不能装作不知道。

不过，话说回来，这样一家人生活在一起，看起来却又是一点儿也不低下。两个小孩子，三个成年人，一个长辈，怎么看都是平平整整齐齐顺顺的一家人。庄稼长得黑油油的，家里也拾掇得干干净净。一对大姊妹和一对小姊妹都格式得好好的，没什么可让人挑剔的。

然而这些都驱除不了小春心里的闷。这个家让她闷。于是当又一年夏天来临的时候，她就又把心思放到了染指甲上。放了学，小春就带小青去地里看自己种的指甲花。就在地里，不用白矾，也不用盐，更不用豆角叶，她们只是把花瓣揉碎，揉成花泥，然后按在指甲上，指甲居然也慢慢红了。染指甲的时候，小春把食指染了一遍又一遍。两个食指也慢慢红了。

她是真的想嫁得远。

8

那天一大早，柴禾就开始吐酸水，吐得黑天昏地。吐得很寡。吐过了，她就干活。又要吐的时候，她就住手。看得小青和小春都不忍心起来。跑过去问姥姥和柴枝。

"没事儿。"她们的嘴角都含着笑，"是有喜了。"

"什么是有喜？"

"就是怀了孩子了。"柴枝道，"你们给估摸估摸，是男孩还是女孩？"

"不是男就是女，反正就这两样。"小春对这个谜语没兴趣。然而她的回答还是让大人们哈哈大笑。

"为什么有的女人会生孩子，"小春倒是想起了这个问题，"有的女人却不会？"

"不为什么。"柴枝看了姥姥一眼，说，"有些花儿能结果，有些花儿不能。老天爷安排下的。"

转眼间，柴禾怀孕已经五个月了。"怀胎五，捂不住。"她出身子了，越来越显。她是不怎么出门，可是总有别人进家。因此是难躲人的，于是后来干脆也就不躲了。她大大方方地和人打着招呼，倒让那些人都没了话说。偶尔，她也去小卖部买个油盐酱醋，坐在门口吃爸爸从集上买回来的橘子和苹果，到卫生所让医生给她听个胎音。做这些的时候，她是很自然的。柴家的几个大人也都是很自然的，让人不好问什么，于是就有人去问小青和小春。

"你姨肚子里，是谁的孩子？"

"当然是她的孩子。"小春很厌烦这些打探者的神情。

"孩子的爸爸是谁？"

"等他长大了你们自己去问！"姊妹两个一起说。

讨了没趣，也就不再问了。都知道左不过是柴家的孩子。没了好奇心，见了柴禾就更加平和地说几句寻常话。

"几个月了？"

"小褥子预备下了没有？"

乡里人的眼睛就是这样。看着是明晃晃的针，这些针却都是虚的，不带线。只是那么亮亮地闪一闪。你若是不管它，它其实也就是扎一个小眼儿就过去了，不会让你疼。时间久了，这些针的光也就暗了下来。说到底，是各人过各人的日子，再说到底，柴家这几个人平日也都没有什么不好。人家家里的事，谁犯得着端起来砸到人家脸上？

乡里管计划生育的人也在村子里看到了柴禾，听说是个寡妇，就不知道该怎么处理好了。后来说去商议商议，到底也没见商议出个什么结果来。

怀了孕的人，肠胃是比素日有些娇贵的。柴禾有时候想吃烙馍，有时候想吃油食，有时候想吃饺子，有时候又想吃碱放得多的发面馍。她想吃什么，柴枝都随时给她做。包子的几样，豆包、肉包、菜包、糖包都做过，烙馍的几样，葱油饼、馅饼、煎饼也都做过，油食的几样，油条、油饼、菜角也都炸过，面条有手擀的，也有机器压的，做过捞面、炒面、卤面。喝的汤类也是五味俱全：豆腐汤、胡辣汤、牛肉羹、醪糟汤、八宝粥、绿豆汤。有一次，她想吃柿子醋。柴枝特意进了一趟山，去给她买了回来。

日子是在吃食中过的。吃食过着人，人也过着吃食。就这么，一天天过了下来，预产期是腊月。离年不过十几天的样子。小春听见爸爸和柴枝商量着，说无论男女，就叫小新。

这一年的第一场雪是在小雪那天下的，下得特别地早，也特别地大。大得出乎人们的预料。下了两天之后，地面都冻得硬邦邦了。

其实，那天，从小卖部回家的路上，柴禾走得很小心。但她还是摔倒了。

孩子没保住。都说"七成八不成"。这个孩子七个月了，按俗例是该成的。却没成。

"到底还是在蔡家吃了亏。"姥姥说，"地薄，不好存苗儿。"

都知道小月子该是和大月子一样看待的。对柴禾自然也都没有含糊。街坊邻居们都拿着鸡蛋红糖来瞧看，说着"有地有种，不愁不长庄稼"。一拨一拨的人来瞧看过，柴禾的脸色渐渐地红润起来了。

日子还是要往前过。正月十五元宵节，家家吃元宵。元宵是城里人的称呼，乡下还是称"汤圆"的多。有玫瑰的，枣泥的，山楂的，果仁的。"二月二炸麻花"，二月以后，蝎子、蜈蚣都出来了，二月二这天就吃油炸麻花，意思是咬掉了蝎子和蜈蚣尾巴，这样它们就不会蜇人了。二月初五，家家要吃凉粉，叫溜光。这时候已经有了春燥，天渐渐热了，吃一碗凉粉，神清气爽。三月三这天要吃煮鸡蛋，在这天吃一些煮鲜鸡蛋，孩子们就会心明眼亮。五月五吃粽子。八月十五吃月饼。十月一日是鬼节，吃饺子。——第二天，柴枝生了个男孩。

孩子的名字，还是叫小新。

添人进口，是喜事，生男孩是大喜，生女孩是小喜。报大喜拿的是油条，报小喜拿的是油饼。因是养老女婿，报喜也只能是自家报自家。爸爸就买了油条送到姥姥跟前。姥姥也回了一身小衣服，还有半斤重的线蛋儿。这叫"长命线"，要挂在孩子床头，得年年用这个线团儿给孩子缝衣服，一直用到十二岁。当然现在都是买衣服穿。不过这个意思也还都有。

第三天是"庆三"，第七天是"头周"，第十天是"祝十"，满月是大礼。因是男孩子，要提前一天做。早上请剃头匠来给孩子剃了头，刚把尿布屎布都清洗干净，街坊邻居就都陆陆续续地来了。渐渐地，柴枝屋里就堆满了东西：衣、帽、鞋、袜、护襟、护牌、裤子、铺垫、斗篷，布娃娃、布老虎、鸡蛋、红糖、蛋糕、豆腐……

席面很好。一般人家是八碗席：有冷菜两碗，每碗八片的红烧条子肉两碗，酥肉一碗，丸子一碗，粉条一碗，白菜一碗，若主家不带酒，这就是"平八碗"，有了酒的，就叫"硬八碗"，若是再多一大碗方块肉和一大碗杂碎汤，那就叫"硬十碗"。柴家的满月席，就是"硬十碗"。

柴枝坐月子，柴禾待女客，爸爸待男客。小青和小春只管在灶台那里吃着，不去坐桌。吃完了，她们早早地溜了出来。冬天里没地方可去，她们就在村子里闲逛。不知哪一户种的蜡梅，香气丝丝缕缕地传过来，两人找啊找，找啊找，到底也没找到是哪一家。

9

小新五岁那年，姥姥病了。乡下俗名叫瞎巴病，官名叫"食道癌"，说是晚期。到医院看了，受了一番罪，花了一番钱，最后还是让把人抬回了家。小青上了高三，不歇星期天，不能回去，小春高二，每个星期还能有一天回去的日子。每次回去她都值夜。她整夜不睡，坐在姥姥床前。

姥姥病了，小春想起姥姥好时的样子来。姥姥不会走路了，小春想起姥姥走路时的样子来。姥姥醒了，小春想起姥姥睡觉时的样子来。姥姥睡了，小春想起她醒时的样子来。

姥姥越来越衰弱了，但是看着很平静。精神好的时候，她还能和小春聊几句。

"小新的身量，跟个黑泥鳅似的，越来越喜人了。也不知道长大成个什么样儿。"

"男人样儿。"

姥姥嘴角撇了撇，笑了。

"也不知道小青今年能不能考上。"

"能。看她都没功夫回来看你，用功着呢。"

"费了多少心，费了多少钱，不用功可是没良心。你也一样。"

"我会用功的。"

"想考个啥大学？"

"医科大学。"

"中。给人治病，好。"

"姥姥，你可得活着，等我学成了，把病给你治好。"

"那可不中，赶不上了。"姥姥道，"想去哪儿上？"

"姥姥想让我去哪儿上？"

"去大地方吧。"

"北京？"

"好。北京好。早些年，叫北平。"

"哟，姥姥还知道北平？"

"嗯。去过。兵荒马乱的时候，去那里逃难。"

"姥姥到底怎么逃的难？逃难怎么过生活？要饭？给人家当丫鬟？还是去饭店洗碗？"

姥姥笑了。

"啥都干过。只要能活着。"她说，"给人家推过磨，走一天下来，两只脚肿得跟发面似的。给人家绣过花，活儿紧，绣了一天一夜,夜里舍不得点油灯,就在月亮底下绣……"

在月亮底下绣。小春难过的同时又突然觉得这情形中有着一种奇特的优美,有着一种不能克服的浪漫。可是,月光终究是勉强的吧?在月光下绣花的时候,朦朦胧胧地看不清楚,针会扎在指头上吧?指头会流血吧?那种红,只怕也会有些像指甲花吧?

又想起指甲花了。

姥姥去世之后,在她的紫漆匣底,发现了四张照片和两张发黄的纸片。照片都是黑白的。其中两张照片是单身照。一看就是姥姥年轻的时候。一张正坐,穿着斜襟大花长袄,下面是盖着脚面的裙子。袄襟上镶着一道阔大的缎子裹边,手里垂着一条丝帕。她的瓜子脸怯生生地朝着镜头,头发乌光水滑,脑后露出一根细细的簪子尖儿。她坐的是一张圆凳,旁边是一张圆几。几上摆着一盆模糊的花。她的脚下摆着的一盆花倒可以看得很清楚,骨骨朵朵,斜逸旁出,是梅花。另一张是侧坐的。侧坐本身就有些妖艳的意味,姥姥的模样更是妖艳:两个耳边儿都插着大朵的花,两缕黑发从耳下顺出来,有点儿披肩发的意思。她的左手拿着扇子,胳膊肘放在圆几上,右手拎着丝帕。——这次姥姥的面容不怯生生了,她嘴角微微上扬,眼角也微微上扬,显然是在笑着。圆几上的花也换了,成了面目清晰的菊花,而脚下的那盆,换成了水仙。

还有两张照片是合影。一张是两人照。两个女子,一坐一站,一正一侧。正坐的就是姥姥。衣服也换成了旗袍。两人的旗袍是一模一样的,旗袍领子高高地竖着,颈项上都挂着白色的珍珠项链。

另一张是四人照。两人坐在藤椅上，两人站着。没有圆几，也没有花。就这么四个人，把照片占得满满的。她们都认真地看着镜头，一副柔弱的、任凭摆布的样子。相比之下，还是姥姥看着特别些，她手里拿了一支长长的箫。指甲上一层均匀的暗色——肯定是红指甲了。

两张纸片都很残破了。一张是竖长方形的粉红厚宣，抬头写着两个字：局票。下面用繁体字竖版写着：柴志通君请　醉香院　柳月香　至四马路平王街口　东福酒家　第一房间　侍酒勿延。

另一张是个横长方形的表格，内容如下：

姓名　柳月香

年龄　十九岁

籍贯　山西晋城

住所　桃园路二十六号

从业原因　贫

有无丈夫及亲族　无

是否自愿　是

由何处来　晋城

从业处阶　桃园路二十六号醉香院

谨呈

北平市警察局转呈

北平市政府

再下面是红红的指印和姥姥的一寸小照。照片上的姥姥仰视右上方，微微笑着，一派天真无邪。

这张表的签署时间是中华民国三十五年六月七日，表的名字叫《妓女请领许可执照申请书》。

10

在中医学院学习的第三年，小春发表了自己的第一篇医学论文。题目是《论指甲花的中医妙用》。

指甲花

学名：Impatiens balsamina Linn

英文名：Garden Balsam

别名：豫晋——指甲草、染指甲花、凤仙花，潮汕——小桃红、透骨草、金凤花，闽东——白凤仙、灯盏花、急性子、洒金花。

科属分类：凤仙花科 Balsaminaceae、凤仙花属

植物概述：

指甲花，属凤仙花科一年生草本花卉，产于中国和印度。

指甲花性喜阳光，怕湿，耐热不耐寒，适生于疏松肥沃微酸土壤中，但也耐瘠薄。此花适应性较强，移植易成活，生长迅速，一般很少有病虫害。花茎高 40—100 厘米，顶端渐尖，边缘有锐齿，基部楔形；叶柄附近有几对腺体。花大而美丽，或单瓣或重瓣，单瓣居多，重瓣的称凤球花。生于叶腋内。花色有粉红、大红、紫、白黄、洒金等，善变异。其花形似蝴蝶，

有的品种同一株上能开数种颜色的花朵。据古花谱载，指甲花有200多个品种，不少品种现已失传。因其善变异，经人工栽培选择，已产生了一些好品种，如五色当头凤，花生茎之顶端，花大而色艳。还有十样锦等。根据花型不同，又可分为蔷薇型、山茶型、石竹型等。指甲花的花期为6—9月，结蒴果，状似桃形，成熟时外壳自行爆裂，将种子弹出。

繁殖：

自播繁殖，故采种须及时。以4月播种最为适宜，这样6月上、中旬即可开花，花期可保持三个多月。播种前，应将苗床浇透水，使其保持湿润。约10天后可出苗。当小苗长出2—3片叶时就要开始移植，以后逐步定植或上盆培育。盆栽时，先用小口径盆，逐渐换入较大的盆内。

药用：

【收制方法】夏季花盛开时采收，鲜用或晒干。

【性味归经】甘，温，微苦，有小毒。

【功能主治】指甲花种子含皂苷、脂肪油、甾醇、多糖、蛋白质、氨基酸、挥发油。亦为解毒药，有通经、催产、祛痰的功效。全草捣汁外敷，有活血化瘀、利尿解毒、通经透骨、软坚消积、祛风止痛之功效，亦可用于闭经难产、跌打损伤、瘀血肿痛、风湿性关节炎、痈疖疔疮、蛇咬伤、手癣、骨鲠咽喉、肿块积聚。外用亦可解毒。花瓣加些明矾捣碎后，可染指甲。

【用法用量】1—2钱；外用适量，鲜花捣烂敷患处。

【注意】孕妇忌服。

药方数则：

1. 毒蛇咬伤、腰肋引痛：指甲花全草30克，捣烂，冲酒服。

2. 风湿关节痛：指甲花全草30克，或加商陆根15克，猪赤肉适量，水炖服。

3. 闭经：指甲花3—6克，水煎服。或全草15克，水煎服。

4. 骨鲠：指甲花种子3克，研末，开水送服，或鲜全草捣烂取汁，约1汤匙口服。

5. 指甲沟炎：用鲜指甲花叶捣烂，拌红糖外敷。

6. 痈疖、乳痈：指甲花、扁柏叶各适量，捣烂，敷患处。

"柴春，你对指甲花怎么这么有研究啊？"有同学问。

"我们那里到处都是这花，从小就跟着这花长大，想不了解都不行。"小春笑道。

"这些花名儿挺有意思。喏，你听，急性子，像说人的脾气似的。小桃红，这味道像个姨太太。凤仙花，让我想起了和蔡锷将军英雄美人了一把的那个风尘女子小凤仙。还有这个，透骨草，又显得杀气十足。不过这个最酷，我最喜欢。你呢？你最喜欢哪个？"

"都好。"小春微笑道。

又过了很多年，小春早已经当了医生，成了市中医院的大夫。也结了婚，有了孩子。她轻易不怎么回老家，觉得莫名其妙地畏惧和羞耻。只是电话打得很勤。她曾经提出要柴枝跟她来城里住，柴枝不肯。小青的工作单位离中医院不远，两姊妹倒是经常见面逛街，说东说西，说狗说鸡，或者一起去看看小新——小新已经在城里读高中一年级了。

偶尔，她们也会提一提乡下那三个人。

"也不知道他们怎么样了。"小青说。小春就明白，她和自己一样，应该很久都没有回去了。

突然，一间饰品店里传来一阵轻柔的歌声。似乎在唱着什么指甲花开。

"谁在唱指甲花开？"

小青笑了："没有指甲花开。你是说《栀子花开》吧？何炅唱的。就是湖南卫视《快乐大本营》的主持人，对，周三他还主持着一个栏目，叫什么《勇往直前》。"

是的，那个主持人小春知道。瘦瘦的，小小的，长得很秀气，很中性。喜欢穿粉红粉蓝粉绿的衣服。他主持的节目小春也看过。《快乐大本营》，还有那个《勇往直前》。《快乐大本营》确实快乐，《勇往直前》却让小春觉得不够勇。要么就是些蹦极，高楼跳，要么就是游乐场里的太空飞梭和急流勇进，都是高弹绳捆了一道又一道，安全系数百分之二百的游戏，根本不需要勇。真正的勇是面临一片黑暗的时候，还要跨出自己的脚。从这个意义上讲，活着的每个人，每天早上睁开眼睛，面对这个世界的时候，其实都很勇。

后来，小春把那首歌从网上下载了下来，歌名就叫《栀子花开》，

　　栀子花开，如此可爱
　　挥挥手告别欢乐和无奈
　　光阴好似流水飞快

日日夜夜将我们的青春灌溉

栀子花开啊开，栀子花开啊开

像晶莹的浪花盛开在我的心海

栀子花开啊开，栀子花开啊开

是淡淡的青春，纯纯的爱……

——这清甜的旋律映照着栀子这样清甜的花，是对的。这旋律对指甲花很不适宜，小春知道。但她还是在这不适宜的旋律中落下泪来。

11

柴禾得的也是癌症，发现时也已经是晚期。宫颈癌，转移得很快。医生说这病根儿应该是早就落下了。"宫颈重度糜烂多年，最容易得这种病了。怎么早不来看？不是我说，你们农村妇女，就是愚昧。"

柴禾临死前又说了一些话。她是对柴枝一个人说的。

"……那个人，真是孽障。他对不起我，我也对不起他。那天，在平房顶凉快，离边儿很近。我本来想拉他一把的，后来不知怎的，我就没管他。我眼睁睁地看着他掉了下去，想着最多不过是摔一下，却忘了，下面刚好是张青石桌子。"她笑，"一报还一报。老天爷不可欺。"

柴枝握着柴禾的手，只叫了一声："姐。"

"一直没跟你说过，我出门之后，他找过我一回。为的是你提亲的事……你心里有他,不说我也知道。我跟他说:伤过一个了,就别再伤另一个了。替我照顾好你和妈,我也放心……"

"姐。"柴枝的眼泪落下来,"老蔡糟蹋你的那天晚上,我是知道的,可我……早就想说,可我一直没敢说。说不出口,没脸……"

"过去了,别想了。"柴禾嘴角有淡淡的笑意,"我死了,估摸蔡家人还会来要我的尸骨。不要让我回去。"柴禾顿了顿,"我生是柴家的人,死是柴家的鬼。"

果然,蔡家听到信儿,就托人来了,说既然两个人在阴间都是单身,不如阴阴阳阳都做夫妻。

"不中。我不能违拗我姐的意思。"柴枝一口就把来人挡了回去,"除非我姐活过来,亲口说她愿意。"

而在柴家这边,族长三爷也发了话,说一个寡妇,回了娘家,住也住了,死也死了,想怎么着也都怎么着了,有一条底线是绝对不能破的,就是不能入柴家祖坟。

一个要收,一个不留。这真成了一个难题。这尸首,到底该安置在哪里呢?大家都发愁着。都不知道该怎么办。柴禾的身子就在水晶棺里放着,是冬天,倒也没什么气味,不碍什么。柴禾的样子还是和原来似的,静静的。可是就这么放着,一天,两天,都知道不是个事儿。

那一天,五娘找上门来,在棺材旁边坐了一会儿,和柴枝拉了两句家常。

"你是能进祖坟的。"她说。

"我知道。"柴枝说。

"你招了女婿,女婿就是儿子,你是闺女,又是媳妇。进祖坟是应当的。"五娘又说。

"这我知道。"柴枝又道。

"你姐,要是和你一样,就能进祖坟了。"五娘又说。

柴枝的眼睛一亮。她起身,在五娘面前规规矩矩地跪下来。

"我替我姐给你磕头了。"她说。

柴枝夫妇找到了三爷。双双跪下。

"要是我能进祖坟,我姐就能。"柴枝说,"我和我姐都是他的女人。虽说我是过了明路的,但若要按实在次序,我姐还在我的前面呢。"

虽然在背后没少叽叽喳喳,但这事说到了桌面上,却让大家都静默了。说什么好呢?又能说什么呢?而且,再想想,柴枝讲的理儿,也是过得去的。

自始至终,男人都没说话。一个字都没说。他只是低头跪着,跪着,直到三爷亲手把他搀了起来。

柴禾的最后一件事,就这么有了结果。对此,村里人总结了三个字。

"都仁义。"

两天后,柴禾进了柴家祖坟。她被埋在了姥姥的下手。位置偏右。

煲　汤

1

妈，小姨来了。

知道了。

哎哟喂，我的小帅哥，怎么又长个儿了？这才半个月没见你，就又蹿上这么一截子。你妈这饲养员当的，真见功。

别摸我头。

就摸你头。有一米八了吧？

一米七九五。昨天体育课刚量过。

那就是一米八。

一米七九五。

好好好，一米七九五。来，亲一下。

小姨别闹。

就闹。小时候你没少闹我，现在我就得闹你。

小姨！

呵呵。这么多菜呀，姐你还忙活什么呢？

还有一道汤。

姐夫呢？又出差了？

今儿回来。本来说是能赶上晚饭，后来又说航班延误，刚刚发短信，飞机刚落地，还没到停机位呢。这会儿市里也正堵车，没俩钟头别指望到家。咱们先吃，不等他。

什么汤？真香。

板栗鸡汤。

没喝过你这道汤哦。

今儿也是第一次做，你凑着了。昨儿同事从信阳老家回来，带了些生板栗，我拿了一把。这板栗特别好，面甜面甜的。我想了想，也没什么好配的，干脆买了只母鸡，煲汤吧。你看这板栗，多饱满，多圆润，真是好食材。

咱有口福，这没办法呀。看这颜色，可以了呀。

远着呢。菜谱上说武火开了换文火炖，还得俩小时。这才一个小时。煲汤这事就是太费工夫。

好东西哪能不费工夫呢。啧，我看成了。

不成。

不管。反正我得先来一碗。

馋鬼！

2

儿子，今天菜不好吃？

好吃。

看你筷子慢的，没胃口似的。

嗯。

有事儿？

有点儿事。

说吧。

姐，先吃饭，让孩子饭后说。

他那脾气，不说就吃不下饭。

我说了，您可不要生气。

你就说吧。生不生气得先听听什么事。

说吧，没事儿，小姨在呢。不让你妈打你。

我的英语电子词典，坏了。

坏了？

嗯。

怎么坏的？

摔的。

你和同学打架了？

没有。

那怎么摔的？你怎么不小心呢？

是我同学摔的。

你同学？他为什么摔你东西？

他也是不小心。妈你别生气。

不生气，只是心疼。两千多呢，才用一个多月。

后来怎么样？你同学总得有个说法吧？

说赔。

怎么赔？

只摔坏了手触屏，键盘那里还能用。我跟同学商量好了，明天我去店里问问，看能不能修。能修的话他给赔维修费，不能修他就赔新机费。

哦。你们俩商量……他能做主么？

能。

这不就解决了？妥妥地吃吧，小帅哥快吃这个虾。

这怎么算解决了？要是第一次修好了，可是好得不彻底，过两天又坏了，还得修，那这二次维修费他管不管？要是修了两三次最后还是不行，还得买新的，那这新机费他还管不管？

妈，你的意思是？

你妈的意思是，你同学会不会对这件事情负责到底。

对，我是这个意思。

既然修肯定就会修好，妈你怎么想那么多呢？

那可不一定。机器也像人，人被车撞了一下，虽然送到医院，做了手术，整治整治，出院了，看着好了，可是骨折啊，脊椎受伤啊，大脑出血啊，什么什么的，都会留下后遗症。这后遗症，有时候显得快,有时候一时半会儿显不出来,可总归是一定会落下的。所以,那撞人的肇事方,可不是光拿第一次的医药费就了事的。你同学的责任也是一样。

你这可就不讲理了啊。

我怎么不讲理了?是有这种可能性的呀。那以你的意思,要是修好后又坏了,我还得因为他的责任再给你买个新的,这钱花得冤不冤?

妈,你……

干脆说到底,我的意思就是别修了,你就告诉同学,店里说修不好,让他赔个新机费,这样最利落。摔坏的这个给他,多落一个也没什么意思,咱不沾这光。

嗯,我看你妈说得有道理。行不?

不行。

怎么不行?

我不明白:要是能修好,干吗还要人家买个新的?

要是修好后又坏了呢?你会让他买个新的么?

……不会。我不好意思。

这不就结了?

可要是修好了不再坏呢?

……

宝贝,别犟,听小姨说,你妈是对的,这就叫一了百了。

这叫无赖!

不许这么说你妈!

我妈这就叫无赖!

……

唉,养了你十五年,换来这么一个光荣称号,我也真算有功。一个老无赖能养出一个不无赖的儿子么?活该被这么骂。

姐,你去看看汤,我好像听见汤潽出来了。对了,再给我来一碗。有香菜香葱吧?给我放点儿。刚才那碗太急了,都没来得及好好品。还有,再给我单放一丁点儿盐哈,稍微有那么一点儿淡。

3

嘿,你小子脾气见长啊。

你说我妈无赖不?

我说你妈不无赖。

你是她妹妹,当然这么说。切,没有原则。

说你对就是有原则了?凭什么你的原则就是原则?

……

宝贝,要是十年前,小姨也会像你这么想问题的,可是,现在不会了。前两天,我不小心把同事的手机碰到了地上,屏幕摔了条很小的裂缝,其实还能很正常地使用,这个同事跟我关系还很好,可我立马给他买了个新的。一个磕绊儿都没打。

为什么?

因为想一了百了,省得以后在这件事上有什么麻烦。

那会有什么麻烦?

先说修。这裂缝已经存在了,存在就是问题,就证明这手机有了瑕疵,这瑕疵还是我制造的。我肯定欠了他的。我当然可以给他修,修好了不犯毛病也没什么,可要是再犯了毛病呢?要是他正接打一个重要电话,这时候手机犯了毛病误了事,这责任算谁的?各种不好的可能性都存在,而这些各种可能性都和我的失误有关系,而要杜绝这些可能性,就需要一部新手机。

要是你给他修好了,他自己又弄坏了,这也能算到你头上?

当然能。首先,再坏的时候你不知道是不是人家弄坏的,在这种信息上你永远都很被动;其次,即使是人家弄坏的,人家多半也不会告诉你;再次,人家多半会说,这就是你上次摔坏留下的毛病。总之,只要不换新的,只要不让事情归到原位,你的责任就永远在那里放着,悬着你的心。

……

我大学同学,同宿舍女生,脸上有个疤,在右腮上,一块硬币大小。那块疤是她五岁的时候落下的。那年冬天,她和邻居的小女孩在一起玩游戏,那个小女孩拿烧红的煤球夹子给她"烫头发",夹子很沉,那女孩没拿稳,摁到她脸上,把她烧伤了,当时就落下了疤。不过谁也没当回事儿,该玩还玩。后来,她越长越大,这个疤也越长越显,也就成了事,越来越大的事。女孩子爱美啊,整天对着自己那张脸,这可就要了命了。南京北京上海广州,不知道跑了多少地方,都看不好。是永久性疤痕。她跟我们说,世界上她最恨的人,就是邻居那个女孩。

然后呢?

就找那家人呗，也没别的办法啊。那家也拿了不少钱，可这真是个无底洞。那家人搬了很多次家，也不成。我同学一看他们想躲，就更是不依不饶的。去年我们见面她还说要告他们，估计现在都上法庭了。

小姨，我这事跟你同学的事不一样吧？你真能侃。

表面不一样，本质一样。我的意思是说：有些问题看着很简单，其实很复杂。有些解决问题的方式看着很无情，其实很理智。

你的意思是说：你同学的邻居女孩那时候把你同学烧死，比在她脸上烧个疤，要更理智吧？

臭小子！人命和你的电子词典怎么能比？

呵呵。

不过，这事倒是可以跟那些事比一下。那些撞了人的司机，第一下没把人撞死，只是撞伤，可是他们居然会故意再去撞人，直到把人撞死。那时候，他们脑子里想的就是那四个字：一了百了。因为他们太恐惧以后无穷无尽的麻烦。等你再长大些，你就会理解这样的恐惧。你会明白，如果你是他们，你也会有这样的恐惧。

……

这世界上，总是会有些人很善于碰瓷，很善于讹诈，很善于挖坑，所以表面的弱势不一定都是弱势，表面的强势也不一定都是强势……

小姨你说什么呢？不懂。

呵呵小姨走神呢，发神经呢。好，还说你这事儿。你用你聪明智慧的小脑袋好好分析一下：刚才你说过，你不同意让人家直接拿新机费。要是修好后又坏了呢,你也不好意思让同学再拿新机费,是不是?也就是说,其实你只想让人家掏一回维修费。那么,要是修好后又坏了呢,你爸妈肯定得出钱再给你买一个,你家就会因为你同学的过失而遭受损失,对不对?

要是修好了呢?

当然就不用讨论这些了。这个很容易面对。但——是,要是修好后又坏了呢?你怎么就不愿意面对这个呢?

我看世界天堂,世界还我天堂。我看世界深渊,世界还我深渊。这件事,我就打算朝着天堂的境界去想。

唉,臭小子,这就是你。你的脑子就是一个天堂的脑子,我和你妈呢?就肯定会奔着深渊去。我们的想法是:连深渊的底儿我们都摸着了,这世上的事也就没什么更可怕的了。是不是?

小姨,其实,我也知道最坏的结果,无非就是再花两千多买个新的呗。

你妈会生气的。

刚才我这天堂的脑子想好了,要真是那样,你就先把这笔钱借给我,我就对我妈说是同学出的。这钱等我工作后第一个月工资就还你,还带利息。

……

这么看我干吗?不舍得?没钱?

喜欢你呗,看不够。行,就这么办。小姨我有的是钱,都嗷嗷叫着想赚我外甥的利息呢。

呵呵。

你妈干吗呢？我等着喝汤呢。还非得我自己去端不成？

4

你可真行。

都听见了？

嗯。你这哄孩子的功夫可退步喽。

臭小子越来越长本事，管不了了。

真管不了了。

不过也好，看咱孩子，心眼儿多纯正。

这才让人担心呢。

也让人放心。心眼儿不纯正的孩子就不让你担心了？得担另外的心。

也是。

5

靓汤来了！帅哥，接你的这碗。烫死我了！

谢谢小姨。

谢我多余，该谢你妈。她最辛苦。

谢谢妈。

一个无赖妈妈，有什么好谢的。

妈，我刚才是开玩笑的，你别生气。

无赖怎么会生气？

妈！

行了行了，知道了。快吃饭吧。

妈，我想好了。我就先修，修好了让我同学赔修理费，要是修不好或者修好后又坏了，就让我同学赔新机费。行不？

嗯。就这吧。其实，妈也不是心疼那两千多块钱。妈就是想让你知道，很多事情得脑子转个弯儿去想。

嗯。

人心跟人心不一样。

嗯。

咱不伤害别人，但也得知道保护好自己。

妈，我都知道。

你才十五，且不知道呢。

我小学的时候，丢过两次公交卡。在教室里。公交卡拿到充值中心那里能退成钱，偷公交卡就是偷钱，拿到钱就能泡网吧，买零食。我知道这肯定是班里同学干的。课间的时候我在班里找过，没找到，还告诉了老师，也没用。

我怎么不记得这事儿？真是老了。

我没对你说。我拿自己的零花钱又办了新的。后来不在书包里放了，总是放在随身口袋里，就没再丢。

这孩子！

这点儿小事，我不想让你操心生气。

我外甥真棒，真能沉得住气。

那时候我就觉得,作为一个贼,其实他挺可怜的。要是被发现呢,不用说,丢人败兴,挺惨的。没被发现的时候呢,他肯定也整天提心吊胆的,同时想着下次还会偷,然后一直偷下去,一辈子当个小偷,绝不会有出息。这么想着,就觉得这样的人压根儿就不值得浪费我更多工夫。

啧啧,看看我的大外甥……

妈,我知道这世界上有坏人,可我还是愿意相信好人更多。这样想,日子才过得更有意思……妈!

嗯?

你怎么了?我说得不对么?

你说得很对。我手机在厨房里,好像响了……宝贝,你很对。

是我爸?

嗯,他肯定快到家了。

6

怎么了?你今天脸色怪怪的。

刚刚在饭桌上和儿子拌了一场嘴。

哦?我听听。

……

呵呵,孩子长大了。

是啊。

今天的汤煲得真好,挺费功夫的吧?

两个多小时呢。

很正常。好汤慢炖么。是吧?

是啊,好汤慢炖。

黄金时间

1

扑通。这一天，来了么？听见那一声响，她就有了期待，或者说是预料。她慢慢地走过去，在客用卫生间门口站定，从错开的门缝里看见了他正在艰难蜷曲的腿。她让门缝略微大了一些，便看见了他的全身。他歪歪扭扭地倒在地上，裤子没提，露着硕大的臀，两丘小型的肉山。他两只手都捂着上腹，脸窝在纸篓那里，纸篓以四十五度角倾斜着，很俏皮。一小片微微发青的脸颊进入她的视线，摊在他嘴角的东西泛着白沫，形状不明，鼻尖有大滴的汗正在丰沛冒出。他呻吟着，声音极低。关上了门，这声音几乎就听不到。

这一天，终于来了。她确定了这一点。

她想笑。可这个时候，笑显然是不合适的。但是，为什么不呢？既然没有人可以妨碍她。于是她来到卧室，在梳妆台前面坐下，冲着镜子笑了笑。她看见自己脸部的肌肉动了一下，牙齿也露出了八颗，眼睛里却还是冷冰冰的，没有笑意，像卧着两条死蛇。

这不行。她对自己说。她冲着镜子又笑了笑，眼睛里却还是没有笑意。那就算了吧。她离开了镜子。

卫生间里传来一阵声音，叮叮当当，零零碎碎的，是敲打的动静。他在敲打着什么。什么呢？似乎是搪瓷物件，地板砖还是马桶壁？她听着那声音。有一搭没一搭，一搭强一搭弱，力道一点儿也不均匀。他在挣扎，他在挣扎。她当然知道。她又慢慢地走过去，推开卫生间的门。他的一只手还捂在上腹那里，另一只手抓着马桶的外壁，手指还在微微地动着。味道很难闻。她瞥了一眼马桶，有一截晦暗的黄色。这样子真是难堪。幸好他的脸窝在纸篓那里，她用不着去看。

她关上门，走到客厅。这个笨蛋，他不应该动的。他应该一动不动地等人来救他——但是，此时，他这么做似乎也没错。他很清楚她在睡觉，所以才想弄出点儿动静来努力惊醒她。如果他知道她已经醒了且已经来看过他两次，他还会这么动么？不过，反正也是要死了，如果动动会让自己痛快点儿，那干吗不动呢？……她摇摇头，不再想。那是他的事，用不着她来想。

她打开手机，马上有短信进来："恰城池之深处，合潜隐之念想。遍访红尘，邂逅此地……"是房地产广告。她忽然意识到了自己的糊涂，迅速关机，关机前看了一眼手机上的时间，六点十六分。两个六。那么，让事情顺利点儿吧。她随后又拔掉电视机旁的固定电话线。虽然可能性很小，但是也要杜绝——不能让任何电话在此刻打进来，绝不能。她不能和任何人在此刻说话，因为她不能让任何人知道她此刻已经醒来。幸好不少熟人都知道她神经衰弱，睡觉前一般都会关手机和拔电话线。

到此为止，事情仿佛是蓄谋已久的浑然天成。这真好。

抢救心肌梗塞病患的黄金时间是四分钟，抢救脑溢血病患的黄金时间是三小时，她清楚地记得。那就按三小时的最大值算吧。不过，这三小时的黄金，她该怎么花呢？

她站在那里，深深地做了几个腹式呼吸。嗯，可做的事还真是不少。

2

她打开电视，一个电视剧刚刚开始第二集，叫《在一起》，看名字就是家庭情感剧。电视真是一个好东西。她每天回家，第一件事就是打开电视。其实也不一定看，就是换换台，有合适的看两眼，没有合适的就随便哪个台，让它鸣里哇啦地响着。《快乐男生》《奇舞飞扬》《非诚勿扰》《完美告白》，内蒙古台的蒙古语，新疆台的维吾尔语，延边台的朝鲜语，西藏台的藏语……有声儿，这最重要。只要有声儿就好。好在不用怎么搜罗，光一个央视就有那么多频道：体育，少儿，纪录，科教，空中课堂，环球购物，中国教育1，中国教育2；还有那么多外语频道：英语，法语，俄语，阿拉伯语，西班牙语。她寻常看的是音乐频道，15，"我像只鱼儿在你的荷塘……"是凤凰传奇，玲花的嗓子真利落。也没少看慢慢悠悠磨磨叽叽的戏曲频道，11，"我一无有亲啊，二还无有故，无亲无故，孤苦伶仃，哪里奔投……"是豫剧版的《白蛇传》。还是看12的《社会与法》吧，正播着扣人心弦的《女监档案》。一个乡村女人，生了两个孩子，和老公的感情本来就不好，做了结扎手术后更是被老公经常打骂。"你不能生了，倒贴钱都没人要你。"她急了，偷了人，为了证明自己不用倒贴钱也有人要。老公发现了，说要杀了她，她又慌又怕，就先把老公杀了，用一包老鼠药。这愚蠢的女人。

　　他在卫生间的地上，而自己在客厅里看电视。她想。她的眼睛盯着屏幕，没错，自己是在看电视。为什么这么喜欢看电视呢？这个问题她早前就想过，想了很久才总结了三条：一，它能给她提供各种花里胡哨的信息。这些信息都没什么用，可总归是个热闹。她冷清的心里，需要这些外在的热闹，不然从里到外的冷，会把她冻死的。二，可以自由选择。选择权让她愉悦。这世界上很多事情她无法选择：工作，薪水，结婚，离婚……但这遥控器却可以让她充分选择。虽然她只能看一个台，但她可以选择好多个，而且可以随时调换。这虚拟的权力和微小的自由，真好。三，可以让大脑停滞。那么多的面容，那么多的栏目，那么多的故事，那么多的噱头，能让她的脑子变得满满当当，让她什么都不用想。与其说这对大脑是一种占用，不如说其实是一种清洗。电视看饱之后，她常常可以睡个很好的觉。

　　嗯，电视这么好，那就好好看吧。她换到15，此时此刻，还是听歌更合适。汪峰正在声嘶力竭："请把我埋在，埋在这春天里……"好吧，把你埋在这春天里。她看看自己的手。不用动手，她也能把他杀了。这一天，她已经等了那么久。

3

事情常常没有什么明确的开头。如果一定得有个开头的话,她想了又想,想了又想,也许,那个开头,就是40岁的那个下午。

那个下午,吃过午饭后,他就坐在沙发上看电视,她说:"上床睡吧。"他说:"不困。"她看着他。他一会儿就会困,就会点着他沉重的头颅,然后打起响亮的呼噜,和电视的噪声凑成一曲拙劣的交响乐。虽然毫无效果,可她也已经劝告了无数次。那么多次了,也不多这一次。于是她说:"你一会儿就困了,还是上床睡吧。"他拉下脸,皱着眉道:"别管我。"她刚刚收拾完餐桌,手里拿着一块抹布,看了看盘子里油腻腻的鸡骨头,又看了看他。客厅离餐厅不过几米远,她忽然觉得有万里之遥。他坐在那里,像是坐在大洋的另一端,他们之间,是无垠的海面。隔着这海面,她觉出了自己的荒唐。是啊,管他做什么呢?他是他,她是她。他永远是他,她永远是她。她真的没有必要管他,尤其是他还不让她管。

静了片刻,她说:"好,从今之后我不再管你了。"他没说话,一心一意地看着电视,显然是没听见她说什么,或者是听见了也不以为意。是啊,在他的逻辑里,他是会不以为意。她还能把他怎么样呢?他肯定是这么想的。她收拾完了餐桌和厨房,他已经在沙发上睡着了。

她走到客厅,看着他。他的头靠在沙发背上,打着呼噜,嘴角流着涎水,一副痴傻的样子。阳光洒在滴水观音的绿色叶片上,柔和宁静。这么多年来,这样的场景她已经看了无数次。一向如此,只要吃完饭,只要有时间,无论是早上、中午还是晚上,他就一定会坐在沙发上,屁股纹丝不动地看着电视,很快睡着。遥控器不知道被摔坏了多少。她要是不叫他,他就会一直在沙发上睡,似乎沙发比什么都亲。她再怎么劝也是白搭。"你不知道这么睡有多舒服。各人有各人的喜好,你应该尊重我的喜好。"他振振有词。

一瞬间,她下了决定:尊重他的喜好,从今天开始。何况他的话听起来也有理。难道他不能有睡沙发的喜好么?难道这喜好就不该被尊重么?他没错。那么,是谁错了呢?她想。突然,她对自己的日子充满了鄙视和厌倦。这么多年来,自己过的是什么日子?买菜做饭,洗洗刷刷,走亲访友,上班下班……他慢慢地升迁着,她也慢慢地升迁着,都在单位熬成了有些面子却没有里子的中层。现在,儿子都已经读了重点中学的高中,成绩很不错。他不打她,不骂她,偶尔还夸一下她做的菜,甚至会陪她逛逛街……嗯,真是一个完美的三口之家。按很多人的说法,她和他算是所谓的伉俪情深,不但已经青春相伴,还大有指望白头到老。

可是,这一刻,突然间,她受不了了。自己过的这算是什么呢?他从没有给她买过花,从没有和她旅游过,从不记得她的生日,也不关注她的例假——偶尔关注也是因为他想过夫妻生活的时候,听到她说来了例假就会很不屑地嘲笑:"又来了!整天来!"他也从没有像电视剧里那样,从后面亲昵地抱过她,倒是有一次他不知道是被什么触动了兴头要从后面和她做一次,匆匆结束后对她说:"你怎么没洗干净?有味儿。"她含着屈辱和愤怒沉默。她从没有告诉过他，他从来都没干净过，她给他洗内裤的时候第一遍都要屏住呼吸，打完肥皂才敢松一口气。他也从没有好好地真正地亲过她，新婚的时候他亲过她的嘴唇和乳房，没几天就跳过了这个程序，直奔主题。每次看到电视剧里那些男女耳鬓厮磨地纠缠在一起亲耳朵，亲脖子，亲锁骨，甚至从他们暧昧的台词里听出他们还会亲对方那些最不能见人的部位，她都觉得浑身难受。他们是在演戏么？她觉得他们的戏演得真可笑。可是他们真的只是在演戏么？她愿意相信这些戏从电视剧里走出来的时候也是真的，这又让她艳羡。

可她不能对他说，所有这些，都不能说。花，旅游，从后面抱，那么亲她……哪一样说出来，都会让他怒眼圆睁，惊天动地。他会说她不知足，不安分，有根浪筋——没错，她是有根浪筋。他没有。他把工资卡交给她，把单位发的所有福利都拿回家来，去儿子学校请老师们吃饭，打出租车会多要几张发票报销……他是个最俗常的最标准的过日子的人，这么多年，以婚姻为壳，她就和他待在这种日子里。她的浪筋如果被知道，那就是一个字：贱。

22 岁那年她嫁给他，现在她已 40 岁。那个下午，隔着客厅到餐厅的那片海，她回忆着和他的过往，确凿无疑地认定：他和她从来都不是一路人。不是一路人却在一起过了 18 年，这已经足够漫长，漫长到了应该悬崖勒马立地成佛的地步，于是她没有把他从沙发上叫起来。那天，她自己一个人在卧室午睡，睡得很好。

自那以后，凡是看见他在沙发上睡，她都没有再叫过。有好多个晚上，他都在沙发上睡了一整夜，早上起来嚷嚷脖子疼，她不搭腔，他也就讪讪的了，但也只是讪讪而已。过几天，脖子好了，他依然常常在沙发上睡。客厅那里几乎成了他的天下,烟缸、袜子、茶杯,她不收拾,这些东西就在那里扔着。每逢周五,她会收拾一下。那一天,读寄宿高中的儿子会回来过周末。

那年冬天,元旦之前,她简单做了一些准备之后,跟他提出过一次离婚。所谓的准备也只不过是转移了一些存款,如果他爽快答应,她懒得和他争房子什么的,她只需要留些钱租个房子,过自己的日子。她预料他不会答应,果然。"为什么?"他问。"就是不想过了。"她说。他坚决地拒绝了:"你是更年期,我不跟你计较。要么就是神经病,那更没办法跟你计较……平日看着你还挺正常的,你就是更年期。"他判定。不久,她又试探着跟儿子提了提:"我想离婚。"儿子看了她一眼:"那你就离呗。"她笑:"你同意?"儿子低头去看书:"你要离我拦不住,要我同意,那也不可能。"

她没有再跟任何人说过这事。是啊,他们的日子一直过得平平静静,安安稳稳,完全可以实现那首歌儿唱的"我能想到的最浪漫的事,就是和你一起慢慢变老",可她居然不想要这份浪漫,如果不是神经病或者更年期,还能怎么解释呢?

还好不用向任何人解释。不解释的前提就是不再提离婚。毕竟已经 40 岁了,她已知道,不是任何人都有资格任性,正如不是任何人都有资格离婚——别说离不成,即使离得成,她以后的日子就好过了吗?很快,她好像忘了这档子事,继续过着日子。日子貌似相同,只有她知道其中的差异:她在心里同他离了婚。

4

从那个下午开始,家里的气象就日渐没落下去。积沙成塔,集腋成裘,都是不容易的事。不过塔还原成沙,裘还原成腋,还真是挺容易。下坡路总是好走的。她有些惊诧地发现:自己是这个家的核心,她不经营、不维持,这个家从里到外的精气神儿也就只能没落下去。她说神经衰弱,受不了他的呼噜,两人便分了房。幸好是三个卧室,分房分得也利落。她住到了儿子的房间,腾出了一格衣柜,把必需的衣服都挂了进去,此后连换衣服都不再让他看见。他们自然就几乎不再过夫妻生活——夫妻生活,真是个有意思的词儿啊。他们床上的那点儿事还真的只能用这个词来形容,也只有在那几分钟十几分钟的时候,作为夫妻他们才有点儿"生"的样子。可是从那以后,连这点儿"生"都慢慢地死了。夫妻"生"活踣过他们的身上,一步一步地变成了夫妻"死"活。

起初他不甘心,强迫了她几次,看她如僵尸一般,也只好放弃。有一次,他说:"你去医院看看到底是不是更年期。更年期就是会冷淡。"她沉默。他说:"去看看,让医生开个方子调理调理。"她说:"不想去。"他冷笑了一声,没再说话。

这世上的女人多着呢,他可以去外面找女人。和他分房之后,她就想到了这个。那就去吧。他嫖娼,他花钱,他得性病,都跟她没关系。他这个人,整个儿都和她没关系。后来,她索性连饭也不做了,反正他在家里也只是偶尔吃个晚饭。她早餐喝牛奶吃面包,中午在单位吃工作餐,晚上就喝碗粥再吃个水果,他要是吃,就再炒个青菜。他表示过不满,她不理会,他也就罢了。后来他干脆连这偶尔的晚饭也知趣地省略了,这更遂了她的意。

家里正儿八经开火的时候,就是周末,儿子回来。那两天,她睡书房。

家里就这么凉了。冬天凉,夏天也凉。一年四季都凉。夏天,再闷热的天,回到家里,她都会刷地冷下来。吃过晚饭,在外面散过步回到家,只要看到他在沙发上坐着,她就会以最快的速度冲过澡,回到儿子的房间,反锁上门,把衣服脱得干干净净,睡觉。有一天,他过来,直接推门,推不开,只好敲,带着怒气喊:"反锁着门干啥呢?"她把衣服穿好,打开门,说:"睡觉。"他说:"那还用反锁着门?"她说:"不想让别人进来。"他问:"我是别人?"她说:"你是别人。"他诧异却又无可奈何地看着她,她关上门。

那之后很久,他们连话都没有说过。可他始终不提离婚。她长得不错,工作也不错,比他还小六岁,离婚对他是太丢人的事,因此他根本不会提,她明白。她要想离婚成功,除非打官司,可是那太麻烦了,所以还是算了吧。何况又没有什么男人让她生发出打官司的动力。从40岁那年她开始上心留意:41,42,43,44,45,46,47,48,49,一直到现在,50,这些年,她都没有碰到过——想起这个,她更觉得他的可憎。如果当初他同意离婚,如果她早早就一个人了,那恐怕会不一样吧?当然,很可能她也找不到什么合适的人再结婚,这年头,找那么一个人太难了,她一个离婚的女人,能碰到什么男人呢?老一点儿的,嫩一点儿的,俗一点儿的,雅一点儿的，英俊一点儿的，丑陋一点儿的……只要是只想上床不想结婚的，就无非是采野花的人，偷野食的人，那她就是野花，就是野食。这把年纪了，再去当野花野食？

可是，她一个人，这情形终归还是比两个人捆绑在一起要好一些吧？一个人，一个离了婚的女人，总是意味着一种新的可能性，哪怕是虚无缥缈的可能性……可她一直没有这种可能性，连这种可怜巴巴的可能性，她都没有。是他让她丧失了这种可能性，还是她自己放弃了这种可能性？

5

"在一起，我们在一起……"片尾曲响起，一集电视剧四十五分钟。还有两个多小时。她忽然想起，自己应该好好地洗一个澡。是的，好好地洗一个澡。他这一下，无论是什么结果，她都得拿出几天时间支应，肯定没有工夫好好洗澡了——不管是脑溢血还是心肌梗塞或是二者兼有，总之他的情况看起来已经足够严重，即使没死，他也算是丢了大半条命。作为准遗孀，她得打起十二分精神天天跑医院，在床头伺候他的吃喝拉撒，去街头雇合适的护工，去接不断线的关切电话，在世俗常理中忙得没有时间去洗澡。要是他死成了呢？那她就是铁板钉钉的可怜遗孀。他的那些亲戚，他的那些兄弟姐妹，一定会纷纷从乡下和这个城市的各个角落闻讯而至，哭天抢地地帮忙办后事，原本沉睡着的血脉纽带因为他的死开始活泼舞蹈。他是静止的主角，她就是活着的主角。所有的人都会冲着她来，都会围着她转,问候她,关怀她,同情她,她得顶着汗臭和头屑迎来送往,在泛滥的安慰中奉献哭泣,肯定也不能再去洗什么澡。"都这个时候了,还去洗澡?这个女人,到底有没有心肝?"这样的声音怎么会没有呢?

所以,她要好好地洗个澡,先。她脱掉衣服,走进主卧卫生间。自从分房住以后,她已经很久没有在这个卫生间洗过澡了。这个卫生间一直是他在用。她跟他提过一次,让他只用这个卫生间,客用卫生间给她专用,可他却不听,两个卫生间总是随便用。她知道他是故意的,故意"膈应"她,让她不痛快。她不再提,每次他用过客用卫生间,她都会好好地把里面的卫浴清理一遍。

果然脏。马桶壁和洗面池里都是浅浅的污垢。她用小刷子蘸着肥皂,仔仔细细地擦拭干净后才站到了花洒下,开始淋浴。可是她的毛巾都在客用卫生间里,不能再去拿。那就这么着吧,用手,自己洗自己的身体。

她把水温调低,先洗头发。她的头发很短,超短。过了40岁,她就把一头长发剪成了短发,还越剪越短。短让她觉得舒服。洗头发的时候,一点儿洗发水都能搓起满头的泡沫。洗完后一会儿就干。用速干毛巾稍微擦一下,二十分钟内准会干透。这么短的头发,她常常都觉得自己有些不像女人。头发洗好,她把水温略略调高,用手揉搓起自己的乳房。自从和他不再有夫妻生活之后,她就常常这样揉搓起自己的乳房。据说乳房需要这样的按摩,不然容易得乳腺癌。她可不想碰上这个。左乳头有些痒,她小心地用手指抠捏着,看着它很快耸立起来,似乎是在等待着什么。她微笑起来。很多个夜晚,她梦见有男人在亲吻它。她稍微下了些力，让它微微地疼痛起来。

她关掉花洒，取下淋浴头，冲洗下身，忽然想起新婚时他和她开的玩笑。她绵绵地抒着情，说："我的下半生就交给你了。"他慢慢地重复："下半身？下半身？那上半身呢？"她打他，他把她压到身下："记着，你的下半身可是交给我了呀。"她微笑。那时候的他，还是很懂幽默的。或者说，还是很舍得用幽默来对待她的。可是，不知不觉，这幽默就没有了。或者说，对她没有了。偶尔，她听他接打别人的电话，他还是会开玩笑的。似乎只是在家里，他变得越来越无趣。她开玩笑，他也懒得接。渐渐地，她也懒得再开玩笑。"家里是最放松的地方，想怎样就怎样。"他说。这话当然不通。想无趣就无趣么？有趣就是一种社交礼仪，无趣就是给家里人看的么？或者说，家庭生活就该配无趣么？她不能明白。她想有趣。可她的想和他的想怎么能合到一起？于是她把这个闷在了心里。连幽默都得去争取的时候，实际上也没有什么争取的价值了。她想。

她深深地低下头，嗅着自己的身体。这沾着水汽的身体，有着沐浴液的清香。虽然很注意保持，可是她的腰身已经开始发胖，像吸够了水的馒头，虚涨着，一层层的肉在腰线上柔和地垂成模糊的边际。这没有人爱的身体，连她自己也不想爱了。她知道自己在嗅什么——真怕嗅到那股酸气啊。那种发酵似的、淡淡的酸气。她在同龄的女人身上闻到过，这顿时让她心惊起来。要是自己身上也有，这真是恐怖的事。不是怕老，只是不该这么老。老也该是体面的事，从容的事，雅洁的事，美丽的事，而不是这种带着酸气的事。还好，她一直没有闻到。她微微地放了心，又笑起自己来。已经50岁的女人了,还这么文艺,这么幼稚,这么矫情,真是的。可是,她就要这么文艺,这么幼稚,这么矫情。谁能把她怎么样?

从卫生间出来,她看了一眼电视。又是一个 45 分钟。

再做点儿什么呢?

6

她穿上浴袍,来到阳台上。厚厚的遮光窗帘还严丝合缝地拉着,她拨开一点缝儿,炫目的阳光像刀子一样锋利地扎进来,她闭上眼睛,眼皮子里升腾起五颜六色的光晕,来回游荡,变幻无穷,梦一样。她慢慢地睁开眼睛,眼前的景物一点点清晰起来。她喜欢窗户干净,每次钟点工过来,她让她做的一项重要工作就是擦窗户,所以家里的窗户都像是没有装玻璃一样。对面楼体上的瓷砖似乎触手可及,她伸出手,虚虚地摸了一把。

这是他们在这个城市住的第三套房子。第一套房子八十平方米,两房一厅一卫,他母亲单位的老房子。刚结婚的时候,老房子也有一种新鲜的喜悦。他们在那老房子里生了儿子,一直住到儿子小学毕业。然后他单位分房子,刮刮新的新房子,120 平方米,三房一厅一卫。他们欢天喜地地搬了过去,他们一间,儿子一间,还有一间书房。那时候,他们对这房子满意极了,还抨击那些两卫的房子,说纯粹是浪费。"三口人,还两个卫生间,一个卫生间怎么就上不过来?"他说,她忙不迭地赞同,但是……她很快就觉得还是两个卫生间好,如果可以的话,甚至可以三个。每人一个。

这套房子是商品房，150平方米，高档楼盘，几乎用尽了他们的积蓄。其实是给儿子准备的。当时他们已经预备着，如果儿子将来在国内成家，就给儿子做婚房。可是儿子很快就去了加拿大，他们就搬了过来，把另两套房子出租了出去。搬的时候她还心存奢望：新房子，新气息，他们的日子或许会比以往有些改观吧？可是，没有。她在书房铺上地毯，点香，做瑜伽，他在客厅里看着电视打着盹，低着他那沉重的脑袋。她去超市采购回来，往冰箱里乒乒乓乓地放着东西，他在客厅里看着电视打着盹，低着他那沉重的脑袋。她跟着单位集体旅游，坐着深夜的火车回到这座城市，满面尘灰地打开家门，他还是在客厅里看着电视打着盹，低着他那沉重的脑袋。

呵，这到底是一个怎样的男人呢？在外面顺从，回家里霸道，典型的窝里横。在烈日下看到交警执勤，刚刚还感叹："做个交警真辛苦。"可当过斑马线时闯红灯被交警拦下教训，他转脸便大骂交警就是活土匪。碰到应酬的场面，别人对他讲几句赞美的客气话，他便飘飘然得厉害，回家对她复述了一遍又一遍，真心觉得那人是有识之士。谁讲他一句难听话，他会刻骨铭心地记着，随时念叨，并时刻留意着那人的消息，准备伺机反扑一把。常常谆谆叮嘱要她孝敬公婆，自己到父母那里连菜都不会给他母亲择一棵。不会修电灯和水龙头，且也毫不掩饰地蔑视这种小小的技艺。对那些去郊外扎帐篷露宿的人嗤之以鼻，说起看星星看月亮更是笑掉了大牙。对待自己的身体，他则是又在意又懒惰，又自负又胆小。说明天就健身，明天总在后天之后。说起死总是很潇洒，一有感冒发烧却一定会去医院打吊针。去年退二线以后，更是风声鹤唳，草木皆兵，可又绝不去锻炼，也不错过任何饭局，每次看到好吃的荤腥都忍不住，一定会吃得打着饱嗝才会满足。于是脸越来越肥，腰越来越粗，人似乎也越来越矮，却不能听人说肥说矮，只爱听雄壮和魁梧。早几年就有了高血压且三脂都高，却从不肯好好吃药，时时表示自己康健无恙。去年体检的时候医生说怀疑他脑血管动脉硬化得厉害，毛细血管痉挛性收缩和脆性也很堪忧，甚至冠状动脉都很有可能存在不稳定粥样斑块，建议他做个详细检查，他执意不肯，回家气势汹汹地对她吼："怀疑？怀疑个屁！无非是想黑我的钱！让那些机器扫一遍又一遍，好好的人都得病了。我好得很，离死还远着呢。我的身体我知道！"

她不说话，只是听着。她早已经习惯这样：听着，只是听着。如果说话，她只是在心里说，比如这句：你以为你知道，其实你不知道。你不知道的岂止是自己的身体？你什么都不知道。

不过真的，他人不坏，说到底，只是平庸，全面的平庸。可是，还不如坏呢，坏还代表着某方面酣畅淋漓的极致和纯粹，能让她觉得痛快。而他，只是让她闷，让她窒息。

天色越来越白，越来越亮，天空开始透出些微微的蓝意。她深吸了一口气。真是一个好天气。

7

还有一个小时，似乎适合睡一觉。她走到儿子的房间，在床上躺下。隔壁就是客用卫生间，敲打声没有了。这一片安静，正适合睡觉。

可是她睡不着。他就在隔壁。她想。他就在隔壁的地板上躺着。

他醒着,还是昏迷着?或者是已经死了?她不知道。她知道的只是,现在还是黄金时间。她必须把这黄金时间给一寸寸地花掉,花掉,彻彻底底地花掉。

他要死了么?

儿子的床是硬床垫。儿子喜欢硬床垫,她也喜欢。大卧室的床是软床垫,每次睡,她都睡得很累。后来开始睡儿子的硬床垫后,每次醒来,她都会觉得浑身通泰。她真喜欢睡儿子的房间。这大男孩的房间,连灰尘都是那么茂盛可喜。她常打开儿子的衣柜看看他的衣服,觉得每个衣襟儿里都有一股子蓬勃的朝气。这才是生命呢,生机勃勃的命……儿子也是他的儿子,可她更觉得儿子是她的。就精神的基因来说,她觉得儿子就是她的——当时儿子说要留在加拿大,他居然想装病让儿子回来,然后把儿子焊在身边。"能出国镀镀金就行了。咱就这一个儿子,他跑那么远,见都见不着,有什么用?"他说。"你养儿子是来用的?那你不如养猪呢。每年养一头,每头都能杀了吃肉。"她说。为了儿子的事,他们差点儿动手,他抡起手头的保温杯想要砸过去,抡了两下,到底没出手。可他眼睛里的恨意她历历在目。他不是心疼她,只是怕把她砸伤了还得去医院花钱,被邻居碰到了也丢人。可她知道他已经砸了,在心里砸的。她的心上已经被砸出了一块瘀血。好在瘀血已经不少了,多这一块也没什么。每当看着心上的瘀血她就想:会有一天的。会有的。

现在,他就躺在隔壁。她和他,隔着一堵墙。墙壁的此面,涂着厚厚的立邦漆。墙壁的彼面,贴着闪亮的瓷砖。

他要死了么?

也许，他早就该死了。他活得这么没有质量，活在这世界上就是浪费资源。可是他就是不死，也没人来杀他。她也不能。她很方便杀他，可是她不能。她不能为了杀他，把自己再搭进去。为了他这种人，不值。最好的方式就是他自己去杀自己，她只能期望他自己去杀自己。好在他的全面平庸除了让他苟活之外，在某种时刻居然也算得上是一种自杀的利器：三高，不吃药，不运动，无节制的腹型肥胖，好吃好喝好烟酒……她常在网上查脑溢血和心肌梗塞的这些资料，每对症一样就知道他在自杀，一直。他还好强——前几天居然跟着她进了儿子的卧室，说要过夫妻生活。"其实我也没这心想了，不过医生说偶尔过一次对身体好，对男的好，对女的也好。"他说。她沉默。把医生的话搬出来，还说对她也好，不过是因为他自己想做又不想承认，这就是他的方式。她很快脱掉衣服，想着早做早了，反正他也用不了多少时间。可他没做成。他不服气，隔一会儿就试一试，到底没做成。最后下床离开，他说："年纪不饶人啊，这个年纪的男人都不中用了。"她看着他的背影无声地冷笑。自己不行了就要拉一大帮人殉葬，你以为你是谁啊能代表所有同龄人？她又看着自己裸着的身体，忽然想，一定也是她的问题，她让男人不行。她这个刀枪不入的样子，有几个男人见了能行呢？

她再也不可能重新开始了，即使他死去。他从根子里败坏了她对男人的胃口。她松了口气，心里既笃定又踏实，同时也恍然大悟：他是早已经死了，在她心里。而她虽然还没有像他那样死透，其实也已经离死不远。他在自杀的时候，也在一点一点地杀她。这让她更可以没有愧疚之心，真好。

他要死了么？以后，他再也不会来她这里自讨没趣，她也再用不着对他怀揣恶毒。他和她到了这个地步，尽管没有坐看云起时，好歹也算是行至水尽处。

他要死了么？也许，他真到了死的时候。最近两天连着两个晚上都有人请他吃饭，吃的都是川菜，今天早上，他一定是便秘重犯。

8

还有一点儿时间呢。她拿起床头柜上的杂志。《读者》《哲思》《格言》，都是这些讲道理的杂志，各种各样的道理。道理总是有道理的，可是在很多时候，道理是死的，是僵尸，是全须全尾但是不会呼吸的木乃伊。她翻起一本，找到一页，读了起来："那只蜜蜂在窗棂上飞舞了许久，它似乎是来寻觅什么的。窗棂上没有花蜜，它是来寻觅什么的呢……"她扔下，再翻一本，迎头碰上的题目就是《婚姻物语》。她又扔下。什么狗屁物语，她用脚趾头想也能想出这书里都在物语些什么，无非是彼此忠诚，感恩之心，距离产生美，给对方合适的空间……可是，还是看看吧，反正也没有什么更好做的事。她把书打开，这篇写的是爱情，啧啧，瞧瞧这句："爱情，就是天上的一朵云……"她笑起来。爱情，是一朵云么？或许吧。她第一次坐飞机的时候才知道：在云下看云，在云上看云，云都是那么柔和，那么白嫩，那么真实，有着不可思议的神性的美，可是当飞机飞进云里的时候，云就不见了。云成了一团一团的雾气，缥缈的，灰色的，雾气。

分房之后，他找过别的女人，不止一次。她知道。45岁那年，她去省城进修，半年时间。她每月回家一次，是为了见儿子，也是为了拿几件衣服换穿。难得这样成年之后还有单身进修的机会，脸庞都已经开始皱巴的男生女生都格外注意捯饬，尽量让衣服显得光鲜。她也不例外。例外总是很难的，她习惯了不例外。况且还有男生半真半假地和她调情，说喜欢她。第二个月回来，她在他床上发现了几根红色的头发。白色的床单，想不发现都难。她回想了一遍，他们的亲戚朋友里，没有女人染这样的头发。她拿起那几根头发迎着阳光看了看，发根儿的地方是白的。这个女人已经不年轻了，起码三四十岁是有的。或者跟他的年纪一样，他那时已经51了。她把那几根头发扔回到床上，心如止水。无论他婚外嫖还是婚外恋，或者是和年轻时的某个女人旧情复燃，她都不会生气，她甚至欣慰：他还有这兴致和女人做这件事，或者说还有女人愿意和他做这件事，这真的挺好。哪怕那女人是为了钱——像他这样的男人，也舍不得掏多少钱。当然，如果不是为了钱，那更好，那简直都能够使她对他刮目相看了。

第四个月回去的时候，她又在床上看到了几根金黄色的头发，也是染的。那几根头发长长的，还打着微微的卷儿，显出几分妖媚的波浪。她终于确定，他就是嫖。她似乎嗅到了那女人身上放荡的味道，想到那些情色的词句：前门迎新，后门送旧。一双玉腕千人枕，半点朱唇万客尝——那些女人，那些睡过无数男人也被无数男人睡过的女人，他对着那些女人，恐怕要比对着她这张冷脸舒服无数倍吧⋯⋯忽然间，她完全理解了妓女和男人的关系。妓女需要用身体去挣来银子，男人也需要妓女去安抚身体，一手交钱，一手交货，钱货两讫，皆大欢喜。本质上彼此都是愿打和愿挨，所以这真是人世间该有的一门生意，因此也是绝不会灭种的生意。

那次，她回到省城之后不久，就和一个男生上了一次床。她不多喜欢他，也不多讨厌他。和他上床很大的动因是好奇，想看看他在床上是什么样。结果很不怎么样。那个男生很慌张——他比她大两岁，已经是47岁的老男生了。真可怜。她也可怜。她只是觉得他们都真可怜。

和那男生就那么一次。他又找过她几次，她都温和地拒绝了。说来了例假，说身体不舒服，说没时间，反正就是胡扯。她有的是时间，就是不给他时间。那一次对她来说就够了。和他单独在一起时，她很坚决地和他保持着距离。但当着同学们，他们很正常。他们混在同学中一起去K歌的时候，会四目相视地唱很多对唱的情歌。在餐厅里碰到，她会指着清炒芹菜苗对他说："吃这个，这个粗纤维，降血压。"

那是五年前的事。五年前，她就已经活得那么透彻那么硬冷，或者说，那么无趣。和他一起熬了这么多年，把她的黄金时间几乎都熬干了，他终于成功地把她也熬成了一个无趣的人——当然也可能她原本就不多么有趣。在这彼此的无趣中，他们眼看着彼此一点点变老。他们不使拳脚地对彼此施虐，也让彼此受虐，没有丝毫快感，不，不能说没有丝毫快感，在儿子如常的笑容里，也会有一点儿快感。可那是什么狗屁快感啊，简直可以忽略不计，尤其是在此刻，她要不计。

——不，其实他没有那么成功。她忽然想。她笑了起来，还笑出了声。咯咯咯的笑声把自己都惊了一跳。不过，这真是很值得笑，不是么？他早该躺在医院里的，可他现在还躺在卫生间，很可能再过几个小时就会躺进太平间。一个无趣的人怎么能做出如此有趣的事呢？

嗯，自己居然还如此有趣，这真是可喜可贺。以后若是没有了他，在纯属于她的有限的黄金时间里，她确信自己会更有趣。

9

电视屏幕左下角的时针欢快地跳跃着，一下，一下。还有十二分钟。她慢慢地走向客用卫生间，推开门。他还躺在那里。当然，他也只能躺在那里，像一条壮硕的大虫，或者像一个肥胖的巨婴。他的手指已经不动了，全身都一动不动。纸篓已经完全倒地，他的头还埋在纸篓里。这样子真是难看啊。

她跨过他的身体，走到他的脑袋旁边，慢慢地把纸篓抽了出来，然后蹲下身，看着他。他睁着眼睛。他居然还睁着眼睛。她看着他的眼睛。他看着她，她也看着他。他的眼睛里似乎什么都没有，又似乎什么都有。她知道自己的眼睛里也是这样。两个人就这么默默地看着，看着。突然，他的眼睛亮了一下，很快又暗了下去。再亮一下，再暗下去。终于，他沉沉地、很累似的闭上了眼睛，再也没有睁开。

她站起身，走出去，在客厅里又静静地站了好一会儿，才拿起了手机，轻轻地摸到了开关键。

锈锄头

一

石二宝被李忠民看见的时候，正坐在书房的地板上。一本本狼藉凌乱的书开成了一堆残破的花瓣，穿着黄马甲的石二宝是一簇奇异的花蕊。

可以确定，这些书很久都没有被读过了。每一本翻开，都会扬起一阵细细的灰尘。石二宝快速地翻动着书页，丢一本，拿一本，再丢一本，再拿一本，惯性的动作里，透着些心烦意乱，但他没有让手停下来。这本没有，下本或许会有吧？他想。但他马上又很果断地遏止住了自己的这种想法。这种想法是危险的。他很快下了决心：再翻十本书就走人。

当他翻到第八本的时候，感觉到了书房门口的呼吸声。

李忠民直直地站在那里，居高临下地看着石二宝。这个陌生的男人。这个男人很陌生。这个男人还在怔怔地看着他，脸上的表情仿佛在做梦，是李忠民的进入把他的梦打扰了。一瞬间，李忠民以为自己进错了门。他回头看了看，是，没错，那是玄关处的镂花窗。再往客厅那儿看看，也没错，那是他精挑细选的太师椅。沉闷的静谧中，他甚至听见了金鱼在电视机那边的石槽里吐泡的声音。

"你是谁？"李忠民问。

石二宝没有回答。他慢慢地、慢慢地站起来。

"你是谁？！"李忠民让自己的声音在尾部加上了问号和惊叹号。他要严厉起来。这是他的家，他得拿出自己的威风。

"石二宝。"石二宝的声音很低，但还是像小学生回答问题一样，乖乖地嗫嚅了出来。石二宝一边说着，一边也让自己的身子完全地直了起来。他回来了。李忠民回来了。这个在照片里得意扬扬抱着女人的男人，他叫李忠民。

"你在我家干什么？！！"李忠民又加了个惊叹号。他愤怒极了。他当然有权利愤怒。这愤怒的感觉已经久违了。下乡的时候，有一次，他们知青点有一名知青从江西探亲回来，路过另一个知青点的地盘时被那伙知青劫了从老家带来的食品，两个点儿火并，有一个知青被打残了腿。他们所有的人都被抓走审问了一遍，他还被关了三天禁闭。那是他有生以来打架打得最尽兴的一次，也是愤怒愤得最尽兴的一次。打那以后，他似乎再没有了愤怒的机会。

石二宝终于完全清醒了过来。是啊，他是站在李忠民的家里。他站在人家家里干什么？他在这个屋子里没有任何权利。他该走的。马上走。

但是李忠民横在他的面前，把他的眉眉眼眼沟沟坎坎都看得一清二楚。碰到李忠民意味着什么？本来是入室盗窃，现在他已经是入室抢劫了。他走了之后他很快就会报警，然后会很快被抓起来，被判刑。再然后他的孩子们会很快失学，他的妻子很快会来探监。他们全家很快就会被村里人耻笑。从此他们就会在所有人面前低人一等，沦为贱民。

他镇定了片刻，也仔细打量了一下李忠民，心里很快踏实起来。这个男人看起来五大三粗，真要动起手，一定啥也不是。城里人都这样。或许，把他打翻在地不比把三十本旧书在一分钟之内扎成"井"字形更难。——而且，那个人，他多蠢。他在那里咋咋呼呼，居然手无寸铁。

他不能就这么走。他看着李忠民的口袋。既然，来都来了，碰都碰上了。

想了这么多，算起来也不过是一分钟的工夫。石二宝把手伸进工具箱里，取出了那把弹簧刀。然后，他试探着往前走了一步。李忠民随即跟着石二宝向后退了一步。石二宝再进，李忠民再退。他们一直退出了书房，来到了客厅。石二宝的脸色越来越平静。他几乎是含着一丝笑意看着李忠民。这一丝笑意让李忠民双腿发软，脊背发凉。他意识到了自己致命的错误。

"你想干什么？不要乱来啊。"李忠民压低声音。现在，他的形势已经由正当进攻退为正当防卫了。他喜欢看央视一套的《今日说法》，那里边经常会有一些用得着的常识。比如什么"夏季要妨强奸案，冬季犯罪为侵财"，还有什么"男人如何不丢钱？出门只带一百元"之类的。关于入室抢劫似乎也有过专辑，是怎么说来着？好像是如果遭遇抢劫的时候周边无人就不要乱叫，免得对方激情杀人。不死人不伤人是评价自救行为是否成功的唯一标准。如果不死人不伤人，就可以给这个自救行为打一百分。

他要努力得这一百分。因为，如果得不了一百分，他也许就只能得零分。

"手机。"石二宝说。此时他欣慰地发现，虽然这不是自个儿家，但自己也未见得没有任何权利。这世界，只要谁占上风，谁就有权利。

李忠民把手机拿了出来。石二宝又让李忠民在餐桌边坐下，扔过来两条尼龙绳，让他自己从小腿开始，一截一截地螺旋着往上捆。一直捆到大腿处。捆好之后的李忠民看着自己的双腿，觉得很像自己食品公司做的那种粽子。奇怪的粽子。

然后石二宝又让李忠民把固定电话线扯掉。李忠民蹦到电话边，照着做了。接着石二宝又让李忠民把手机丢到卫生间的马桶里去。李忠民说马桶会因此堵塞的，可不可以让他在洗面池里放满水，再把手机丢进去。石二宝想了想，表示同意。李忠民慢慢地蹦到卫生间。石二宝在后面慢慢跟着。李忠民的姿态很像一只蛤蟆。把脸颊肉都绷酸了，石二宝才强忍着没让自己大笑出来。在放水的时候，李忠民浏览了一下，没有可手的武器。有一瞬间，他甚至想把清水泼到石二宝的脸上，但他很快放弃了。以水为刀，那是电视里的武林高手才会有的功夫。他要做出来，只能是给石二宝洗一把脸。

"钱。"回到餐桌边，石二宝言简意赅地命令。李忠民把身上所有的口袋都翻了出来，掏出了所有的钱。钱不多，只有两千来块。

他用得最多的是卡。

石二宝把钱卷进口袋,又指指玄关处的Polo。李忠民艰难地蹦过去,想要蹲下,却发现这只是一种理想。他的肚子阻碍了蹲下去的可能性。他又试了一次。还是没成功。李忠民朝石二宝恳求地看了一眼。石二宝走过来,把箱子拎到餐桌上。李忠民打开。里外都看一遍。箱子里其实没什么。尼康相机,三星手机充电器,软中华香烟,食品公司的一些文字资料,换洗的内衣裤,就这些。他的行李箱一向是回来时才最满,因为要给老婆和小青都带东西。

石二宝把Polo扔到地上。

"哪儿还有钱?"石二宝在空气中挥舞了一下刀子,"快说!"

"没有了。我从不在家里放那么多现金。就是有,也都是老婆放着。我不知道。"李忠民说得很诚恳。确实也是真话。如果有钱,他不会吝惜的。他想得一百分。为了中和一下没钱给石二宝的刺激,他向石二宝推荐了一些小青的首饰。说那些首饰都很值钱的。石二宝让他拿过来,他一蹦一蹦地挪到卧室,拿了过来。打开才发现首饰盒里什么都没有。大约都让小青带到欧洲炫耀去了。

石二宝把空首饰盒推到一边,两人相对坐着。沉默无语。石二宝知道自己该走了。多留一分钟就多一分钟危险,可他总觉得还有一件事没有办。什么事呢?

李忠民的目光跟着石二宝的目光滑过餐厅天花板上的吊灯,滑过两个装满红酒的清式立柜,滑过那一面特意做出来的惟妙惟肖的红砖墙,然后,停住。

石二宝想起来了。

二

　　临出门前,李忠民最后检查了一下那个中号 Polo 拉杆箱。这个拉杆箱是两年前在美国买的。货真价实。打眼一看就比国产的那些杂种好。小牛皮黑得纯正、滋腻,沉静细致的水波摔纹闪着一道道幽幽的暗光,如一只只暧昧的眼睛。扁圆的拉链头由拉孔开始呈坡面加厚,凝聚在拇指下的感觉,如一滴丰盈的泪水。这么小的细节都设计得简约不俗,让人叹服。作为年过半百的成功人士,李忠民觉得自己现在是得注意这些细节了。再不能像那些二三十岁的郎当小子,拎着个百把元的旅行包就可以到处晃悠。拖沓的底气是青春。他只能堤内损失堤外补。这是没办法的事。幸好,他还有得补,也补得还算漂亮。

　　他拿出一支烟。其实他没什么烟瘾。可想到又要上飞机,他还是觉得应该抽支烟。他要去杭州参加一个食品行业的年会。昨天晚上他刚刚在网上看了一篇文章,说有科学数据统计,飞机失事的危险性其实很小,约为三百万分之一。以一九九八年为例,全世界的航空公司共飞行一千八百万个喷气机航班,运送人数约十三亿人,失事也才仅仅十次。李忠民用三百万除了一下三百六十五,得出结论,即使是他每天都坐一次飞机,那也得连续飞上八千二百年,才有可能会不幸遇到一次飞行事故。而仅就去年而言,李忠民刚刚看过报纸,他所生活的这个人口大省,公路死亡人数就已经达到两万一千名,约为自有喷气客机以后四十年里全世界所有喷气机事故死亡人数的总和。看来人们对飞机的恐惧心理其实是一种直觉错误。也就是说，从统计概率的角度来讲，最需要防患于未然的恰恰是他天天使用日日信赖的汽车。

这么多年，李忠民每周至少要坐两趟飞机，早已经成了空中飞人。这些道理其实他早就明白。不过，明白是明白，每次坐飞机的时候，他还是略略有些紧张。他觉得自己的紧张是有道理的。以往没碰上不能保证这次也碰不上。谁知道那三百万分之一的概率是排在三百万的第七次第十次还是第七十次？无论碰上哪一次，对他可都是百分之百。另外，即使从统计概率来看，他的紧张也有道理。要知道他是准备乘车去机场，也就是说，他面临的是一道数学题：汽车风险概率加上飞机风险概率，和总是大于任何一个加数。这也是李忠民要抽烟的理由。

这么算计来算计去的时候，李忠民知道自己已经有些老了。

一支烟抽完，李忠民又燃了一根。时间还早。

这套公寓是去年刚买的，四室两厅两卫，一百七十平方米。一进门就可以看到一个镂空窗扇，窗扇后一抹小白墙，上面挂着一幅斗方："素心若雪。"自然是名家手迹。这是玄关处的用心。转过玄关，右手是一个小小的衣帽间，墙上镶着四扇玲珑剔透的木屏风，在屏风的间隙错落有致地贴着几个木制的雕花挂钩，屏风下是两条褪了漆色的红春矮凳。转过衣帽间就进了客厅，两米宽的大飘窗让整个客厅的光线豁然开朗。一对枣红色的太师椅和高脚茶几是必不可少的，然后是围着电视的几组沙发。沙发粗看很一般，细看就觉得有趣：纯木镶起了三面挡板，然后放上厚羽绒垫子，就成了。那纯木挡板是原色上了一层清油,厚薄还不一样,很糙。和电视墙边放的鱼缸交相辉映。那个鱼缸是个石槽子。石是青石,有不少的凹陷,凹陷里静着淡淡的灰尘。灰尘很薄,似乎用手轻轻一抹就可以抹掉,但等你真的去抹时就会发现,那石头原来很干净。灰尘只是灰尘的影子。

这个家平素没别人来。偶尔有客来的话,总要对这两样东西格外好奇,李忠民任由他们猜。当然从没有人说他老土,只有人说他前卫,酷。闹够了,他才告诉他们:"沙发架的是牛槽,金鱼缸是马槽。"然后把那人引到餐厅,给他展示另几样东西。于是那人会惊异地看到,在一面特意造出的红砖墙上,几片黑瓦檐儿下,挂着一顶草帽和一把锄头。草帽自然是旧的,像是被雨淋过很久,泛着些霉黑。原本白色的带子也有些发黄,但是细看就发现每一个纤维毛孔都很清爽干净。锄头自然也是旧的,有些锈。斑斑驳驳地露出些钢的寒光。手把着的那块木柄起明发亮,一副历尽沧桑的样子。于是有聪明人就会问他是不是当过知青,李忠民呈现出赞许的微笑,道:"是啊。17岁那年。"

也有不够聪明的人会想到别的。一次,一个生意场上的朋友看到了这把锄头,没问什么,也没说什么。过了两天,给李忠民送来一幅名家的字。李忠民打开一看,居然是那首"锄禾日当午,汗滴禾下土。谁知盘中餐,粒粒皆辛苦",那人要他把这幅字配在锄头边儿,还得意地问李忠民自己的悟性如何,李忠民只有宽容地笑:不错,不错。

他当然没有把那幅字挂起来。配他的锄头?嗤!

他到杏河的时候，是夏天，干的第一样活是给豆地锄草。这种活不大，在庄稼活里是个零头，但对他来说，也是一门得好好学的技术。首先要分清草和苗。这不难。大豆地里的杂草是细长的，在大豆叶中很容易分辨，只要眼睛好使就行。第二就是锄草了。教他锄草的青年汉子是个本地农民，给他示范了一下，他眼看着那人直着腰，锄头在豆苗里很轻巧地左挥右舞了几下，就把所有的草都铲掉了。示范过后，那个人就三下两下地跑到了前头，只留他在后面慢慢地跟着。慢，质量还低，挥舞锄头却总铲不掉草，却铲伤了豆苗，最后只得弯腰用手把草拔掉。沉甸甸的锄头在他手里是一把钝剑，一根根杂草如同仙女，他的剑常常不仅够不着仙女，有几次还差点儿砍上自己的脚脖。休息的时候，他向师傅请教，那汉子笑着说武器不行打不好仗，他恐怕得换个锄头。他仔细观察了一下那个汉子的武器，果然发现他的锄头比自己的小，而且磨得又快又亮，光可照人。师傅告诉他，小锄头锄草最得劲，不会伤到豆苗。收工之后多磨磨锄头，一定要把锄头磨亮，这样干活的时候不沾泥。锄头一沾泥还叫锄头么？成榔头了。

他听了师傅的话，第二天，就换了一把小锄头。果然好使。闲下来的时候，他就一遍遍地擦锄头。把锄头擦得赛镜子。就这样，锄头成了他知青生活接触到的第一种农具。亮光光的锄头就这么照着他在乡下待了六年。去年，他衣锦还乡，回杏河省亲，特意从师傅家找寻了牛槽马槽草帽和锄头这几个旧玩意儿。马槽是石的，不用动。牛槽已经破得不行了，他让人照着做了一个。草帽和锄头也是原版，他只是让人做了一下消毒和清洗，然后就摆置在了小家里。

每当他在餐桌边坐下,看着那把锄头的时候,就觉得吃到嘴里的饭显得格外香甜。没事的时候,他也喜欢坐在这里,抽支烟,想些往事。

三

42岁的郊区农民石二宝站在二楼和三楼之间的楼道拐角,眼看着李忠民出了门,噔噔噔地下了楼。李忠民路过他身边时,他忙不迭地往边上靠了靠,压低了头上的假耐克运动帽,很有一些卑怯的样子。这帽子是有一次他收废书废纸的时候,一个戴眼镜的女人免费给他的。质地不错,只是帽圈周围有点脏,他洗了洗,就戴上了。

他来城里收废书废纸已经三年了。三年来,他对这个行当越来越满意。他家住在离城三十里地的郊区。这些年,城市的版图就像他婆娘擀的烙馍,越来越大,眼看着就擀到了他们村口。他们村的地就卖得越来越多,分到他们手里的地就越来越少。从人均两亩五分到一亩九分再到一亩七分,现在只剩下一亩一分了。谁都知道这么减下去,种地只能勉强吃饱饭,儿子女儿的学费是一点儿也顾不住的。村里的人乌鸦般地涌到城里打工。他是个恋家的人,本不想出来,先是只在镇上摆了个修锁配钥匙的小摊儿,没想到生意不行。小镇人少,本来活就不多,两三天就和周边的人又混成了一家,东西就叫不上价,白搭个工夫。没办法,把摊子一收,就来到了城里。换了几样活计,末了就定了心收废纸。收废纸利润确实不错,收是六毛五,拉到收购站是七毛五,一斤能挣一毛。再加上主顾们搭送点,自己秤上再瞒哄点,一斤挣个一毛五毫无问题。一天最少收个两百斤,保底儿也能挣三十块。而且,他还能顺手干点儿别的。——比如这位刚刚出门的男人的,家。

这个刚出门的男人一看就是个不错的茬。住在这个小区里的人都有货——他们村的人都管有钱叫有货——这没的说。他四五十岁的样子,头发有些谢顶,肚子有点儿坡度,更是有货中的有货。还拉着拉杆箱,一看就是要出远门的样子,可没有送他的人,那证明是家里没人。不然像这种顶梁柱似的男人,好歹总会有个人送出门口道声再见的。所有迹象都表明,这个人走后,他可以进去干一把。

李忠民走了二十分钟之后,石二宝从三轮车的废纸堆下拿出一个小工具箱,工具箱里装着小铁锤、老虎钳、宽胶带、棉线、细铁丝、剪刀、弹簧刀、螺丝刀、创可贴,还有四五根三米长的尼龙绳,外加一件"小高开锁,低价五元"的黄马甲。这些行头足够他使的了。他提着工具箱,来到三楼,换上黄马甲,在李忠民的防盗门锁眼儿里鼓捣了五分钟,外强中干的铁将军被很顺利地打开了。进了门,石二宝先在衣帽间的春凳上静静地坐下,屏着息听了一会儿,除了冰箱的嗡嗡声,没有任何动静。然后他站起来,迅速地把每个房间都浏览了一遍。果然没有一个人。他松了口气。重又在春凳上坐下。他决定按照老规矩,先翻卧室,再翻客厅,接着翻厨房和卫生间,最后翻书房。

他不得不承认,会一门手艺真是不错。自从干这种捎带的生意以来,他还没有失过手。总结成功经验,倒有这么几条:一,他主次分明。既然定位是捎带干的业余工作,那就不能把活做太多。做得少了，被发现的概率自然就小。二，事前准备工作充分，最大程度地降低了风险。三，收尾干净。凡是做过活的那块区域，半公里之内半年之中他决不再踏进半步，杜绝后患。这三条里第二条尤其关键，要讲究的地方很多。可以包括好几小条：比如，之前要观察仔细，尽量不遭遇人。不遭遇人叫入室盗窃，遭遇了人叫入室抢劫。性质不同，罪也有轻重。按抢劫算最少五年，按盗窃算多者三年，区别大着呢。他在收废书的时候，特意留了一本《刑法》，对这一部分仔细查过。又比如，如果真的不幸遭遇了人，尽量找个借口混过去。所以他准备有开锁公司的黄马甲。再比如，如果实在混不过去，就尽量安全逃跑。如果没有把握安全逃跑，就给自己创造条件安全逃跑。还比如，在创造条件的时候，尽量不伤害人。如果万不得已要伤害人，不要把人害死。总之，人不犯我，我不犯人，人轻犯我，我轻犯人。人重犯我，我重犯人。人死犯我，我死犯人。这是他给自己定的最基本的职业原则。他常常告诫自己说：石二宝呀石二宝，没人看着你，你可得自己看好自己。你要严格遵守这些原则，决不能疏忽。你是为了钱，不是为了进监狱。你要心底儿清亮啊。

幸好，他从业以来，干了十三起了，还没有遭遇过一次人。

每干完一次，他都要先洗个澡，吃三天素。吃素的三天里，他每天都要给自己饭桌上的观音菩萨像前上一炷香。这尊菩萨是他用五块钱请的。上香的时候他从不说话。其实他是想说点什么的，但他不知道自己该说什么。

四

三十五分钟后,李忠民又回到了家门口。他记错了日子。走到半道上,他听见出租车的随车收音机在播报天气,感觉似乎有些不对劲,连忙拿出机票对了对,又向司机求证了一下,原来是他把今天当成明天了。他随即让司机调头,打道回府。以前出门有小青在,他从没有犯过这种错误,这次小青去北欧还没有回来,他自个儿收拾自个儿,就有些前后不搭了。

小青就是他的小。这个房子就是他买给小的一件大礼物。想起小青,他就想笑。这是男人一种不能说出口的美妙。比起很多他这种身份的男人,其实他一直觉得自己算是很规矩的了。有头有脸这么多年以来,他只有小青这么一个正经八百的小。于是这小也并不小,是另一个意义的大。他不会亏待她。就像不会亏待老婆。

他是一九七二年下的乡,一九七八年底返的城,一起下乡的三十五个人里,他是返城的最后一批。回城的指标每一批都很少,人人都张着大嘴,看谁有本事抢到食。之前他也没少想办法:走路慢慢的,蹲下慢慢的,双膝被止痛膏贴成了惨白方块,汗毛都粘得比女人还光,这种症状可以冒充风湿性关节炎。照X光前在背上肺的对应处贴上锡箔,拍出片子的效果就是肺穿孔。或者体检前喝上一点儿碘酒,就能查出胃溃疡。他给自己定的理想就是胃溃疡。在乡下,吃不好容易得胃溃疡,这是知青们最常见的病。他们三十五个人里头,真真假假的胃溃疡就有二十六个。但道高一尺,魔高一丈,总是瞒不过医生。要买通医生不是件容易的事儿。医生见的鬼怪多了，供品少了不行，供品多了他拿不出。管体检的医生还每年都换，喂都没法子喂熟。就这么一年，一年，阴错阳差到了最后。还好，最终还是回来了。回来之前他去做了最后一次体检，真的患上了梦寐以求的胃溃疡。

回城之后他进了街道的食品加工厂，工作内容是把饼干装进纸箱里。一天，在一起工作的一个大妈说要给他介绍对象，其实前天他刚见过一个姑娘，听说他没有房子就把脸阴下来了。他有些心灰意冷。不想见。可大妈说那姑娘不会嫌弃他什么，也是知青刚返城。他就和对方约了在人民公园门口见面。见面的时候，她穿着一件深蓝色的对襟褂子，翻出一道白底儿红碎花的崭新的衬衣领。他穿的是一件旧绿军装，也翻着一道白色的崭新的衬衣领。不过这领子也只是一道领子。是假领子。那时候流行假领子，只做到领子下面第二枚扣子那里，胳膊那儿留两个圈，往里一套，领子往外一翻，跟真的一样。这种假领子还有一个好听点儿的名字，叫节约领。

他匆忙地打量了一下那个姑娘。皮肤有些粗糙，但脸还好，没有和他一起下乡的那些女知青那么黑。进了公园，他给她买了一支冰棍，问她在哪里下的乡，她说在茶店。她又问他，他说在杏河。茶店在省北，杏河在省南，应该有不同的地方。彼此问了些情况。她说她到知青点时是立冬时节，他们干的第一样活就是去挑河。那真是个下马威啊。从河里挑出了淤泥，再用小车推到坝上。自己装自己推，每车都五百斤以上，她力气小，推不了小车，就抬荆条编的大筐，一筐三百斤，一条扁担两人抬，装满筐抬上去，然后空筐返回来，一个往返一里路。几天下来肩膀又红又肿，第二天赶紧带上了垫肩，很快连垫肩也被磨破了。然后，河越挖越深，运距越来越远，坡越来越陡，因为越往下挖下淤泥的含水量越大，抬的分量也越来越重，脖子上用来擦汗的毛巾从早湿到晚，汗水还是顺着身子往下淌。手上的血泡磨破了，开始流血水。滴答滴答流一路。和汗水搅在一起，咸腥咸腥。

他给她讲的是扯秧头。杏河和湖北交界，属于亚热带，农作物一年两熟。收过麦子就该种稻子，下田插秧就是必修课。扯秧头则是必修课之前的必修课。如果秧头扯得好，秧苗头就是疏松的，拿在手上，像排好了队的兵，按部就班插下去，一个个就能朗朗利利地站到了田里。如果秧头扯得不好，就成了乱麻秧，像扯牛肉一样难掰弄，所以他们也叫这"牛肉秧"。"牛肉秧"最是误时费力，在水里站半天还不能分出一棵。他学了很久也没有把秧头扯好，插秧苗的时候就吃亏了。那些手快的人把好秧头都挑走了，剩下的就都是"牛肉秧"。于是插得快的人挑走了好秧，如虎添翼，插得慢的人只有用赖秧，雪上加霜。更气人的是快的人插一会儿，歇一会儿，尽管轻松，却也故意不比你超很远，免得早早完工了还得帮忙后进。听他们在前面说说笑笑，那种难堪和委屈也如手里的秧苗一般，郁郁葱葱，纠缠不清。

讲着讲着，两个人就会心地笑。有点儿甜蜜的意思了。他们一起看着小鸟在树冠上飞来飞去，阳光从树叶的缝隙漏出来，斑斑驳驳，然而也还能让人感受到这种零零星星的暖。女人接到手上。沉默了一会儿，叹口气道："熬出来了。"

"是啊，熬出来了。"他也说。

女人突然把手捂到脸上，哭了起来。他想递块手帕过去，翻遍浑身上下却都没有找到。干坐了一会儿，女人仍在哭。他把她的手拉过来，上面全是湿漉漉的泪水。或者，还有鼻涕。他心里涌起一阵嫌恶。然而他又摸到她手指关节处和掌心里的老茧，那嫌恶便软了。两个月后，他们结了婚。

后来他知道，她那天翻出来的领子，也是节约领。

孩子八岁那年，他辞去了食品加工厂的工作，把临街的老房子打开了个门面，办起了自己的食品店，相当于现在的面包房。他使上了自己在食品加工厂学到的全部手艺，供应的有月饼、蛋糕、饼干、小麻花，生意很好。随着日子的顺延，忠民食品店的名字历史是：忠民食品老店，忠民食品总店，忠民食品连锁店，直至成为忠民食品有限公司。各色月饼的名字历史是：营养月饼，美容月饼，高钙月饼直至成为保健月饼。奶油蛋糕的名字历史是：美式蛋糕，法式蛋糕，欧式蛋糕，直至成为西式蛋糕。他的身份则由个体户变成了老板又变成了私营业主，直至成为民营企业家。现在，他的公司在省城有十六个直营店，在全省各个城市有二十个加盟店。还有一个食品配送中心和一个三万平方米的原料加工基地。产品种类也由面点增加了肉制食品、速冻食品和休闲小食品。一年利润一千多万。

他成功了。他是个成功人士。人们都这么说。他听到人们这么说的时候，心里常常很迷茫。但是，脸上却带着确定的微笑。他知道自己必须得确定。不然会很傻。现在的世道，哪怕错，也不能傻。

五

卧室很大。只有这么大的房子才会有这么大的卧室。石二宝一眼就看见了一张宽展展的大床。只有这么大的卧室才能放下这么大的床。而这大房大卧和大床都属于三个字：有钱人。这张有钱人的大床靠着墙，安安稳稳地卧在房间中央。小岛一般。他进去过的所有城里人的家里，几乎都有这么一张大床。这种大床的规格是他熟悉的。宽约莫六尺，长约莫七尺。用城里人的话是宽一米八，长两米二。他细细地量过。一次，他在一户人家收购旧书，那个户主可能是要搬家了，说想把一张六成新的席梦思床垫卖掉。他跟石二宝商量，说省得再拉到旧货市场。旧货市场可以卖四百的，石二宝如果要就两百。石二宝犹豫了犹豫，终于决定要了。他的出租屋没地儿放。当天，他就把那张床拉回了老家。他把床在三轮车上捆绑扎实，吭吭哧哧地蹬了八个多钟头，一直拉到天乌隆隆黑，才把那三十多里路走完。那床太大太沉了，走着走着，好几回都差点儿把他和三轮车一起翘起来。他得一边儿使劲把车往下压，还得一边使劲儿让车往前走，累得手腕和肩膀酸疼。可疼着心里也高兴。床越沉他越高兴。床越沉越证明用的木料好，也越证明他收的家伙值。这床真是便宜啊。两百块钱，你说能买个什么？当年他结婚的时候，请的木匠打了一张四尺宽五尺长的薄片子木床，还花了两百三十块呢。他没舍得叫油漆匠，自己寻了亲戚家的一点红漆把床棱粗粗地刷了一遍，就这么睡了二十年。这床还有什么可挑的？他不由得批评自己娇气：人家工厂都做好了，也油漆好了，连质量也让上一任给试过了，价钱也因此便宜了好多，什么都弄好了，往家里拉就有那么难？蚂蚁驮的不都是比自己身体大几倍的东西？人还不如一只蚂蚁？

拉回家里，他得到了全家人的表扬，说他会收东西。多洋气的一张床呀！老婆摸着这床，爱不释手。老婆拍拍儿子的头说：这床给儿子娶媳妇就满够。他在一边瓮声瓮气地截住老婆的话："他长大了让他自己买，这床，我们睡。"那天晚上，老婆在床上翻波浪打滚，怎么也睡不着。他一沾上床就睡着了。几十年了，他没有睡过这么踏实的床。

石二宝揪过床上的枕头，把枕芯掏了出来。有的人家是会把东西藏在这里面的。他又把被罩捏了一遍，然后掀掉被单，一堆零碎东西跌落出来，有避孕套，有印着光身子男女的光盘，还有小得不能再小的女人的镂花裤头。他拿起来放在鼻子边闻了闻，蛮香的。裤头边还有一封信。粉红信封。石二宝打开，一张开满玫瑰花的硬卡片上写着一行小字：

  亲爱的老公，还是不放心你呀。注意身体噢。实在想我的话，就看看这个小裤头。这是我昨天刚换下的，上面有我的最浓的气息。半个月我就回来了。不准让小弟弟犯错误，不然小妹妹饶不了它！

啧啧啧，够牙酸的。留的日期是前天。这么说两口子都出门了。按正常推理，他可以放心大胆地在这里干上一番细活。不过，他才不会那么贪呢。他不是正常行为，怎么能去适用正常推理？谁知道会碰上什么？万一人家请了看门的过来呢？所以，石二宝还是决定不超过自己给自己规定的安全时间：四十五分钟。这个时间也是他灵感所至。一次，儿子做作业的时候，他问儿子：你一节课多长时间？儿子说四十五分钟。他心里就定了。

他用床单把这些东西裹住，扔到一边，掀开床垫。这大红色的床垫一看质量就很好，再一细看，是玉仙牌的。他房东的电视里整天播着这个床垫的广告，一听到那个浪浪的女人声音用醉了酒的腔调慢慢地说："玉——仙——床——垫——飘——飘——欲——仙——"他就知道本地的晚间新闻要开始了。

掀掉床垫，露出下面的四格暗柜。石二宝一一打开。两格放的是女人的冬衣，羽绒服、棉袄、保暖内衣，另两格放的是两床羽绒被。他一一查过，什么都没有。

头上出了层细汗。石二宝抓起一件内衣擦了一把。休息了一会儿，继续战斗。他打开一个床头柜，里面是卫生巾、卫生纸、手电筒、手帕纸、打火机，似乎是怕突然停电所做的准备。另一个床头柜里放的是一面小镜子和一条白毛巾。他把抽屉整个儿向外抽，抽到半路却抽不出来，再一看，有一个小小的锁眼。他心里一喜。有暗屉！三下两下把暗屉鼓捣开，却发现里面不是钱，而是一个男人的玩意儿，青筋暴露，昂首挺立。他吓了一跳，莫非是这家的女人把男人的玩意儿割了？他伸出手，摸了摸，塑胶的，假的。城里的女人用的是假的么？难道是那个男的不行了？可怜人哩。他呵呵地笑起来。然后他把这个新鲜东西放到工具箱里。要是拿回家可以给老婆看个西洋景，不把老婆吓死才怪。

石二宝聚精会神地继续找着。古玩瓶里每个肚子，大衣柜的每件衣服，包柜里的每只包，鞋柜里的每只鞋……在那张芳香四溢的梳妆台上，他看到一堆漂亮的发卡，便一股脑儿地装进口袋。女儿肯定喜欢这些小玩意儿。梳妆台的抽屉里也都有暗屉，在一只暗屉里他找到了一些外币，花花绿绿的，也不知道是哪国的钱，想了想，各抽出了一张，回头给儿子瞧瞧稀罕。在另一只暗屉里，石二宝找到了几张存单，都是五万五万存的，加起来有四十五万，存单的名字都是王小青。该是这家的女主人。

石二宝捏着这几张存单。这就是四十五万？怎么看怎么像假的。他要是有四十五万，一定存成一千一千的，数上几个时辰，多过瘾！石二宝恨恨地想。他犹豫着该把这些存单怎么办。对他这种人来说，存单是最没用的。都有密码，取不出来的。不过寻思了寻思，他还是把存单放进了口袋里。我不取，你们总得挂失吧？让你们受受惊。谁让你们他妈的这么有货！

最后一个暗屉里是石二宝最亲切的人民币。有一千多块。石二宝卷起来，塞进了口袋。到此为止，他的心彻底舒坦起来。这一趟总算没白跑。这个暗屉里还放着一个户口本一样的暗红封面的小簿子，石二宝拿起来，金灿灿的国徽下是一行醒目的小字：中华人民共和国，接着是更醒目的两个大字：护照。打开，那个提拉杆箱的男人的面目赫然出现。他叫李忠民。

李，忠，民，石二宝念了念这个名字，用手戳了戳他的脸：你知道你女人用的是假玩意儿吗？他又呵呵地笑了起来。

电视柜下是一摞影集。他看看表,已经过了十分钟了,他不能在这儿耽误太多时间。想了想,他决定抽查。下面取一本,上面取一本。他先打开下面的一本。第一张是一个小男孩的光屁股照,在"坐婆婆"里坐着,露着个小鸡鸡。然后男孩子渐渐长大,戴上红领巾了,双手拿着红宝书捧在胸前。再然后,几个毛头小伙子在一起喜眉笑眼地合影,背后是"上山下乡,大有作为"的标语……全是黑白的,老照片。他把这本合上,去打开上面的那本。

一翻开仍然是那个男人。小男孩的眉眼依稀还在,却都像发了酵的面,虚浮肥肿。再往后翻,一个娇俏的小女人抱着男人的腰,看起来是父女的年龄,却又亲热得邪性。石二宝突然明白:这是他的小老婆。好白菜都让猪给拱了!石二宝"呸"了一声,把影集合住,又想,那女人算是好白菜么?他又"呸"了一下。

客厅里的沙发坐垫、靠背、茶叶桶一一看过,厨房里的锅碗瓢盆一一看过,冰箱里的冷冻格冷藏格也一一看过,卫生间的马桶水箱,洗面池下的储藏柜,都一一看过,没有什么。什么都没有。石二宝又看看表,已经过了二十分钟。没有多少时间了。他走向书房。书房里的书最麻烦。就是抽查也得耗上好一会儿。不过还不能不查。城里人会往这里边藏东西的。他收的不少旧书里都有东西。有的在里边夹钱,有的在里边夹照片,最有收获的一次是他在旧书里面找到一张活期存折。存折上的钱还不少,有两千多。只是没有密码。不过,他想了又想,还是猜到了密码,提心吊胆地把钱取了出来。密码就是存折夹的那个页码,238,两个238连在一起,就成了。不然为什么会把存折放在那一页?他得意于自己的聪明。两千多，顶他收三个多月的废纸。怪不得人常说：书中自有黄金屋呢。

去书房的时候，石二宝顺便看了一下餐厅。餐厅的一面墙上镶着两格老式柜子，里面装满了高高低低的瓶子。石二宝凑近看了一眼。全都是酒。每一瓶酒和另一瓶都不重样，像是一群雍容高贵的模特在展览。放那么多酒干什么？能喝得了么？石二宝觉得自己有理由纳闷。要是让他来收这些瓶子，一个也就是两毛钱。

然后，石二宝看见了那把锄头。他站住了，打开餐厅顶上的吊灯。他要确定那是不是把锄头。

果然是把锄头。很沉。挂在墙上有些显小，像玩具。拿在手里才显出了锄头的大。滚圆匀称的长木柄，手握的地方被磨光了，一摸就知道是被汗磨光的，丰沛润泽。锄面上的钢已经锈了，锈迹有些黑，有些褐，都是泥土的颜色。泥土中夹着点点的亮，如重重乌云中崭露头角的颗颗星星。石二宝抚了一下锄面，居然一点儿也不涩。他举起来仔细查看，发现上面涂了一层油一样的东西。涂这个干什么？是保护这把破锄头么？一把破锄头，值得么？草帽还能戴戴，锄头有什么用呢？乡下都快没有地种了，一个城里人，将一把锈了的锄头挂在这么齐楚的家里，到底想要做什么呢？

古怪的城里人啊。

要是有机会和城里人聊聊天的话，他得问问这个问题，石二宝想。他把锄头轻轻地靠在餐桌边的地上。

六

"李忠民。"石二宝喊。

李忠民一愣。石二宝居然知道他叫李忠民。是从电视上看的么?这让他有一种莫名的满足。不过满足之后更多的却是深渊般的恐惧。这个石二宝,他到底知道自己多少底细?他到底想从自己身上敲多少?

"你怎么知道我的名字?"

石二宝深沉地笑笑。继续问:

"你是要上飞机吧?"

"嗳。"

"怎么又回来了?"

"看错了日子,是明天的航班。"李忠民老实说完,立马就想扇自己嘴巴子。多好的机会啊,应该说回来拿东西,一会儿有人来接。

石二宝似乎看出了李忠民的懊恼,笑了笑。

"老婆什么时候回来?"

"一会儿。"

"李忠民,你老实点儿!"石二宝声音不高,但很有劲道,每一个字都长出了坚实的肌肉。

"真的一会儿就回来。"李忠民诚恳地说。

石二宝站起来,走到李忠民身边,狠狠地踢了他一脚。然后让他蹦到卧室,指着一个粉红色的信封,让他把那张卡片拿了出来。

李忠民的心扑通一声沉了下去。他根本没有看见这封信。这两天他都住在老婆那儿。

"你还有什么可说的?"

李忠民沉默。

"李忠民,再给你一次机会,你要还不老实,可别怪我不客气。"石二宝背着手,踢踢脚边的锄头,"你给我说说,你为什么要在墙上挂把锄头?"

锄头。李忠民低下头,看着这把锄头。这个抢劫者居然要他讲锄头的事。当然,在素日的氛围里,这是李忠民最钟情的一个漫长谈资。但现在,此刻,他却不知道该从何说起。他不知道该如何才能熨展自己皱巴巴的几乎要抽筋的舌头,来平仄分明地回答这个如此休闲的问题。

一瞬间,李忠民的脑子里突然闪过小青的脸。

李忠民和小青认识是在一个饭局上。请客的是个小营销公司的老板,一直缠着想给他的新产品做企划。在饭桌上坐下,那老板才发现自己忘了带自己的企划样品,便打了一个电话,让人送来。来送样品的人,就是小青。她慌慌张张地走进来,喘着气。胸脯一鼓一鼓,很丰满的样子。然而她的身段是苗条的。穿着一套月白的纯棉套裙,大约是坐久了的缘故,背上有些皱褶。头发梳的是最寻常的马尾,有些纷乱。看见一桌人都在看她,她的脸顿时红了。李忠民招呼她坐下吃饭,她看看自己的老板,老板也招呼她,她便坐下了。羞涩腼腆,却也很落落大方。

吃饭的过程中说起了当年下乡的事。李忠民趁着酒意,讲得兴致勃勃。他说自己插队6年多，天天最离不开的家务就是做饭，而所谓的饭，就是以贴饼子和熬粥为主，饼子的种类有玉米面、高粱面和山芋面，条件好的在玉米面里掺点黄豆和红豇豆，味道会更香些。粥的种类有玉米糁粥、高粱米粥、山芋粥和小米粥。那时农村没人烧煤，只烧柴火，柴火越砍越少，资源就很紧张，人们烧得就很珍惜。为了节省柴火，当地人的习惯大多是在熬粥的同时绕着锅边贴饼子。看着简单，做起来才知道真要是顺顺当当地做熟这顿饭，不是件容易的事。刚开始他们不得要领，出尽了洋相，要么就是粥溢得四处流淌，要么就是锅边贴不住饼子，要么就是饼子不熟，或者是熟了太硬，啃到嘴里像啃砖头。经常是一个人连烧火带做饭，手忙脚乱，泪流满面，却还是吃不上应时可口的饭，后来在一些大嫂大妈的指导下，才掌握了一些基本常识，比如：先熬上粥，等粥开始咕咚咕咚地大滚起来——他们管这叫开牡丹花——再开始贴饼子。贴饼子时要把锅盖上锅盖，锅盖上放上一只碗。饼子熟不熟要看碗热不热。碗热了，饼子就熟了。再后来，他们做饼子熬粥的经验逐渐丰富起来，和饼子面的时候，他们摸索着放进一些苏打粉，贴出来的饼子就松软好吃了很多。饼子还被他们琢磨出了许多形状，星星月亮都吃进了肚子。粥也添了不少新品种，夏天放点绿豆冰糖，冬天放点花生红枣，红红绿绿的，好看，也营养。再后来，他们慢慢又学会了蒸馒头、烙饼、擀面条、包饺子……至今这些手艺他也没丢。刻到心里去了，想丢都丢不了。

主食上的是最寻常的米饭。盛装在精致的黑地金点儿镶福嵌寿的细瓷小碗里，越发衬得那米晶莹润白。他尝了一口就知道，这米是上等包装，中等资质，不如他那时种的米。于是他又顺理成章地讲起了稻田里的事。那是他们下乡的第二年，为了显示知识青年的能干，他们决定试种早稻。四月初的天，凌晨五点他们就起了床，真正地披星戴月。春寒残留，草叶上还下着一层蒙蒙的青霜。水是刺骨的冷，刚跳下水，就觉得脚成了别人的。可不干不行。所有的人都在田里，你怎么能站着？而且大话都说出去了，开弓没有回头箭。冰凉的水把腿肚子激满了青筋疙瘩，当然还有吓人的蚂蟥，无声无息地把嘴钻到小腿的血管里去吸血，等你觉得疼的时候，这些水妖已经吃得肚子溜溜圆。不能硬拽，那样会把吸盘留在伤口里，引起腐烂。唯一正确的办法就是用手拍，它一缩就会掉到水里，吃饱了早餐，再睡个回笼觉。他们呢？继续弯腰劳动，附带为蚂蟥们准备午餐和晚餐。

那一年早稻打出的米，特别好吃。他们都互相开玩笑说，他们这是在自己吃自己的肉。自己吃自己，还能不投缘么？

还有水蛇。他两眼发光地讲起了水蛇。秧田里水蛇很多，冷不丁就会碰到一条，也会被咬一口。但没关系，水蛇没有毒。"泥蛇咬个斑，快把棺材办。水蛇咬个包，一边走一边消。"但只要是蛇，总是难讨人喜欢。想想吧，四五月的天，太阳慢慢爬上了山坡，水田映着天空，天面淡蓝，水面浅绿，有风吹来，如静静的海，一排年轻人，腰如弓，手如梭，尽管累，偶尔谁讲个笑话唱个小曲儿，还是会让人觉得风光旖旎。可突然间，恶杀杀地，就那么窜出一条翠生生的水蛇，让一田的人都跳脚惊叫，秧苗洒落一地，泥浆从裤腿跃到衣领，一切都在惊骇和狼藉中黯然失色……

正讲着,桌上的人突然都去转脸看小青。他也看去,才发现:小青哭了。

那笔合同顺利签完,不久,小青就成了他的人。第一次好过之后,他把小青抱在怀里,问她为什么听着他的故事会哭。

"因为心疼你。"

"为什么心疼我?"

"因为你值得心疼。"

他抱紧她。她说的,字字句句都是他想要听的。是的,他是被她对他的心疼打动了。她的泪和老婆的泪还是不一样。老婆的泪是心疼他,然而更是心疼她自己。而小青,却只是为了他而心疼他。能被这么一个女人纯粹地心疼,他还犹豫什么呢?

好了之后,小青换了个公司,依然上着班。他没有反对。他也不想让她做金丝鸟,那样的女人容易病态,会越来越难缠。小青毕竟年轻,需要正常的社会环境,才能保持她的身心健康。她工资没几个,这当然是最好解决的事。他隔三岔五给她几个零花钱就是了。这几年,他少说也给了她五六十万,快顶上他再开一家新店了。他时不时地过来住住,对老婆说是出短差。要是去老婆那里住几天,他就不瞒着,对小青说是回家看看儿子。最近老婆不知道怎么听到了风声,对他管得有些紧了。他就把小青打发出国去了北欧旅游,想趁此收敛几天,好好陪老婆一阵,也顺便调养调养身体。养小也不尽是香美之事。钱是不吃力,可那关键的部位却已经有些勉强。毕竟不再是二十多岁的人了,就像那首歌里唱的那样:我想去桂林的时候没有钱,我有钱的时候想去桂林却没时间。力不从心的时候,李忠民常常觉得，小青就是他的桂林。

这栋房子是买给小青的，但还没有过户给她。不急。有的是时候。房子在他手里，收放就都在他。不过只要她表现好，他迟早都是要给她的。这是他在这件事上的良心。他不能离婚，小青终要嫁人。这算是他给小青的结婚礼。尽管小青没有离开他的意思，他也没有想到要她离开，但预备一下总没有错。话，他已经给小青说过了。要她自己看着拿主意，只要有合适的就找。他觉得自己这话讲得大方，事也办得大方。漂亮的开头他习惯给一个漂亮的结尾来配。

楼盘的名字叫红酒小镇。为了搭配这个楼盘的名字，他才刻意在餐厅镶了那两个仿古立柜，又买了那么多经典红酒。买的时候三千五一平方米。不是很贵，但很幽雅，正是合适调情的地方。当初他相中这里，也是被报纸上的广告文案打动。那几句诗一般的说辞他至今记忆犹新：

  沿着原木瓶塞探询生命真味

  踏着葡萄根须回归生活真意

  进入橡木桶深处涤净身心之尘

  婉转高脚杯边缘品味心灵芳醇

  ——红酒小镇，仅限于你

  二百八十六位懂得珍爱的生活大师

红酒小镇，仅限于你……这最后一句尤其切中他的心意。如果要赵忠祥来配音读一下，估计更是美妙无比。其他那二百八十五位怎样他没兴趣知道，他知道自己当然是无愧于懂得珍爱的。过去的鸡零狗碎，犄角旮旯，他都在心里记着，收着，放着，存着，时不时还拿出来翻晒翻晒。这由里到外的经意，由上到下的怜惜，由人到物的在乎，由虚到实的投入，能做到的人有几个？如果要说他还不懂得珍爱，那谁还算懂得？

七

石二宝从地上捡起了锄头。李忠民回过神来，微微地哆嗦起来。这个人要干什么？

"快说啊。你怎么有把锄头？"石二宝有些迫不及待。他把锄头放下，拎起了弹簧刀，然后用刀一下一下地敲着餐桌面，敲得李忠民一阵阵心悸。这桌子是"伦娜"牌的，据说是意大利进口的纯实木典范。两万一。餐桌上还放着一瓶红酒，是那天小青出国之前，他们喝剩下的。随着石二宝弹簧刀的节奏，红酒瓶子里的酒面轻轻荡漾着。

"你当过农民吗？"石二宝又问。

李忠民的心里突然闪过一道光。《今日说法》上也说过，如果面对比自己强大的犯罪分子，想要保住性命，最好的办法就是要让对方愿意和自己交流，但不要让对方感到你在拖延时间。一定要尽力以朋友的角度去理解对方，让他信任你。这个石二宝不断地给自己话头儿，看来是有机会交流。只要有机会交流，局面就有扭转的可能。他就有希望自己救自己。他庆幸今年回了趟杏河。有的说。

"我下过乡，当过知青。"李忠民终于开口了，"你知道知青么？"

"知道。"石二宝说,"我们村里原来就有知青点。你在哪儿当的知青?"

"杏河。"

"噢,我知道杏河。天气预报常说那儿雨多。"石二宝眼睛一亮,"可当过知青和挂锄头有什么关系?"

"这锄头是今年我又回杏河的时候,当地的老乡送给我的。"李忠民说。

"你回去干什么?"

"我很怀念那段生活,很想念那些乡亲。"

"知青不是都觉得当农民苦么?我们村的那些知青为了能回城,什么法子都想了。有些女的还和村里乡里的头儿睡了觉。"石二宝瞪大眼睛,"你还怀念?怀念什么?当农民有意思么?"

"当时是觉得苦,现在想起来就觉得有意思了。"

"那是因为你回来了。你要是还在农村,你他妈的就不觉得有意思了!"石二宝说,"现在谁还愿意种地?种出来的粮食也都卖不上价,只够自己家吃,饿不死就算是好的了。要不然我也不会干这个。"

"你老弟说得是啊。"李忠民说,"所以看见你这不速之客,我起初是有点儿吃惊,后来缓过神就见怪不怪了。农民不容易。过去,城里人苦,农民也苦。现在,城里人都好过了,农民还是苦。要不,好好的,谁愿意离开家?你老弟又怎么会干这种提着脑袋的营生?"

石二宝不语。脸上十分阴沉。他的表情让李忠民有些怯,但他知道自己必须说下去。

"说老实话,二十多年前,要是不去当知青,我不会知道过去的农民有多么不容易。今年,要是不回杏河,我也不会知道现在的农民有多么不容易,也就不会去出这趟差去帮衬他们。"李忠民继续感叹,"不是有那么句俏皮话么?苦不苦,想想长征两万五。累不累,想想革命老前辈。要我说,这两句话就该是:苦不苦,想想农民如父母。累不累,想想农民更受罪。"

"杏河那儿,咋了?"石二宝问。

李忠民暗暗松了口气,开始说杏河的事。杏河县去年开始在全县范围内推行无公害大米,他下乡的那个点就是首批示范村。无公害大米说着容易种起来难。要求四统一:统一供种,统一供肥,统一供农药,统一出售。种子是从省农科院的试验田里精选出来的最新品种,肥料是按专门的无公害配方施的肥,还加上了高微量元素化肥,尤其是统一供农药这一项,执行得格外严格。普通水稻有虫子的时候,都是打有机磷的剧毒农药,农药残留量很高。施氮肥的时候,硝酸盐的含量也很高,这些都会对人体产生很坏影响。无公害大米用的农药是生物农药,没有残留。这样的无公害大米,村子里一下子就种了两千亩,不承想种出来了没人要。北京和省城的市场都打不开。给人家看证书,人家说假证书很多,谁知道他们的是真是假?现在,八百吨大米都在各家各户的屋里供着,眼看就成了陈米。

"日他娘,哪里都这样。我们村今年也让种无公害麦子,现在我家还有两千斤麦子堆在厢房哩。"石二宝骂了一句,"你有啥好道道?"

李忠民向石二宝示意,要点一支烟。石二宝同意。拿到烟的李忠民捋了一下思路，再开口的时候，他已经十分镇静，简直有些神色从容、谈笑风生了。他说自己有个朋友开着一家很大的食品公司，那个朋友有很多食品业的同行，最近在福州要举行个全国的绿色食品发展高峰论坛，他这次出门就是想去和这个朋友见个面，让他和同行们想想法子，把杏河的这些个大米推出去，要么做成品牌，要么深加工做成米粉米线什么的，总之是先找几个渠道把米换成钱。

"唔。"石二宝表示赞许，"这个法子不错。"

"等明天我去开会的时候，把你们麦子的事也提提，要是有门路，就和你们上头联系联系。"李忠民吐了口烟圈，"你是什么村的？"

"新文县三里屯乡。"石二宝看了看李忠民，"我们那儿的人都种有这种麦子，你随便打听哪家都成。"石二宝顿了顿，"你费心了啊。"

"什么话？！这是我应该的。"李忠民又点了根烟，给石二宝递过去，"我不是好了伤疤不记疼的人。在很多场合我都说过，没有农民的苦，就没有我李忠民的甜。没有在农村的那段宝贵经历，就没有我李忠民今天的好日子。说到天边我都忘不了这个。人得有良心，是不是？"

李忠民开始滔滔不绝。

八

说起来，那时候的老百姓可真是厚道啊。刚到农村，没有地方住。我们三十多个知青被安排到了各家各户。说句不好听的话，老乡们都像娶媳妇招女婿似的，把最好的被褥给我们拿出来用，吃饭的时候，我们是头锅饺子二锅面，反正最好吃的，都是我们的。后来，上面给我们拨来了安家费，每名知青三百块，那时候已经是秋天了，地里的活忙得差不多了，生产队就开始张罗着教我们盖房子。队长先让人教我们脱土坯，那时候哪用得起全红砖？顶多是外面镶一层砖，是不是？脱好了土坯，又帮我们买了檩条、过木和苇箔。苇箔知道么？咱们这儿过去也用苇箔吧？用芦苇编的大席，垫到瓦底下用的。等材料都准备好了，队长选了个日子，带着人就过来了，我记得老清楚，是十月初八那天开的工，生产队安排了十几个壮劳力，还有四五个村里最好的瓦匠师傅，我们几十号人一起，放线，挖槽，砸地基，十间屋子一字排开，转眼间就砌出了地面。第三天中午时分，开始上檩条，按当地习俗上檩条要放炮仗，图的是吉利，主家得管饭吃，表示对大家的谢意。可我们刚到这儿，要什么没什么。怎么表示呢？后来我们生产队长就说话了，他说："你们到了这里就是到了家，今天生产队管饭，我已安排了蒸卷子、白菜粉条炖豆腐，就当你们谢谢老少爷们了。"队长的话音刚落，我们这些知青的眼泪都刷地下来了。城里孩子娇气，这么大头一次离开父母。在这儿苦是苦点儿，听到的却都是暖心话，看到的也是暖心人，能不感动么？

那顿饭，我第一次看到了可以做几十人饭的大锅，第一次看到铁锹那么大的锅铲，第一次吃白色的肥肉片熬白菜，真香啊。后来才知道，这顿饭吃光了生产队的家底儿。他们也是百年不遇，吃这么一顿好的。

石二宝咧开嘴，无声地笑了笑。

李忠民也跟着笑了笑：我们住进自己的知青屋以后，才知道真正的苦日子来了。以后就没有再吃过肉片熬白菜，只有油星白菜。后来，油星也没有了，只有白菜。再后来，白菜也没有了，只有白饭配盐水萝卜丝，再到后来，萝卜也没有了，只有盐。再到后来，盐也没有了，只有白饭。再到后来，米也没有了⋯⋯

"那你们吃糠？"

还有稻谷。我们就开始学着碾稻谷，把稻谷变成米。不自己干哪里会知道米是从稻谷里出来的？还以为米和面一样，都是小麦的孩儿呢。

石二宝哈哈大笑。

李忠民没有笑：我是真心感谢那几年的知青经历，学会了所有农活，锄地、割稻、耕地、骟谷、开苗、收拾棉花，我样样都行。我还当了两年多的生产队会计和一年知青队长。当了会计才知道，老百姓都对会计高看一眼，一是能识文断字本来就让人尊敬；二是各项分配都与会计一个人息息相关，生怕处理不好关系，被会计戳哄，你说，我怎么会干那种事呢？那两年里，我白天下地劳动，中午晚上和风雨天整理账目，每项支出和收入都弄得清清楚楚。除了做好会计工作，我还想出了一些提高劳动效率的办法，比如说秋后分粮食，以往的规矩是装进大袋子里，然后两人用棍子抬秤称，既占人又费劲，反复几次才能称准数。我想了想，建议用一只桶装满粮食，称出标准，然后用桶装，剩下的零头用小秤找齐就行了，一两个人轻轻松松就能把粮食分好。后来各生产队都陆续推广了这个方法。大伙儿都说我脑子好使，村里人没有不待见我的。

石二宝点点头："你脑子是灵光。"

李忠民突然有些不好意思地摸了摸头：光说我的好了。其实我也干过缺德事。那是头一年夏天，还没有盖起房子的时候，队长让我们上山种玉米，说得把带去的种子种完才能收工。那个山头很大，我们一看就发愁了：这什么年月才能种完呢？想来想去，就想了个孬法，等熬到点儿了，就在山下隐蔽处挖了两个坑，把剩下的玉米种倒进了这两个坑里。盖上了土，大家使劲用脚踩，踩得平平的。为了更保险一些，我们几个男知青还搬来两块大石头压在上面。一路上，大伙都在笑，都觉得我们到底是知识青年，聪明，聪明啊！

半个月过去了，大家把这件事早就忘了个一干二净。这天晚上，队长通知全体知青到大队部开会。一进会场我们就感觉到气氛不对，队长铁青着脸坐在台上。桌上摆着一堆下面是芽芽上面是玉米苗的种子团。毛毛须须的，看着就吓人。会议开始了，队长首先念了一段毛主席语录："贪污和浪费是极大的犯罪。"紧接着发话："你们这就是犯罪啊，孩子们。这个问题很严重。三天之内你们一定要给我个交代，这事不给处分是不行的。"队长的一席话，吓得我们大气都不敢出，好在会场就一盏煤油灯，灯光昏暗，谁也看不清谁的表情。后来队长挨个和我们谈话，谈了足有一个月，我们齐了心，谁也没有说。不能说，不敢说，也没脸说啊。最后大伙商量了一下，队长对我们那么好，我们也得给他个台阶下呀。大家就集体写了个检查。有道是法不责众，这件事也就这么不了了之。后来我们就再也不耍滑了。我们真是想破脑袋也想不出来，小小的几粒种子会有那么大的劲儿，能顶着石头长出芽？

"我们村也有这事。"石二宝突然说,"我们村有一个人叫兰成,有一年春天用耧去桨芝麻,天下了小雨,他想趁墒桨,又怕雨湿了种,就把草帽盖在耧口那儿。等桨完了一亩地,他把草帽一掀,看见芝麻一粒不剩,就可高兴,逢人就说自己技术高,桨的芝麻正正应。后来芝麻出来了,村里人一看,那块地只有地头儿聚了种,其他的都是光秃秃的。兰成想了想,才知道自己那天用的耧眼儿是桨麦子的,芝麻比麦子小,早就漏完了,他还不知道。还在那儿说嘴哩。他出了这么个笑话,我们村就有了一句现成话,你们城里人叫什么歇后语:兰成桨芝麻——正正应。"

两人一起哈哈大笑。

李忠民长长地叹了口气:不到农村锻炼不知道,原来自己是条寄生虫,一直寄在农民身上。后来就想,既然到农村了,就好好学习好好作为吧。一是听从教导,二是也有私心,想着说不定以后对一辈子都有益处。果然,我学会了做饭的手艺,一回城就到街道的食品加工厂找到了工作。当过了会计,自己开店就知道怎么走账。当过两年民师,知道了该怎么教育自己的孩子。当过知青队长,学会了最初级的人事管理……当时学到的这些,现在我还都用着呢。

李忠民仰望着天花板:我早想好了,等老了,跑不动了,我还回到杏河,回到我这第二故乡,再当几年老知识青年,凭自己这么多年积累起来的能力,能给农民办多少事就办多少事,好好报答他们的恩情。我把锄头和草帽挂在餐桌这里,就是想让自己吃饭的时候可以看到它们,想想农民。不让自己昧了良心。老弟你知道么?今年我们回杏河的时候,唱起自己当年离开返城时编的歌儿,几十条汉子都哭了。

李忠民轻轻地吟唱起来：

> 日月如梭，
>
> 弹指一挥间。
>
> 多少激情多少爱，
>
> 镌刻在我们的心间……

李忠民的眼圈红了。

石二宝默默地看着李忠民。在石二宝的目光中，李忠民的两滴泪努力地挤了出来。

"兄弟，你能给我拿条毛巾么？"他问石二宝，"在卫生间。"

石二宝"哦"了一声，看了李忠民一眼，向卫生间走去。等他拿着毛巾从卫生间出来的时候，李忠民已经把红酒拿在了手上，看着酒瓶上的商标。

"把瓶子放下。"在离李忠民还有三四步远的地方，石二宝停住脚，警惕地看着他，"放下。"

"我想，和老弟你喝两杯。"

"我不喝这玩意儿。"石二宝说，"你还是放下吧。"

九

李忠民放下酒瓶。石二宝走过去，把酒瓶放在一个墙角。然后，他弯下腰，又将那把锄头捡了下来，握在手里。

一刹那，李忠民出了一身冷汗。

突然，石二宝朝着地板锄了起来。他前腿微弓，后腿微松，腰部微下，脑袋微低，姿势非常标准，优美，轻捷，仿佛他的脚下就是土地。是那片有麦浪金，棉花白，野菜香，蝈蝈唱的土地。是那片让他们脏、让他们丑、让他们土、让他们恨的土地。也是那片他和李忠民都曾经无比熟悉的、无边无际的、肥沃的土地。

锄头没有声音。因为没有挨着地板。

锄着，锄着，石二宝突然停住了。他把锄头立到餐桌边。

"其实，我一直可羡慕你们知青。我们村知青返城的时候，我十四岁，还在农村种地，看着知青们一批批地走，我就想，你们都能返城，离开农村，我啥时候能离开农村？"石二宝说。

"你现在，"李忠民小心地看着石二宝的脸，"不也算是离开了？"

石二宝笑笑："我这算啥？拼拼打打，提心吊胆的。也不是个正经事。混两年没力气了，还得回去。不过，我来到城里熬煎，就是为了让我孩子的好好上学，长大了彻底离开农村。"石二宝站起身。"我该走了。"

"等等。"李忠民说。他慢慢地蹦到卧室，找出两套没拆封的化妆品，"给嫂子用吧。"

"她不用这个。"石二宝说。

"要是有闺女的话，就给她用。女孩子都喜欢这些东西。"

石二宝接过来，装进工具箱里。他想说一声谢谢，想了想，还是没说出口。又想了想，他从口袋里把那四十多万的存单掏出来："反正也取不出来，还是还给你吧。"

李忠民接过存单。小青怎么会存有这么多钱？他吸了一口冷气。
"你从哪里找到的？"
"梳妆台抽屉里的暗屉里。"石二宝说，"你不知道？"
李忠民沉默。
"这个女人，是个小吧？"
李忠民点头。
石二宝站了片刻，还是红着脸从工具箱里把那个玩意儿拿了出来："她用这个，你知道么？"
李忠民的脸暴红了。这个婊子！这个臭婊子！
"四十多万呢。你得干多少年啊。还是给老婆吧。到老了还是老婆贴心。"石二宝絮絮地说。

李忠民点点头。这时的李忠民看着真是可怜人呢。石二宝突然对他涌起一种由衷的同情。这个城里人其实不赖。要是环境和身份都不是眼下这样，他还真想再和他唠一会儿。——不过，他也知道，要不是眼下这样，这个城里人是不会和自己这么唠的。也许，这是他唯一一次和城里人这么唠了。石二宝有些恋恋不舍起来。当然他也很清楚，他是真的该走了。

他又想是不是让李忠民解开腿上的绳子，想了想，还是罢了。只要他一离开，李忠民就会报警的。他知道。他看过无数案例，无论当时当事人如何在现场委曲求全，只要危险一解除，他们都会报警。当然，他们是对的。报就报吧，总得让警察有事情做。只要自己能顺利逃脱。——因此，他还是不能这么走。他得把他的手也捆上，再把他的嘴也封上。不然，他不敢保证自己能逃得足够远。

这心里，还是没法儿踏实啊。

石二宝朝工具箱弯下腰。在弯下腰之前，他又抬眼看了一下李忠民。这一眼看得有些歉疚，有些软弱，仿佛在说：兄弟，对不住了啊。

李忠民被这一眼看得心中一凛，双手硬成了拳头。他知道，最后的时刻到了。

工具箱里的绳子和胶带没有被石二宝成功取出。他听到了一股风声，等他想抬头看的时候，他已经倒了下去。

李忠民又锄了一下。锄头下的石二宝随着李忠民的动作痉挛了一阵，彻底归于了平静。李忠民看了看锄头，很干净。没有沾上一滴血。

然后，浑身颤抖的李忠民握着这把锄头，号啕大哭起来。

头条故事

1

空气质量是优。万里无云的蓝天，就是为这个优颁发的巨大证书。入冬以来，这样的天，掰着手指头都能数得出个一二三四。对这难得的好脸色，人们也很是知道领情，出门散步的人比平时多了好几成，且没有一个戴口罩，人人似乎都是一副且行且珍惜的模样，走得面庞红润，喜笑颜开。

半下午苏紫就翘了班，混在街上的行人里，不疾不徐地走了很久。先是去超市买了一点苹果和酸奶，路过商城遗址公园，又进去溜达了一圈。从公园出来，站了片刻，瞧见马路对面的文庙敞开着大门，大成殿的琉璃瓦在蓝天映照下如锦缎一般绚丽，心中不由得一动。除了前年女儿中考，她特地来了一次为小棉袄祈福，这一晃已经隔两年多没进了。文庙离家不过几步路，却整日里庸庸碌碌地不知道忙些什么。还真是用人朝前用不着人朝后的势利眼呢，自己都替自己不好意思。

便掸了掸衣裳，进去，上了一把吉祥香。把刚买的苹果用湿纸巾挨个儿擦了擦，上了个果品供。然后，规规矩矩地拜了拜孔子。大殿里没有什么人，拜完了，她干脆在蒲团上坐了一会儿。仰视着孔子的塑像，忽然觉得有些惶惑。她一直很喜欢孔子，觉得他既坚定又柔软，既正经又调皮，既倔强又通达，既睿智又单纯，既慈祥又天真……是一个似乎可以用"既""又"无休无止地形容下去的可爱的老头儿。可这个塑像，说到底，跟《论语》里那个血肉丰满的孔子有什么关系呢？孔子在世的时候，会想到有一天自己会被后人供奉成这个样子吗？

妈妈，孔子的庙为什么又叫文庙？进来了一对母女，小女孩问。

因为孔子有文化嘛。妈妈说。

唐朝有个皇帝叫唐玄宗，他曾经封孔子为文宣王。老百姓也把孔子尊称为文圣人，所以孔庙也叫文庙。苏紫说，摸了摸小女孩子的脑袋。

出了文庙，继续去往家的方向。却还是想再延宕一会儿，便东瞧西看，迤逦而行。零食铺子、蛋糕房、茶叶店……都会驻足流连，像个无所事事的人一样——当然不是真的无所事事。她一直没让手机闲着，找个好点儿的角度就拍上两张照片。不管水平如何，这些个照片总归是自己亲手拍的，涉及不到版权问题。再配上几句闲话，兴许就能图文并茂地用到自己的今日头条号上。

前面有个精瘦的年轻男人正在刷树干，穿着深蓝色的工装，背上印着一家物业公司的 Logo，身边搁着一个白灰桶。这种场景每年冬天都会重现,她却从没有特别留意过。于是上前。

师傅,您这是在做什么呢?

刷白。男人说。头也没抬。

刷白的作用是什么呢?

杀菌,防冻。

哦。

男人显然懒得搭理自己,不过这也没关系。既是冒昧搭讪,必然就会有人不爱搭理。苏紫一点儿也不觉得扫兴,远出去两步,悄悄拍了两张照片。没走几步,又见到一个粗壮的中年男人也在刷白,刷的对象却是电线杆。杀菌防冻对树干还说得通,对电线杆是什么道理?

师傅,您为啥要给电线杆刷白呢?看了一会儿,苏紫方才问道。

男人停下来,看了她一眼,想要回答什么,似乎又无从答起的样子,便继续埋头干活儿。

刚才看见有师傅给树干刷白,说是杀菌防冻,这电线杆也得杀菌防冻啊?苏紫也知道自己这么追着问显得很讨人嫌,有着中年妇女的饶舌和唠叨,可既是问了,就索性问下去,大不了还是落个不搭理呗。

这个呀,为了美观。一个老太太拎着一袋子青菜走过去的时候,搭话说。

是为了美观么?苏紫朝着男人再问。

咱也不知道,上头叫刷咱就刷。男人终于说。

苏紫默默一笑。"上头叫刷咱就刷。"这句话说的,耐琢磨。"上头"有意思,"咱"也有意思。于是又悄悄拍了两张照片。今儿的头条号,就发这个吧。

2

负责对接苏紫的今日头条小编姓岳,昵称悦悦。对于她的入驻邀请,苏紫起初的态度就是礼貌性拒绝。《中原腔调》不过是一本订阅量羞于出口的戏剧杂志,即便是作为主编,开个头条号又有多大意义?悦悦却很执着,天天到她微信上打卡献花,耐心游说,说头条从不缺人气,缺的是文化,说咱们《中原腔调》这么有文化内涵,您的身份就是当仁不让的文化符号,我们太需要您来送文化啦。苏紫敷衍了一阵子,苦于应酬,干脆就把悦悦的微信号设置了个免打扰。

敬爱的小主,开了吧开了吧,您一开就是 V,一般人哪有这待遇呀。编辑部主任豆子说。以她为首的几个小编辑不是 80 后就是 90 后,也你一言我一语地撺掇着,说,您要是不想打理,我们来帮您打理,就是把咱们杂志每期的目录和内容提要放一放也是好的嘛。平日里他们都称苏紫为小主,原因么,《中原腔调》太小众了。

架不住他们鼓动,苏紫终于妥协,答应了开。

小主圣明!

在这种事情上,她很在意这些小年轻们的意见。不能不在意。杂志再小众,总也是对外的,多少要吸纳一些当下的新鲜信息,而身边这些小年轻就是最便捷的信息来源。别的不说,单是一两日不好好和这些小编辑们聊天，再听他们说话，她就会觉得有些磕绊。既不明白"撩""套路""洪荒之力"之类的老词有什么新用，也不好懂"人艰不拆""喜大普奔""细思恐极"之类的新词是如何诞生，更不清楚"小目标""友谊的小船"之类的段子笑点在哪里。这些半生不熟的词就像一堵堵或厚或薄的墙，会把她和他们高高低低地隔开，想要迈过去总是会显而易见地费力。每次逢她发问，小编们都是默契对视，乐不可支。

小主，您可真萌。一听您问这些，小的们就像看见了碳酸饮料。豆子说。

这是什么坑？

开心得冒泡呀。

在苏紫的意识里，今日头条这种自媒体号就是一块地——她承认，自己的本质，就是一个农民，无论是杂志还是家务还是这种自媒体号，地，没有便罢，一旦有了，她都会尽自己的最大能力去耕种，不管种点儿什么，都绝不容许让地撂荒。既如此，肯定累。这也是她起初推拒悦悦的缘由之一。

第一条内容例行是问候诸位网友。网友这种存在，明知道每个账号后面都是一个活色生香的人，可真要在网上去面对时，还是觉得空茫茫的。拟好了稿子，她先给悦悦审，悦悦说，好的呀，只要是原创的就OK呀。苏紫问，对内容没有什么具体要求吗？悦悦说，您自主就好呀。只要和文化相关，符合公序良俗，不侵犯任何第三方的合法权益就OK呀。又体贴道，其实您不用那么紧张，读书、旅游、电影电视的观感，这些个都行的，您怎么发都有文化含量的，哈哈！

　　一听见这甜甜蜜蜜的官话，苏紫便知道了，这悦悦明着是在宽自己的心，实则是在暗示自己文责自负。不是么？给你的边界越是辽阔你就越需要小心脚下，从高处说，是自由，也是权力。从低处说，是人家越不管你，你就越该严管自己。

　　第一条的阅读量不到一千，是意料之中的可怜。第二条好了一些。苏紫发的是桂花，那几天桂花正开。她在网上找了一张图，配了一段有点儿文艺腔的话：

　　"桂花是用鼻子看见的花，这酒一样馥郁的浓厚的黏稠的香味，慢慢悠悠，从从容容，筋筋道道。曾听过一个词，叫'桂花引'，有人说该是'桂花饮'，我觉得这花香如此勾人，当然是引。"

　　半天时间，阅读量破了万。有人评论道：图不错。

　　整天和版权打交道，苏紫蓦然一激灵：这图不会有什么问题吧？连忙问悦悦，悦悦说，这图如果不是您原创，那就不太好说得清楚。按要求您得保证对图片享有合法使用权。不过只要没人说，那就没问题。要是不放心，您可以注明一下：图片来自网络。

　　苏紫赶紧在评论里注明了一下。

　　隔三岔五地，悦悦就会发给她一些话题，邀请她参与。话题各式各样，摩肩接踵：中秋、国庆、重阳、二十四节气、改革开放四十年、明星结婚、名人去世、考研……"会有流量福利"，每次悦悦都会这么提醒。什么是流量福利呢？悦悦说，头条推送的机制是：机器识别了内容后，觉得哎呀不错，就会推给比如一百个人先看看，假如有五十个人看完了，机器就会觉得，哦哦真不错，我再给一千个人看看,然后再计算打开人数,假如又有四五百人打开了,机器就会再给比如一万人看看,就这样一直螺旋扩大,直到过了时效性,或者传播疲软了方罢。所谓的福利,就是平台会让机器把她发的内容在首页上多推送几次,在首页上停留的时间也要长一些,努力让更多人看到,这样她的粉丝就有可能增加得比较快,阅读量就有可能会高起来,在不远的将来,就有可能会有广告收益……

如此陌生、遥远且间接的福利,不要也罢。这么想着,苏紫便对话题一直很消极。迄今为止,她参与过的唯一一次话题就是"我爱家乡戏",也还是因为多少和工作有关。《中原腔调》如今的面儿虽然比原来有所拓宽,可戏剧毕竟还是原始根本。她发的内容是自己收藏的油印戏本:

"十几年前,在一个县城的小店,我买下了这些成摞的油印戏本。这个刻写人,至今是个神秘的名字。我推测他多半很平凡,只是无数戏迷中的一个,像我一样。

"在郑州街头巷尾——当然也不止郑州,不经意的,就能看见这样的民间剧团在活动。演者动情,观者专注。

"这是最小的舞台,方寸就已够用。

"也是最大的舞台,随处皆可唱响。"

配了六张图,一张是她拍的路边小剧团演出场景,一张是最新一期的《中原腔调》封面,还有四张是她早年存的油墨戏本封面。上午发布,她下午去看,阅读量居然已经过了十万,粉丝也增加了两百。最让她惊讶的是那一百多条评论,有人问她哪里能买到这些本子,有人问她可不可以转卖,有人告诉她刻写者的身份,和自己有什么转弯抹角的关系，有人则说油印这种方式属于侵权……苏紫感慨不已。她忽然觉得，自己这块小小的地，其实更像是一个开放式公园，无门无墙，无障无碍，任凭是谁，想进就进，想出就出，想说就说，且全可潜隐。唯有她，宛若站在公园中心的小广场上任人观瞧。既是众目睽睽之下，就得小心翼翼，不能出乖露丑。

对网友的厉害，她从此心悦诚服。自此，她决定一周发两次，内容也更上心了些。耗时费神是必需的，不过能长见识，也有意外收获，为了这些见识和收获，耗时费神也值得。她也开始对阅读量和粉丝数在意起来，慢慢发现，却原来，这两样的增多确实也是会让人上瘾的，会让人有些甜丝丝的成就感——这也让她有了警惕。她告诫自己要有意疏离，不要让自己被话题蛊惑着去发一些什么内容。我的内容我做主，哪怕只有一个人读呢。她这么反复提醒自己。等到再一次出现超十万的阅读量且那条内容没有得力于平台的任何话题流量福利时，她更确信了自己应该坚守这个原则。

那天，郑州下了初雪，她发的就是雪：

"今天下午的郑州，飘了一会儿大大的雪花。看到雪花，就想起一些以雪花命名的事物——雪花膏，有一种化妆品的名字就是这么叫的吧，很有年代感。这个名字一出口，仿佛就闻到了那种香味儿。还有一种冷饮，叫雪花酪。还有一种甜点，叫雪花饼。对了，还有一种衣料，叫雪花呢……还有雪花啥呢？"

最后一句提问，自然是有意投饵，勾引网友讨论。网友们果然没有辜负她的用心，热火朝天地议了起来。什么雪花酥、雪花粉、雪花肥牛、雪花啤酒……抢答接龙似的，几分钟之内就都有了。看到有人说到雪花银,苏紫忍不住上线回复:嗯,这个东西最强悍。还有人说,应该把"雪花呢"的"呢"注上"泥"的拼音,不然很多年轻人都读不准这个字。苏紫也回复:您说得甚是。还有网友提到了雪花汤,苏紫回复说,这个是第一次听说。那网友便细解:就是用鸡蛋清打碎做的汤,撒上白糖。另有一网友说了雪花酒,苏紫简直怀疑这是他杜撰的,再问,对方说是来自眼下正热播的古装剧《知否知否应是绿肥红瘦》,剧中华兰和明兰两姊妹在一场戏中喝的就是这种酒,应该是宋朝就有了的。

那个下午,苏紫一会儿刷一次手机,每次看,阅读量都是噌噌噌地涨着。她这才发现:阅读量在万以下的时候是精确到个位数的,一旦过了万,就是精确到千。等过了十万,就只精确到万了。怎么说呢,就好像在说存款,穷人得抠着一块一块地报数,中产阶级就可以抹去零头,富豪人家就必须要留更大的整数,那才能叫体面。

3

这么好的阳光,随便坐在哪里静静地晒着,都是一种享受。苏紫仰靠在街边的长木椅上,选好了两张图,又网搜了给树刷白的一些资料确认了一下基本常识,便拟出了稿子:

"看到图一师傅正在路边给树刷白,跟他聊,他说刷石灰水可以杀菌防冻。嗯,这个我是知道的。又见图二师傅在给电线杆刷白,难道电线杆也需要杀菌防冻?请教他,他沉默。我不耻下问,他终于答:上头说了,路边跟树干长得差不多的,都得刷。仔细一看,果然。"

照片发的都是背影,避免涉及肖像权。也把刷电线杆师傅的话小改了一下,想要多点儿幽默感。至于"不耻下问"……打出这个词时,苏紫有些犹豫。这个词,是今天中午所得。中午的工作餐里,有一道是红烧猪蹄,做得鲜香微辣,苏紫一向对猪蹄没兴致的,却不知怎的开了胃口,啃了一整只。

大猪蹄子,真香!苏紫感叹。

小编们立时爆笑。

小主,这一句话里有两个新典,您知道不?豆子问。

苏紫摇头:请赐教。

他们先说的是真香定律。说是芒果台有一档叫《变形记》的真人秀节目,主要内容是清贫的农村家庭和优裕的城市家庭的孩子们互换生活环境的故事。其中有一期,是一个城市男孩初到一个农村家庭,觉得环境差,难以忍受,就撂下了狠话,号称自己"就是饿死,死外边,从这里跳下去,也不会吃你们一点东西"。但几小时后,饿极了的他只能在这里吃饭,他边吃边感叹说:"真香。"节目播出后,"真香"这个词被网友们单摘了出来,泛指一个人信誓旦旦如何如何却马上就被打脸的状况,很有喜感。

至于"大猪蹄子",就是指男人。各种言情剧或绯闻事件里不是都有男主角么,主角谐音为猪脚,猪脚不就是大猪蹄子嘛。

适用于所有男人么?

多适用于渣男。

为什么?

您的为什么可真多。

我这叫不耻下问。

小编们又轰然而笑。

不耻下问，我用错了么？这有什么好笑的？

很少见您不谦虚的样子，觉得好可爱。豆子说：而且，按照字面意思，也可以释义为"不觉得羞耻，一直往下追问"，挺有趣的。

好吧，那我就继续不耻下问：为什么大猪蹄子多适用于渣男？

就像咱们骂小孩子是熊孩子一样，这是女人对男人又爱又恨又调侃的一种称谓，用来骂渣男当然是最合适啦。

……

好吧，那就不耻下问吧，或许能因此再添一点儿幽默感。有网友评论过，说她的腔调是端庄有余幽默不足。而且，这个词也合文庙的景，是出自《论语》，和孔子有关系呢。

完成，稍改，定稿，发布，回家。到了小区门口，看见右手边那家肉夹饼店，苏紫便又拐了进去，买了一个。回到家，上了个卫生间，吃了半个肉夹饼，又泡了一壶正山小种，喝了一口，苏紫方才打开手机。在这个过程中，她不时压抑着想看手机的念头。总是嘲笑小编们让手机长在了手上，其实自己看手机的欲念也无时无刻不在，她常常暗自惭愧，有意克制。

其实，以这一段时日的经验，不看也知道，这个刷白的头条，阅读量不可能多高。前些时，她发过一条齐白石的，自认为写得十分精彩，配图是齐白石的画，美得也是无可挑剔，她想着怎么也得有三五万的阅读量，不料还没有过万。她有些不大甘心，便婉转地问悦悦，这条机器是否没有推送？悦悦回复说，肯定是推送了，不然阅读量不会超过粉丝量。如果阅读量低，那就是内容不受欢迎。对于绝大多数头条用户来说，齐白石有点儿冷，哈哈哈。又说，从大数据来看，最受欢迎的头条内容就是美食和流量明星，其次就是乡村，什么农家故事啦，美丽乡村啦……因为头条用户嘛，下沉比较多，也就是说三、四线城市基数大，程度参差不齐。要是不想蹭现成的热点，那您就得往各方面都试试看，找找画风。

费劲巴拉地去找什么画风？还是老老实实种地吧。

——可是，这是什么情况？苏紫的头嗡了一下。到一个小时，刚刚发的这个刷白，阅读量已经超过五十一万，评论过了两百条。

她心慌意乱地把评论粗粗溜了一遍，大致可以确定，惹祸的，正是那个"不耻下问"。从头条的界面仓皇退出，她略定了定神，便给豆子打了个电话。在豆子到家之前，她都没有敢再看手机。

餐桌上摆着剩下的半个肉夹饼。她呆若木鸡地盯着，盯了许久。忽然想起来，她第一次在头条上被喷，发的内容就是肉夹饼。阅读量也超了十万。她写的是：

"说起来，肉夹饼虽然名头叫肉夹饼，可打眼一看就知道，明明是饼里面夹着肉好么？就字面意思而言，肉夹饼简直是明目张胆地不尊重事实。可有意思的是，汉语就是有这么一种奇怪的魅力。首先，一看到肉夹饼这个词，谁都不会误解，都明白它指的就是饼夹肉。其次，你若真叫成饼夹肉试试？反而会让人觉得暗淡了、平庸了，更重要的是，显得不痛快了。这时候再回过头琢磨肉夹饼——肉字当前，主题就是这么鲜明，这么响亮，这么夺目，这么具有打动人心的力量。"

一分钟后,就有陕西网友的评论来了:

肉夹馍,西安人叫了几百年,您非得整出个肉夹饼?

苏紫忙回复:郑州有这么个叫法。额到西安就赶快叫肉夹馍了。

郑州网友发言:郑州也叫肉夹馍。

另一位郑州网友迎上去:我这个郑州人偏叫肉夹饼犯法了吗?

然后是一位大学生赐教:肉夹之于馍,宾语前置表示强调!

接着,一大波好为人师者前仆后继地诲人不倦,有举例句的,有传授古汉语知识的,有分享关中文化的……眼看着应接不暇,苏紫只好讨饶道:作为一个语文还可以的人,肉夹馍是"肉夹之于馍"的简化句式,我还是知道的。正因为觉得知道的人太多,就不想再提,想从一个普通吃货的角度来解析一下……谢谢各位,谢谢!

4

小主,阅读量已经八十万了,您莫不是从此就成红得发紫的网红了?您闺名又是紫,这可真是实至名归啦。一进门,豆子就吊着嗓子阴阳怪气地戏谑,她明亮的笑容让苏紫紧绷的神经有效地松弛了一些,一瞬间却也有了下垮之势。她忙振了振精神,也以少有的夸张热情拉着豆子在沙发上坐下,肉麻撒娇道:别贫了,赶快支招救命吧,我要死啦。

没事儿。豆子洒脱地甩甩头发:有一句鸡汤很好用,所有杀不死你的,都会让你更强大。小主,您一定会更强大哒。

站着说话不腰疼！

哪里哪里，我和您主仆一体，您疼我就疼呢。

一打开手机，豆子顿时正色起来，说她刚才在出租车上已经把评论全看了一遍，理了个大概，网友的注意力主要是在三个点上，第一点就是"不耻下问"，第二点是"上头"，第三点才是刷白的作用。你看……

苏紫微斜着身子，贴偎着豆子小小的肩膀，似乎这是世界上最坚实的依靠。刚才那些评论，她没敢细看。此时，挨着这小肩膀，她方才有勇气逐条过目。

豆子分析说，这些评论看似泱泱，其实全都可以简化为一个字：怼。若要强行划分，可分为轻怼、中怼和重怼这几个层级：

恕我没文化，你这个不耻下问用得对吧？

我不耻下问一下，现在主编门槛这么低了？

我不耻下问请教下，你是怎么当上主编的？

这个不耻下问用得好，表达了主编高高在上，看不起劳动人民的心态。

苏主编，你是有多高级？

苏大主编，请出来走两步呗。

……

苏紫终于理解了什么叫眼睛里有针、有刺、有木梁。

说"上头"的也不少，连带着说到刷白：

年底了，单位的经费没花完。这么花着快。

无论刷树干还是刷电线杆，都是按照根来收费的。

会花钱，才能捞嘛。

不刷电线杆怎么会有回扣？这是为了拉动第三产业！

唉，猪一般的领导。广告牌要搞成统一风格的，美丽乡村要搞成统一风格的，什么都要搞成统一风格的……

我农村老家那里也是，所谓的美丽乡村，就是把所有路边的房子和墙都刷成白色，树也要栽成一个品种。下来检查的领导只走大路，他们沿着路开车而过，会点头说，嗯，这新农村建得真漂亮呀。他们哪里会知道，这只是一个表皮儿？里面该怎么样还是怎么样！

电线杆刷石灰就是为了好看。每个国家的市容管理都有非实用性规定，比如欧美国家规定，私人草坪必须得按时修剪，不然就会收到高额罚单。

刷电线杆好看？这是什么审美？

肯定不是为了好看，不然为什么其他季节不刷？

刷白是为了让领导看着喜庆！

喜庆应该刷红的！

没听说过白喜事吗？

对啊，白喜事请去了解一下！

领导怕虫子没树吃，会去啃电线杆！

领导有强迫症！

给电线杆刷白可以防触电，领导的用意是让你晕的时候扶电线杆更安全，哈哈哈！

刷电线杆防触电？这是什么依据？

这位朋友，幽默感是个好东西，祝福你有！

你们真啰唆。给树刷白,是为了防虫。给非树刷白,是为了美容。鉴定完毕!

我来强调一下,这刷的不是石灰水,是涂料!只是涂料!过去的人刷石灰水,现在刷的都是涂料,为了省事,反正看着都差不多!

我觉得刷电线杆子是很可以理解的。领导检查都不下车的,在车上一眼瞄过去,看到有几根没刷,追责下来,你是去质疑领导眼神不好呢,是去科普解释呢,还是干脆刷白了事?

……

他们真喜欢用问号和感叹号啊。

豆子说,咱们一定要分清主次。主次很清晰:这三个点里,最核心的自然就是"不耻下问",冲着这个靶心的箭射得最为密集,需要赶快把这个点消化掉。至于消化之术,豆子说,常用的做法是雇用传说中的水军,可是像咱们这种,一般也用不着水军,用完了还留下另一种把柄,犯不着的。最简便的是找信得过的熟人号来引导一下。苏紫问,咱们杂志社谁有头条号?豆子刚想清点一番,寻思了一下,又说,几个小编头条号的身份认证都是《中原腔调》的编辑,以往发的内容也跟《中原腔调》有关,一看就是自己人,现改恐怕也不妥当。如果被网友查出来,一定会被诟病,那也是另一番麻烦。

左不中右不行的,两人这边商议着,那边的阅读量已经过了九十万,评论刷过了四百。苏紫眼看着数字像洪水一样不可遏制地往上涨着,与此同时,窗外的阳光一寸寸地灰暗了下去。

还是先表个态吧。豆子说,反正咱们有错,就先认错。若是一直不认错，这个情绪就会像是地震形成的堰塞湖，越积越险，因此还是疏泄为要。怎么认错，自然也有讲究。肯定不能认领说看不起劳动人民，只能说是误解。比误解更高级一点的是带点儿幽默感的歪解。那就歪解吧，尽量用萌萌哒的语气：

"抱歉用错了成语。还自认为有点儿幽默感呢。自认为幽默的地方在于把'不耻下问'歪解成了'不觉得羞耻一直往下追问'，见笑了各位。"

发出去了一会儿，如石沉大海，似乎没有一个人看得到。评论区里，依然是层出不穷的怼：

佩服师傅，这么耐心回答多管闲事又没境界的人。

你比师傅尊贵？卑劣的等级思想。

"不耻下问"的使用直截了当地显示了你的水平。

……

真是让人憋闷。和豆子简单商议了一下，苏紫便又发了一条：

"请教"一词不知道是否有人看到，在下的本意确实是礼敬的。谢谢大家批评指正。

这条也毫无反应，似乎还是没人看到。

小主，你懂的，网络舆论的特点之一，就是大家根本不了解也不想去了解事情的全部，他们只看自己想看的，只说自己想说的。如此而已。豆子说，以目前的态势而言，最适宜的就是等，等高潮变低，等强音变弱，等热度变冷。

苏紫沉默。是的，实在没有什么办法的时候，时间就是最后的办法。毕竟，一切都会过去的。

对了，头条的平台有没有办法？豆子突然问。苏紫拍了拍脑袋，懊怨着自己的智商，连忙给悦悦发了微信，似乎永远在线的悦悦很快回复：哈哈，网友们确实有些杠了。没事儿的，您忽略就好。

这丫头，也是站着说话不腰疼——不，她是站着卖瓜不腰疼。悦悦说过，自己是个专业卖瓜的。

其实也该恭喜，您的阅读量新高了呢。网络铁律是，越红越会被喷，看来以后您得去适应这个节奏啦。悦悦又说。

明知悦悦是在巧言相慰，苏紫却也气得呼呼冒火，撂了手机。真是卖瓜的不嫌瓜大，还恭喜呢。突然，她想起自己发的一个头条：

"作为一枚吃瓜群众，我还蛮喜欢看娱乐圈爆料的，总能集人性丰富之大成。这是在高强度聚光灯下的无剧本演出——当事人双方以及亲友团反应，狗仔队耐心细致的梳理挖掘，深层人脉关系的暴露，各色人等的三观展示……吃瓜群众的热烈评论最是有趣，常常闪烁着真知灼见。瓜有大小美丑，也有酸甜苦辣，总的来说，好瓜惹人爱，癞瓜必有渣。"

原来，她一直自认为的吃瓜群众的身份，竟然是一种错觉。她这个吃瓜群众，居然也可以转换成为一个种瓜人，眼看着这些不知姓名的其他群众吃得津津有味，吐得一地渣子，她忧心如焚，却束手无策。真是讽刺。当然，跟流量明星的那些瓜相比，自己贡献的这一枚瓜自然算不得什么。可是产于自己这块薄地，还真是不堪忍受。如此这般折腾了一番，也还是没灭掉。还不知道接下来会狼狈成什么样呢。

小主，您这是什么好茶？能不能赏一杯呀？

握着早已经凉透的茶杯，她这才想起来给豆子泡茶。这个故事，不，应该说是这个事故，老公孩子还都不知道，单位里也只有豆子知道——平日里，杂志社的小编们也都顾不上看她发的东西，都忙着呢。这挺好。知道的人越少越好。不知道接下来会怎么样。暂且不管。先喝茶吧，喝茶。

5

一时无话，两个人只是喝茶，豆子提茬说着闲话。这两日娱乐圈最大的瓜是一个当红中年男明星的绯闻，这个大猪蹄子为了一劳永逸地除掉死缠烂打的小三，居然和原配同心协力将小三以敲诈之名报了警，小三的父母诉诸网上，网上正炸着锅。豆子说，今天这瓜又出了一条新枝节：有一个律师出来说话了。原来小三曾咨询过这个律师，却不知怎的最终没有请他。自然有吃瓜群众说，连律师费都舍不得花，所以活该掉坑里。说着说着，便说岔开来，有人感叹的是女主的衣裳、包包、耳环、腕表，辨别着是真品还是假货。有人关注的是女主坐的私人飞机，揣测着飞机的价格。有人在说女主看秀时合影的大咖，有人在说女主照片的背景是哪处名胜，同时期是否男主在那儿。还有人在说男主预备上档的新片，正和男主合作的女明星的旧年情事也顺便被重新捞起，女主还是十八线演员的时候的片子也被扒了出来，众人惊奇地发现，当今如日中天的两位一线红星当初还是给女主搭戏的女二女三……

豆子感叹说，吃瓜群众果然是最最厉害的呀，无论是瓜藤瓜蔓还是瓜花瓜叶，甚或是在瓜还是小瓜时的一切枝节，总之是瓜的一切，只要是他们想刨的，什么都饶不了。

喝了两巡茶，正山小种的红渐渐淡了，苏紫洗了杯，泡上了七年的老白茶。喝茶这事，根子里和静息息相关。有个说法是，有静气才能喝出茶的好来。苏紫却觉得也能倒过来说：喝好茶是能让人有静气的。正如此刻，老白茶的温香对她很重要。

豆子的话越说越少，终于渐渐地沉默了，只是乖乖地陪着苏紫喝，很懂事。一直喝到窗外的阳光终于成了暮色，迫近晚饭时分。

那，我先走吧？豆子说。

好。

您一定要沉着。没事儿的。相信我，很快就会凉凉的。网友们才没有那么持久的耐心关注这一件事儿呢，明天保准就好好的了。在电梯口，豆子拥抱了一会儿苏紫，还亲了她一下：保持联系。

谢谢亲。

回到家，再去看手机，阅读量已经过了百万。不过，网友们的焦点貌似有了朝各个方向发散而去的迹象，也越来越脑洞大开：

姚明要是站在一边等车，给他刷不刷白？他也跟电线杆子差不多呀。

不刷。姚明跟树和电线杆子还是有本质区别的。树和电线杆子是下不开叉上开叉，姚明是上不开叉下开叉。

哈哈哈哈哈。

知否知否？刷电线杆是为了车。晚上车大灯一开能明显地看到它们，起到提示的作用。

不刷的话那司机还能把车开到树上去啊？

是不是该把汽车屁股都刷白，省得追尾呢？

当然也有人忘不了怼苏紫，不过主要是为了晒知识：主编连树为啥要刷石灰水都不知道吗？唯一目的就是防虫！重要的事情说三遍，防虫，防虫，防虫！

你是怎么知道刷石灰水就可以防虫呢？

你怎么知道你妈是你妈呢？

……

乱怼之中，有一位农林大学的副教授给出的答案貌似最为明晰和周全：虫子出土后要往树上爬，会吃叶子、吃嫩枝、休眠等，刷白之后，虫子讨厌石灰味道，就不爬树了，也就不容易造成来年虫害。石灰水干燥后也会在树皮表面形成保护膜，能磨损试图爬树的昆虫腹部的角质层，让虫死亡。如果电线杆离树干很近，那确实也是需要刷一下的。虫子爬树是本能，并不知道那是树，只知道爬上高处就有树叶吃，所以理论上虫子会借助一些东西向上爬，例如电线杆。如果只刷树，虫子就会在附近寻找其他可攀爬的高物体，大概率是电线杆，然后就会顺着电线又爬到树上，所以刷电线杆并没有问题。另，刷的应不是单纯的石灰水，而是掺了硫酸铜。纯石灰的话，虫子是不怕的。

也有为苏紫说话的：

哼，你们这些人，都是吃鱼长大的吧？专会挑刺。

苏老师，不要太在意评论。如果太在意，是没办法活的。

简单的题老师做错了，是应该道歉。不过同学们因此都去骂老师，也是疯了。

……

尽管接下来就有人怼说"谁认她当老师了""错认了这样的老师，老师该退学费呀"，苏紫也还是从这些友善中感受到了珍稀的温暖。这些人，在生活中应该也是友善的吧？——什么是友善？对熟人友善不是真友善，对生人友善才是真友善。对于生人，确实容易刻薄。是啊，又不认识你，干吗还要顾及你的心情，我只要自己爽就可以了。像这样肆无忌惮地怼人，最爽。

手机突然响起，是主管杂志社的70后副厅长。他是班子里最年轻的领导，工作作风相对活跃，经常开会强调说要转变观念与时俱进，要熟悉新媒体，要延长服务手臂，要丰富信息层面，当然了，还要注意影响，要正能量……苏紫脑子里迸出一团乱光。难道他也看见了？该怎么解释？会不会对厅里辐射出什么恶劣影响？要不要恳请他去找找网信办之类的关系……

一时间，她没敢接，任铃声沉寂。怔了一会儿，又觉出自己的可笑。亏得平日里还常以淡定之风示人呢，骨子里也不过是一只可怜的纸老虎。其实有什么大不了呢，至多是以个人名义写个检查罢了，至多是不配做这个主编罢了，至多是不做这个主编罢了。

于是，又镇定了一番，拨了回去。

刚才干吗呢不接？

在卫生间呢。请指示。

明天或者后天厅里会开个会，上面会来人，找几个同志谈话，让谈一下对班子的意见，你心里要有数。

好的知道了。

苏紫长长地松了一口气。

再看手机,有个网友发来了私信,劝苏紫删号。苏紫回复:谢谢。

删号?就为了这个事儿?她不。她脑子里压根儿就不曾有过这个念头,连一闪都没有过。删号就是认输。当然不删号也未见得就是赢了谁。可苏紫不想删号,就是不想删号。此刻,她莫名地觉得,最沮丧的最没出息的事情,就是删号。

6

微信提示音此起彼伏。女儿晚饭想吃黄焖鸡米饭,要她点外卖。老公在外面应酬,要晚些回家。豆子说刚到家,又安慰了她一番。正一一回复着,悦悦的信息也蹦了进来:

对了苏老师,我忘了告诉您,每篇头条都可以小小修改一下的,您可以试一试哈。是刚上线的新功能,我们都还没习惯呢。

紧接着,悦悦截了几张图,把使用程序演示了一遍。

一瞬间,苏紫难以置信。

好的,我试试。冷静了片刻,她回复。心怦怦直跳。她捂了捂胸口。有谁知道呢?此时,对于这项新功能,她是如获至宝。仿佛这项功能能让自己凤凰涅槃,浴火重生。

找到"编辑"项,重新打开这一条,手持热茶,一字一词地重读。此刻,再看这段话,觉得简直处处是毛病。

"看到图一师傅正在路边给树刷白"——师傅,这个称呼是否足够尊敬？"跟他聊，他说刷石灰水"——对于石灰水的叫法是否应该再查一下资料，像个科学家一样精确？"可以杀菌防冻"——要不要把"防虫"加上？或者把"杀菌"改成"防虫"？既然网友们把"防虫"讨论了那么多回合，副教授都说话了。"嗯，这个我是知道的"——你真那么知道么？要把这句话去掉么？

终于到了"不耻下问"。呵，这个"不耻下问"，这个罪魁祸首，该改成什么呢？想了想，改成了"我请教请教再请教，锲而不舍地请教，打破砂锅问到底地请教"——用上这么多"请教"，够不够？够不够？

改，拿出主编的看家本领去好好地改。她的眼睛如今有些花了，平时懒得戴花镜的，这次特意戴上，改了一遍。改完了又觉得戴着花镜不习惯，镜下的字看着有些失真，于是把花镜摘下，又改了一遍。亏得家里没有打印机，如果有打印机的话，她一定要把这一段用三号字打印下来，在纸上改，那才踏实呢。一边这么想着，她一边压抑着自己往单位去的冲动——太荒唐了。

她把改好的发给了豆子，让她替自己把把关。十分钟后，豆子才回复。像豆子这么伶俐的，平时看这段话也就是几秒钟的事。她可以想象，豆子肯定也是和她一样，神经质般的，看了又看。

豆子说很好，不过她还有一个建议，就是把两个师傅工装背面的物业公司 Logo 打上马赛克，这样就完美啦。

苏紫回复：遵命。

这个建议有道理，很有道理。万一师傅们被物业公司问责了呢？她知道，自己这个头条很像一个扫帚星，说不定就会因为什么关系沾连到谁，从而给人家带来了晦气。谁知道呢。

改，改，改。最后一稿改完，又放了五分钟，再看一遍，铁定万无一失，苏紫才拇指轻按，再次发布。修改过后，一百一十六万的阅读量旁边显示出了五个小字"内容已编辑"。

想了想，她又在评论里发了两句：

改了改了改了改了改了！

谢谢谢谢谢谢谢谢谢！

——这貌似诚恳的激动的语气，万能的网友们能从中读出一股子恶狠狠么？她忍不住笑起来。

然后，她瘫倒在沙发上闭目养神，直到女儿回家。

怎么还没叫外卖？女儿嘟起了嘴。

怕凉了不好吃。苏紫狠狠地亲了女儿一下。

妈妈你怎么了？疯啦？

嗯，爱你爱疯了。苏紫笑道。

一直到和女儿吃完了晚饭，洗过了碗，她才又去看手机。阅读量是一百一十九万，评论是九百一十九条。

阅读量依然在增长，不过节奏到底还是缓慢了下来。她的心完全踏实下来。她知道，这事儿，应该差不多算是过去了。今天晚上，她能睡得着觉了。

老公还没回来。眼睛有些酸涩。苏紫走到客厅的飘窗前，朝外面看去。远远近近的居民楼里，一格子一格子，盛着明明暗暗的灯光。有一片朦朦胧胧的幽深之处，被彩灯简洁地勾勒出了飞檐翘角。毫无疑问，那里就是文庙。

Part 2

评
论

从"寓言"到"传奇"
——致乔叶

郜元宝

乔叶你好：

上海作协作家班要我就你的中篇小说《旦角——献给我的河南》（原载《西部华文文学》2007/4）写篇评论，我不假思索就答应了。以前看过你的《打火机》《指甲花开》，也读到关于你的一些评论，自己觉得有些想法，兴许可供你参考，或供别的读者商榷。

但我有个习惯，若不将作家全部作品看过，哪怕对具体某部作品已经有了印象，也觉得没有底气说出。我所以总有点滞后，写不了那种短平快的评论。这是我的迟钝，没有办法。

这回虽然集中看了你 2004 年以来十几部中短篇小说，还来不及消化沉淀一番，作协截稿期就到了。这种情况下，无论全面评说你的创作，还是集中谈《旦角》这一篇，都准备得不够，有些仓促上阵的意思，因此我不打算写严格意义上的评论，只想用通信形式随意而谈。

说随意，是指我不想将散漫的感想煞有介事组织成一篇论文模样，并非说我就可以随便乱说。即使如此，仍要预先求得你的谅解，因为现在正经八百的评论已经流行开来取得独尊地位，"谈话风"式的批评就显得不够正式，也过于陈腐了。但此刻顾不得这些，只管照直说来吧。

好像很看重《旦角》这篇，特地给它加了副题"献给我的河南"，其实你其他的作品，尽管没特意点明，多数也以河南为背景：你一直就在刻意经营着你的文学上的河南。

这种地域的偏重，当然不是针对国内同胞近年来特别关注"河南人"而发，我甚至看不到这方面的一点痕迹。河南是你生活的地方，你的祖籍，你对它最熟悉，最有感情。写河南在你是自然而然的选择，是主动出击，有感而发，没有任何别的用意。诗人济慈说：

> If poetry comes not as naturally as the
> Leaves to a tree, it had better not
> Come at all. (John Keats, 1818)
> 诗的产生，若非自然而然
> 似落木萧萧，那它最好还是
> 干脆不要产生。

这，也是我看了你的作品后想讲点什么的主要理由。

说来也怪，在全球化信息化的今天，中国作家越来越追求一种取径相反、似乎逆世界潮流而动的地方性。稍微重要一点的作家都在经营着自己生活的某个地方，比如王安忆的上海，贾平凹、陈忠实的陕西，张炜的山东，韩少功的"马桥"（湖南），余华的海盐，苏童的枫杨树街，韩东的南京，刁斗的沈阳，史铁生的北京，铁凝的河北，李锐的山西，刘醒龙的湖北，莫言的高密东北乡……不知你是否同意，在这方面，我认为河南作家或许最为突出，并形成了传统。远的不说，新时期文学以来先后就出现了张一弓、乔典运的河南，张宇的河南，李佩甫的河南，周大新的河南，阎连科的河南。现在又出现了乔叶的河南。

乔叶的河南和上述河南作家的河南有何不同呢？

这个问题我还真没仔细想过，只是猜想一定很有意思。陈思和老师有个学生姚小雷，现在已是山东大学威海分校教授了，也是河南人，几年前博士论文就专门探讨河南作家的"河南性"。陈老师另一个河南籍学生李丹梦也写过论述当代河南作家民间叙事的博士论文。他们两位回答这个问题，应该更有权威性。我只看到因为经营既久，你的"河南"已颇具规模。你写了省会郑州（比如《打火机》《最慢的是活着》《像天堂在放小小的焰火》《防盗窗》《良宵》《最后的爆米花》《绣锄头》《轮椅》），也写了县城（《紫蔷薇影楼》《旦角》），小镇（《取暖》），乡里（《指甲花开》《解决》）和大山深处的村庄（《山楂树》）。你写了"现在时"的河南，也写了它的"过去时"。写了女性，也写了数量可以相等的男性。你写了各种年纪和职业的河南人：老、中、青、少男少女；农民、进城的农民工、工人、干部、军人、编辑、桑拿工、小姐、个体户、画家、豫剧演员、罪犯、闲人。你不仅写了在河南的河南人，也写了在外地的河南人，以及去过外地又回家的河南人。迄今为止你好像有意局限于写河南底层与中层，基本不涉及上层社会（如果有上层社会的话），否则你的河南无论从时间空间还是年龄性别社会阶层上讲，都称得上是一个标准的立体世界了。

也许这就是你写河南的特点？我不敢肯定，只觉得你正力求真实而立体地写出当代河南人的众生百态。你笔下的河南人不仅散布在河南社会各阶层、各地域，而且就像时下真实的河南人一样，他们也是流动的，带着地域背景却并不受地域限制，不再是拘于一隅地被脚下土地牢牢限制的传统河南人。他们身上无疑具有河南人的传统性，但已卷入现代化交通和信息工具维系的流动性世界，具有更大的开放性。

几年前，我在《收获》上读到阎连科的中篇《年月日》，对其中一段关于"世界"的说法印象深刻。大意是说，在"耙楼山脉"农民看来,"世界"总和"外面"联系在一起,"里面"和"外面"长期隔绝,农民熟悉自己凝固不变的"里面"的生活,这个生活无所谓"世界",因为不具有"世界"的那种广延性,只有"外面"才是真正的"世界"。你的中篇小说《最慢的是活着》也发表在《收获》上,也有一段关于"世界"的说法,却让我大吃一惊。那是"奶奶"叫"我"说说"外面的事"时"我"的一段内心独白:

> 转了这么一大圈,又回到这个小村落,我忽然觉得:世界其实不分什么里外。外面的世界就是里面的世界,里面的世界就是外面的世界,二者从来就没有什么不同。

我觉得,这段独白一下子就把你和阎连科区别开来,也把文学上一向封闭的"河南"的"世界"给"解构"了。怪不得你对国内同胞近年来对"河南人"的某种集体想象不屑一顾。你之所以并不在乎有关河南人的那些"妖魔化叙事",是因为你已经真切地在自己内心拆除了河南的"里面"和"外面"。换句话说,你将笔下的河南人从过去一些河南作家所描画的河南的"里面"带到河南的"外面",让他们摆脱了地域牵制,获得了别处的中国人也正在获得的无分内外的流动性整体性的"世界"。

说到这里,我突然想起最近读到的抗战时期在中国生活过的英国现代诗人奥登,他在一首诗里这样写道:

> A poet's hope: to be,
> Like some valley cheese,
> Local, but prized elsewhere.

我把这一段试译如下:

> 一个诗人的愿望:活着,
> 就像某种产自山谷的奶酪,
> 是当地的,却也在别处被珍爱。

这其实是冲破国族界线的现代世界文学的经典命题，也是现代世界一个经典的文学理想。用周作人的话说：越是地方的，越是世界的。

但地方的如何成为世界的？特殊的如何成为普遍的？具体地说，河南的如何成为中国的、世界的乃至人类的？

不同的作家采取的策略各不相同。

或者不妨说，你不像过去某些河南作家那样，将预先获得的某种关于"中国"的普遍认知纳入周作人所谓"土气息泥滋味"的本色的"河南"，把"外面的世界"纳入"里面"的世界，再把这样做成的与本色的河南已经有些乖离的想象的河南投射出去，成为他们想象的中国的一部分。恰恰相反，我觉得你首先拆除了河南/河南以外的中国之间的界线，一开始就把河南作为中国当下生活世界的一部分。这样落笔，不仅没有了凝固封闭的河南，也没有了以河南为底色投射出去的那个关于中国的巨大想象，那个杰姆逊所谓的"民族寓言"或夏志清所说的"中国迷思"。

我并不想在你和上两代河南作家之间划出一道鸿沟。也许我上面的观察并不准确，但你们的区别显然是存在的，而这与其说是文学观念的不同，不如照直说，乃是年龄阅历的差异所致。恐怕大家都像尼采所说的那样"忠于地"，套用这个句式，当然也都"忠于国"，问题是上两代河南作家在成长过程中受到土地拘牵更大，同时他们获得的关于中国的意识形态的先人之见又太多，于是他们的文学劳动某种程度上就是要将意识形态上把握的中国和实际经历的河南这二者拼命弥缝起来。

在他们那个时代，这非常自然，实际上也因此形成了河南作家的特色，尽管值得反思的问题也很多。其中最突出的问题，就是太善于也太喜欢用"土气息泥滋味"来遥拟（阐释）中国；哪怕描写某个封闭的山沟，也要和关于中国的意识形态想象挂钩，仿佛盲人把摸到的一条大腿直接等同于大象。结果，因为太想着报告大象的情况而将象腿扭曲、夸张了,弄成一个个关于中国的大大小小的先知式寓言。

其实也不仅这些河南作家,上几代中国作家集体分享的关于中国的先验想象,也普遍影响到他们对自己所熟悉的"地方"的描写。因为迷信越是地方的越是世界的,就在"越"字上狠下功夫,结果强调地方的特殊性过了头,无法挽回地走向极端性写作。我觉得阎连科近来的一些作品就是一个典型。

我曾经想,对地方特殊性的迷恋,骨子里也还是源于对中国的特殊性的迷恋。80年代文学不是没有地方色彩,但那时候心态比较开放,普遍承认在地方和中国之外仍有不一样的"世界"存在着。90年代以来,我发现中国作家对这个"世界"的兴趣越来越淡漠。我研究铁凝时发现,她笔下的成功人士,无论男女,刚从"世界"回来,就忙不迭要途经北京,回到某个中原小城。他(她)们认定只有在那里才能获得内心的和平,甚至北京也嫌它太开放了。这种强烈的地方性迷恋,好像是弗洛伊德所谓的人对母亲的子宫的情结,但我总是有点怀疑,当无数颗卫星环绕地球飞行并俯视一切的时候,还有哪个隐秘的单纯空间意义上的所在,像母亲的子宫那样温暖黝黑,可以寄放不安的灵魂?所以我宁可相信,中国文学对地方的迷恋,可能喻示着90年代以来中国作家新起的一种自我认同。可惜这个问题,据我所知至今也还没有引起文学界足够的重视。或者我们的读者也已经习惯了那种从采自深山的一滴水看出全世界的寓言体写作,并习惯于等候寓言体写作特有的那种如期而至的政治刺激与可以无限放大的价值预期了吧。

当然,某些有着萨义德所批评的"东方学"眼光的西方学者和书商恰恰就偏爱中国作家的这种寓言式写作。他们不喜欢在中国人身上看到和他们相同或类似的东西,他们不相信这样的东西也可能反映我们存在的真相,而坚持认为那是我们盲目学习他们的结果。

他们更希望在我们身上看到某种只有东方传统或只有革命时代以及后革命时代才有的土特产。

在这个背景下看你的小说，我觉得可以暂时将各式各样先验的"河南"和"中国"搁在一边，直接进入你笔下的家庭、亲情、爱情、友情和个体的记忆与隐秘。即使对群体（比如这几年被炒作得沸沸扬扬的"底层"）的描写，你也不会贸然积聚成一个凌驾于个体之上的庞然大物，类似以往所艳称的抽象的"河南"与"中国"（《防盗窗》在这一点上尤其出色）。

这种处理方式或许会丢失某种标志性的"河南性"（姑且借用姚小雷博士的概念），却较能抵达个体的真实。当"中国"和"河南"（或"中原"）被换算为真实的个体的存在时，反而容易获得来自新一代读者的普遍同情。

凸显个体，必然需要同时凸显细节，凸显具体场景，凸显与个体所置身的生活场景和所发生的生活细节（包括内心细节）相匹配的个性化的语言。所有这些，正是你小说最有光彩之处。

我很欣赏你对一些大场景或大场面的描写。比如，民间演戏，婚礼，丧礼，宴会……每一涉笔，几乎都可以当"专论"来看：

我潜心听着。每个声音的强弱和节奏都不一样，传达出的东西自然也不一样。有的是偶像派，如嫂子。有的是实力派，如月姑。有的则是偶像派加实力派，如四个女儿。这倒是可以原谅的。她们是主力军，哭了这么几天，如果一直靠实力哭下去，谁都受不了。

这是《解决》（《红豆》2005年7期）对民间丧仪中哭丧场面的描写。再看《旦角》写"响器班"：

当然这种零零散散的短曲子对响器班来说是显不出本事的。真正的本事就是出殡前的一晚在灵棚前上的这出戏。这叫"白戏"，又因为不抹脸装扮，内行的人也叫这"素戏"。第二天亡人就要入土，辛苦了一辈子，再大的对错恩仇都说不得了，他能参与的最后的尘世的热闹也就是这一台戏了。儿女的孝心，亲戚们的情谊，街坊们的送别也都在这台戏的入场里。这才是响器班最大的用处。天一落黄昏，从八点开始到十二点多，嘴不能停锣鼓不能歇，一分一秒都是功夫。主家的心气和脸面全看这个晚上台上的活儿了。在这片地上，专有不少人喜欢看这台不收钱的戏。夏天摇把蒲扇看，冬天把手袖在棉袄里看，不凉不热的春秋季，嗑着瓜子聊着天看。

更能显示你实力的，或许还是《旦角》中将多个场面多个人群平行烘托、交叉迭现的写法。尤其是台上演员与台下观众镜头不断切割而又交融，认真读下去，真有点《包法利夫人》描写"农展会"那一节的风味。

场面描写需要结构和气势，但细节的精密观察和准确表达乃是前提，否则就成为空洞的热闹。《旦角》写"胖子班主"用假嗓子演唱达到"近于抒情"的效果以及台下有经验的一班老演员善意的理解与批评，还有那个中年演员上台后一边演出一边抓住时机发泄情感，就很可以看出你平时观察揣摩的功夫。写最不能见出演员心理的"台步"，也颇能传神尽相：

唱着唱着，黄羽绒开始走台步。她用手指左转右转地玩弄着莫须有的大辫子，走得很小心，很羞怯，很认真，让人不由不专注地看着她，似乎她下一步就会走错。——其实也谈不上什么错不错，只要不摔跤就都不算错。然而看样子她终究没有走错。

再如《良宵》写前来搓澡的女人的不同类型：

肤色肥瘦高矮美丑仅是面儿上的不一样，单凭躺着的神态，就可以看出底气的不一样。有的女人，看似静静地躺着，心里的焦躁却在眉眼里烧着。有的女人的静是从身到心真的静，那种静，神定气闲地从每个毛孔冒出来。有的女人嘴巴啰唆，那种心里的富足却随着溢出了嘴角。有的女人再怎么喧嚣热闹也赶不走身上扎了根的阴沉。更多的女人是小琐碎，小烦恼，小喜乐，小得意……小心思小心事不遮不掩地挂了一头一脑，随便一晃就满身铃铛响。

心理细节不同于动作、神态的细节，偏于抽象，本身就以语言形态呈现出来，所以对语言表现力的要求更高。《最慢的是活着》写"我"在奶奶临死时的心理：

> 奶奶，我的亲人，请你原谅我。你要死了，我还是需要挣钱。你要死了，我吃饭还吃得那么香甜。你要死了，我还喜欢看路边盛开的野花。你要死了，我还想和男人做爱。你要死了，我还是要喝汇源果汁嗑洽洽瓜子拥有并感受着所有美妙的生之乐趣。
>
> 这是我的强韧，也是我的无耻。
>
> 请你原谅我。请你，请你一定原谅我。因为，我也必在将来死去。因为，你也曾生活得那么强韧，和无耻。

这种心理细节，或许别人也写过，但如此到位，尚属鲜见。

许多人都说到你的语言。你的语言确实太突出了，不容人不关注。在你的语言面前，我感到充沛、胜任、丰满、流畅、机智乃至急智。许多地方触类旁通，联翩而下，以至用墨如泼，淋漓酣畅。类似的语言气象，男作家里有我熟悉而有些读者早已抱怨吃不消的王蒙的"博士卖驴文体"。女作家里，好像在盛可以的某些作品中也可以见到。但你的小说，几乎篇篇都有那种奔涌不息的语言的激流，和倾泻而出的语言的瀑布。

语言的丰富和准确本来是作家的基本功，现在已经成了可以让我们惊喜的珍稀品种了。但我不想在这里过多夸奖你的语言，我倒想说说你的语言可能的不足，尤其是有些时候的失度。

比如《良宵》写桑拿女工回忆自己姓花的前夫的初恋：

要死要活地跟了姓花的,心甘情愿地被他花了,没承想他最终还是应了他的姓,花了心,花花肠子连带着花腔花调,给她弄出了一场又一场的花花事儿。真个是花红柳绿,花拳绣腿,花团锦簇,花枝招展,把她的心裂成了五花八门。

这当然颇能见出语言游戏的智慧、词汇的丰富,但也过于借题发挥了,你把语言的能指玩弄到超出所指内容之外,成为多余的赘疣。个别语词仔细推敲起来,细节上也不免失掉了准头。

另外,你很能调查、收集目前流行的各种聪明的说法,甚至参与这些新时代"精致的调皮"的创造,再把这些生猛"语料"一视同仁分配给你的人物和叙述者,尤其在人物斗嘴之时、打情骂俏之间,或叙述者大面积地交代情况之际。我觉得语言丰富和熟极而流乃是信息时代必然会有的现象,最大的特点就是那种自我繁衍也自我解构的彼此"引用"的互文性:许多精彩的"段子"固然令人一新耳目,却又往往似曾相识,是语言的炫耀,也是语言所宝贵的精华的耗散;似乎表现了很多,最终却并没有真正成功表现什么。就像《旦角》中镶嵌的十九段豫剧戏文,固然可以和眼前当下情景呼应,但终究是现成货色,与古人所谓"直寻"所得、与眼前当下情景共生共存的"自铸伟词",毕竟有所不同。(我这里只是打个比喻,并非说你这些戏文在小说中用得不好)。

语言确实是作家最应该有所顾忌的地方。从前周作人告诫新派诗人不要一味地追求语言的"豪华",宁可满足于看似若有不足的"涩味与简单味",道理也就在这里。尤其是如果给叙述者分配太多时新语言,就容易使叙述主体与隐蔽的人群看齐,成为流行的语言信息的播撒者。这就可惜了,因为读者想看到的,乃是既混迹于人群又因其特出的反省力超出人群的那种叙述主体(也是语言的主体)。

当然,如果你自有一套凌驾其上的超越语言,时时调节宰制,有距离地进行适当的反讽、游戏乃至炫耀,也无可厚非,但我现在所谈的显然还并不是这个。总之,在意兴遄飞激情挥洒之际,最要注意的是必要的节制。

和这有关的,是各种具有"奇观"效果的"故事"。不错,你的故事许多是个体的,冲破了关于"河南"和"中国"的先验想象,更贴近生活实际,而不是某种寓言的发生地,但这并不等于说,你的故事就没有陷入另一种夸张变形的危险。

我必须承认,你的故事确实"好看"。你的小说一发表,多家选刊争相转载,"好看"应是原因之一。但"好看"的另一个意思就是"奇特"。我觉得你许多地方都仗着"可巧"二字,而"可巧"二字有好有坏,值得分析。

《良宵》(《人民文学》2008年2期)写搓澡女工发现自己可巧给前夫的现任妻子和女儿搓澡。《最后的爆米花》(《山花》2008年2期)写一个老年机关干部,为抓捕奸杀女儿的凶犯,苦心孤诣学会做爆米花,到处蹲伏,终于如愿(凶犯家里可巧也是做爆米花的,凶犯可巧不认识老人而老人可巧认得凶犯,又可巧在老人一再设圈套让观众来尝试做爆米花时,凶犯就在人群里,并且真的忍不住非要一显身手)。《解决》写"大哥"嫖娼犯事,托乡下亲戚(也是做小姐的)"丽"去通关子。许多人物都集中在两个爷爷的葬礼上,头绪纷繁,关系错综,大哥麻烦的"解决"(丽出主意并答应找事主说情)只是一个小插曲,与此同时许多问题都随着葬礼的举行(情感的通融)而"解决"了。这一篇结构非常精心,但也还是仗着"可巧"二字。《取暖》(《十月》2005年2期)写刑满释放的强奸犯(被开除的大学生)除夕从家里赌气外出,来到一个小镇,借宿在一个单身妇女家,她的丈夫因妻子被侮辱而打伤别人被判刑蹲监狱,这已经是可巧了。妇女之所以愿意和敢于在除夕收留陌生男人,就因为在他问路时可巧看到他的裤子就是丈夫在监狱里穿的那种制服。《像天堂在放小小的焰火》(《收获》2007年第4期)写云平踢坏了同事张威的要害，张威后来在云平的好心帮助下恢复了功能。同一个"解铃还需系铃人"的模式又在《紫蔷薇影楼》里重现了。《山楂树》写嫁到山里的城里媳妇只身去婆家，在火车上巧遇以前也在那趟列车上见过的画家，该画家是从山里考出去的，现在成了杀死前妻及其情人之后在逃的凶手。两个家庭的平行故事就依靠山楂被牵合在一起：城里媳妇喜欢吃山楂，画家前妻因为山楂流产而与画家离婚。这真是巧上加巧了。中篇《最慢的是活着》（《收获》2008年3期）倒是一直没有巧合，但最后"我"还是可巧遇见了奶奶年轻时的一夜情人！

小说，尤其是中短篇小说，巧合总免不了。许多大师都偏爱巧合。但巧合应该是生活的真实逻辑的凝聚，而不是真实逻辑薄弱之时用来弥补和支撑的东西。如果属于后一种情况，就不容乐观了。比如《最后的爆米花》，开头写老人沉默寡言，很有悬念，"擒凶"的结尾却令人失望，因为那样的开头和那样的结尾太不相称，至少我期待中的老人的真相不应该只有这点。为女儿报仇是天大的事，足以让老人使尽浑身解数，但小说开头铺陈得太好了，似乎允诺我们最后揭秘之时将要展示关于老人自身更多的秘密，而像现在这样写来，老人自己的内容全部被压缩成报仇的坚韧意志了。这样设计精巧的故事，"可巧"二字超过了生活的真实逻辑，使已经写出来的真实也打了折扣。而像《指甲花开》那样不编织奇特的故事只照直铺叙少女心事，或者像《旦角》这样将眼前台下发生的与台上的喜剧关合起来，忘却"可巧"二字，倒更见朴实率真。

关于这个问题，我其实并无多少把握，以上不过略说模糊的感受而已。

好像作协要一篇短文，而我已经拉杂写了不少，但还有一些临时想到的题外话，索性也在这里说一说吧。

老实讲，我越来越觉得自己跟不上你们这一代作家了。我现在宁愿看现代文学，或接近现代作家的当代作家，而有点吃不消80年代末以来出自年轻作家之手的当代文学。对90年代"断裂"之后突然茁壮成长的新一代,尤其感到难以适应,尽管我们年龄差距并不大。我的朋友黄昌勇教授说现代作家善于写现实,当代作家喜欢怀旧,他这个发现很有意思。如果让我来比较,我觉得现代文学好比毛笔书写的一封家书,费力费心,但情真意切(尽管往往情真而薄意切而浅),某些当代作品则好像Email、博客,洋洋洒洒,却"难见真的人"!因为情虽多而不真,意虽新而不切。我不是说当代作家写得不够好,新近登上文坛的许多优秀作家笔致都比现代的许多作家更洒脱,更丰满,更流畅,更婉转,属于钱钟书、张爱玲和早期丁玲式的精灵一族。但另一方面,我觉得他们太见多识广,见怪不怪,感得太多,说得太易。一种生活,一段经历,一个故事,被他们说出来,总像是在消灭自己之后迎合读者,而不是基于自己的主见向读者发出挑战。再者,我也往往苦于抓不住他们的思想。他们的思想"空空如也",更多是和故事黏合在一起的无形无状飘荡不已的感触。如果他们像前辈作家那样在一个流传有序的思想传统中展开"思想",我就容易捉住,但他们不喜欢这样地"思想"。他们的长处和兴趣都不是"思想",而是多、快、好、省地捕捉和报道当代生活信息,在这种捕捉和报道中获得某种前卫性和权威性的自我感觉——像现代作家习惯于通过"追求真理担当道义"获得同样的自我感觉。

现代作家固然不可一概而论,但因为强大的意识形态的诉求,他们足以炫耀于人前的,往往是进步意识而不是率先真切地捕捉到新的生活现象(他们往往因为意识的作用而虚构生活)。他们要么完全脱离生活,成为意识形态的传声筒,要么因为忠实于当下个体的生活,而与意识形态发生龃龉,由此逐渐获得思想的自觉,取得与思想传统包括意识形态的要求展开对话的能力。

现在的年轻作家也不可一概而论,但因为他们自觉终结了意识形态的诉求(虽然意识形态仍然客观存在),他们足以炫耀于人前并彼此竞争的，就不是观今形态的进步意识，也不是那种可以和意识形态以及思想传统展开积极对话的能力，而是感性形态的新的生活现象——简言之，就是黏合着各种瞬息生灭的细小感觉的新奇百出的"故事"。现代作家因为意识形态的关系显得太有形体，但往往缺乏血肉；目前年轻作家则相反，太有新鲜活脱的血肉，而缺乏思想性的形体的有力支撑。

有人说现在中国文学主要是女作家文学，孤零零几个男作家要么没什么成色，纵有几分成色也是接近女作家的那种成色。女作家担纲唱主角，使中国文学必然冲破"民族寓言"预设，但也丧失了对宏大的集体和时代命题的把握能力。一切都委诸个人，衡诸个人，这是个人的确立，也是个人的膨胀：个人承受无法承受的原本需要集体和时代来承受的问题，结果不仅把问题缩小，甚至根本拒绝了问题。与此同时，如此承受着的个人也将自身的真实性扭曲了，他们轻易地就成为解释一切理解一切处理一切承受一切的先知式的虚幻骄傲的个体。在这样的个体面前，人生固然不再按意识形态硬性规范设计，而是照个体一时感触筹划，生活因此不再是寓言，而是真实的细节的河流，但这条河流容易失去堤坝，四处流泻，无所归依。

坚执思想，蔑视生活，你就可以说，"太阳底下无新事"。那样的文学往往沦为观念的演绎和寓言化写作，那样的作家就会躲在自己的思想硬壳里渐渐枯萎。坚执生活之流，蔑视思想和思想必然要遭遇的命中跟定它的问题，你也可以说，"苟日新，日日新"。那样的文学往往就是堆砌细节，是炫耀新奇百怪的故事，是并不指向某个思想目标也不参与某个思想传统的随处流传也随处和随时消散的传奇；那样的作家，很容易随波逐流，最终沉没于自己所拥抱的生活之流。

我想聪明的作家不应该听任这两种倾向背道而驰，而应该努力将尊重传统的思想探索与忠实于当下的生活探索融会起来，像大胆地跳入生活海洋那样大胆地踏入古往今来圣经贤传联络而成的思想传统，让思想和生活相互激励，而不是彼此分离不顾。但这种聪明的作家，就要经受莫大的熬炼了。

现代文史上曾经把我上面讲的问题表述为"源"（生活）和"流"（思想文化的传统）的关系，并认为文学的依托首先是"源"，"流"只是辅助性次生性的，后来就导致作家的非学者化、"题材（生活）决定论"的偏颇。我觉得今天年轻作家的问题，某种程度上也还是这个历史问题的延续，就是迷信只要抓住当下生活，就抓住了文学的"源头活水"，拼命挖掘当下最新的生活现象，在这上面展开竞争，而把与思想史上一些根本问题展开对话、对文学和文化史上的一些经验与传统进行批判的借鉴，都看成"流"而不屑一顾。这种偏颇是把"源流"分得太清楚了，以至于发生误导。尼采说，没有赤裸裸的现实而只有被这样那样解释过的现实，如果是这样的话，所谓"源流"就裹在一起分拆不开了。我们不应该把眼光心思全部集中于当下新起的生活现象，而罔顾贯穿人类历史的基本的思想文化命题。只讲生活不讲思想的写作，正如只炫耀思想和文学形式而漠视生活的写作，都是片面的，它们或许可以轻易造成潮流，引领时尚，但消失得也快。

扯远了！请不要误会，这些题外话并非针对你而发，但我也确实愿意将此时此刻想到的和盘托出，供你参考，说不定什么时候你也会碰到和我一样的困惑呢。

有的作家看评论，有的并不看。评论并不总能也并不总需要冲着创作实际而发，它也可以是朋友的聊天，而聊天是很随意的，如果聊天时每句话都针对聊天者，那就太累，也少有益处。你就把这封信当作一次任意的聊天罢，若能一笑解颐，于愿足矣。

谨祝

秋安

郜元宝

2008 年 10 月 20 日写

2020 年 5 月 13 日改

乔叶小说创作论

李遇春

一

在新世纪的中国文坛，乔叶是一位逐渐显示出艺术大气象的小说家。乔叶的九十年代是属于散文的，初登文坛的她沉醉于写"美文"，这种文体曾让她声名鹊起，但外形上的纤小和骨子里的无力也是毋庸讳言的事实；而乔叶的新世纪显然是属于小说的，她的一系列长、中短篇小说佳作一反其"美文"的亮色，转而着意开掘人性的心理暗角，在依旧唯美的语言外衣下泄露心底的黑色，这种悖反的风格给乔叶的小说带来了极大的艺术张力，乔叶也因此成了当下中国文坛以心理现实主义为显著特色的女性小说家。

乔叶的小说处女作是发表在《十月》1998年第1期上的短篇《一个下午的延伸》。如今看来，这个最初的尝试实际上给她后来的小说创作奠定了艺术基调。这篇小说讲述了一个女下属与她的男上司之间近乎无痕的婚外恋情，但作者的笔力几乎全部用来描述两个人的这场悄无声息的心理角逐，心理描写曲折有致，心理细节繁复多姿，把男女主人公各自内心深处那块看不见的"黑暗的陆地"呈现在读者眼前，展现了乔叶在小说创作上的巨大潜能。关于自己为何要从散文转向小说写作,乔叶曾说过这样耐人寻味的话:"小说的种子经过了漫长的埋伏,已然到了最合适的时候,它必得破土而出。而孕育这颗种子的肥料也在我心中经过了充分的发酵,再不写的话,我就会病倒。写散文的这些年里,我把一条条的鲜鱼捧上了餐桌,可作为厨师,我怎么会不知道厨房里还有什么呢:破碎的鱼鳞,鲜红的内脏,暧昧黏缠的腥气,以及尖锐狼藉的骨和刺……如果不诉诸小说,这些东西就会成为我心灵里越来越重的麻烦和越来越深的毒。""感谢小说。它接纳了我的这些麻烦和毒。接纳就够了。接纳本身就意味着调理和医治。我把这些麻烦和毒在小说中释放了出来。……小说慷慨地给了我一片最广袤的空间,任我把心里带罂粟花色调的邪火儿和野性儿开绽出来。——这便是一种最珍贵的精神礼物。"对于乔叶来说:"好小说是打进大地心脏的利器,能掘出一个个洞来。功力有多深,就能掘多深。……最好能深到看见百米千米地层下的河流、矿藏和岩浆。——如何毫不留情地逼近我们内心的真实,如何把我们最黑暗的那些东西挖出纸面:那些最深沉的悲伤、最隐匿的秘密、最疯狂的梦想、最浑浊的罪恶,如何把这些运出我们的内心,如同煤从地下乘罐而出,然后投入炉中,投入小说的世界,燃烧出蓝紫色的火焰,这便是小说最牵人魂魄的力量和美。"这就是乔叶的小说观,坚定、鲜明而富于挑战性。小说就是为了挖掘人心的黑暗,就是为了刮骨疗毒,因此小说就是治疗,小说家由此也成了心理医生,无论救死扶伤还是自我疗救,小说都是庄严的精神行动。对于法国著名女性主义小说家西苏的一段话,想必乔叶也会感同身受,西苏说:"我不是那种喜欢黑暗的人,我只是身处黑暗之中。通过生存于黑暗,往返于黑暗,把黑暗付诸文字,我眼前的黑暗似乎澄明起来,或者简单说,它逐渐变得可以接受了。"正是在对内心黑暗的体验和书写中,乔叶逐步实现着自我心理治疗和精神救赎。

在中国当代文坛能形成自己个性化小说观的作家本不多见，而能锤炼出自己的小说观并在写作中一以贯之的小说家就更属凤毛麟角了。大多数小说家盲目地跟风写作，不但不配引领小说潮流，反而在小说时尚中迷失了自己。而半路出家的乔叶，凭借其鲜明的女性心理现实主义写作，在新世纪乃至于整个新时期的中国文坛迅速找到了属于自己的艺术位置。新时期以来，女性小说家占领了小说界的半壁江山，她们的小说异彩纷呈、争奇斗艳，要想在这个年代的女性小说界赢得一席之地，并不容易。但乔叶做到了，这不难从新时期女性写作的精神谱系或者艺术谱系中分辨出来。大体而言，新时期女性小说写作可以划分为这样三种形态：一种是自恋型写作，八十年代以张洁为代表，进入九十年代又加入了陈染和林白两位女性主义小说家推波助澜。她们的小说都带有强烈的女性自恋色彩，无论是张洁痛苦的女性理想主义，还是陈染和林白激进而执拗的"姐妹情谊"，在对当代中国女性自恋心理的开掘上都功不可没。与自恋相对立而构成了另一极的是自渎型写作，这在九十年代末以来的"70后"和"80后"所谓美女作家的笔下屡见不鲜，尤其是名噪一时而后转入沉寂的卫慧和棉棉，她们的小说中充满了当代城市前卫青年女性的自渎或者自毁书写，而且在身体写作或者欲望写作的幌子下大肆贩卖残酷的青春物语，至于后继者春树的小说，则有过之而无不及。然而，新时期还有一种特别的女性自审型写作，它介于自恋与自渎之间，虽然也处在自恋的对立面，但毕竟不同于极端的自渎，自渎是自我放逐，是颓废写作，而自审是自我审视和自我审判，以期寻找并重建新的自我，这对于当前的中国女性写作具有不可或缺的意义。毫无疑问，铁凝的小说是新时期女性文学中自审型写作的典范，而在新世纪以来涌现出的女作家中，笔者以为乔叶属于自审型女性写作的后起之秀。

在乔叶迄今发表的大多数小说中，无论是对沦落风尘的城市妓女的变态心理拷问，还是对当代都市白领丽人的畸形婚恋心理透视，抑或是对家族题材中不同代际女性的历史心理挖掘，都带有强烈的女性自审意味。这从乔叶的心理治疗型小说观中可见一斑。乔叶的女性小说无意于借所谓身体写作招徕读者，与生理写作相比，她看重的是心理写作，是对女性深度心理或者潜意识心理场景的描摹，而且这种深度心理描摹与自恋无关，更与自渎无涉，它是一种充满了女性自审精神的心理现实主义形态。与陈染和林白那种自恋型女性写作相比，乔叶的女性小说显然实现了潜意识场景与历史场景描摹的结合，而不是把二者对立或者隔离起来，故而乔叶的小说祛除了自恋型女性写作逃逸出社会历史场景所带来的幽僻孤峭，而呈现出与读者亲和的状态，所以乔叶的自审型写作显得自然朴实。即使是与铁凝的同类小说相比，我们也能够看得出乔叶挣脱前辈影响的一种努力。同样是女性的自审，铁凝的小说中有一种挥之不去的原罪感，而在乔叶的小说中，那种浓郁的带有西方宗教色彩的压抑不见了，取而代之的是平实的日常生活心理状态的描摹，其中的优秀之作庶几臻于中国化的境界，要知道这种自审型写作基本上是西方文化和文学影响的产物。

二

在乔叶并不算长的小说创作历程中，她对当代城市中的畸形女性边缘群体——妓女的生活和心理进行过集中的艺术观照，她写得最好的两部长篇小说《我是真的热爱你》和《底片》都是所谓妓女题材。事实上，妓女题材在中外文学史上堪称一大母题。这类作品有两种叙事模式比较受人尊重：一是凸现妓女在重要历史关头所表现出的令正常人汗颜的行动，如孔尚任的《桃花扇》写李香君，还有莫泊桑的《羊脂球》，都写出了妓女巾帼不让须眉的民族气节，属于宏大的民族国家叙事范畴；另一种则是通过写妓女的悲苦命运，来折射社会的黑暗和国家的腐朽,如老舍的中篇《月牙儿》即是代表,其意在社会批判,而悬置道德或伦理谴责,这一种属于典型的现代启蒙叙事形态。至于站在传统的道德立场上或者以颓废纵欲姿态讲述妓女故事的小说,尽管数量庞杂,但佳作鲜见。

《杜十娘怒沉百宝箱》是中国古代小说史上写妓女人生的名篇,乔叶对这个精彩的古典短篇似乎格外重视,其中一个很重要的原因就在于,这篇妓女题材的小说写出了一个妓女心中真正的爱情,那是一种超凡脱俗的爱情,足以让任何以正人君子自居的女性和男性汗颜。在绝望的时刻杜十娘可以为爱情而死,绝不苟且,坚决不向现实和命运妥协。这可不是一般俗套的殉情模式可比拟的,而且,虽然表面上还未摆脱"始乱终弃"的情爱模式,但骨子里的境界委实有高下之别。乔叶说:"读杜十娘的时候,我不得不落泪。这样一个烟花女子,却有着如此清洁纯粹的爱情精神。我相信,面对她的勇敢与决绝,有太多活在当下的口口声声标榜个性和自由的酷男酷女都会汗颜。""也许对于吃喝穿戴,我们都还能够去讲求完美,但对于情感和内心,我们却更像是烟花女子——早已经见惯了苟且,也习惯了苟且。而杜十娘,她拒绝苟且。她死了。她因为拒绝苟且而死。"不能不佩服乔叶的犀利,她看得很准,烟花女子杜十娘"拒绝苟且"的精神确实是她足以笑傲人间的资本,而我们所谓正常社会中的红男绿女,却早已见惯了也习惯了苟且,我们在苟且中不能自拔,也不思自拔,我们在苟且中忍辱负重,我们在苟且中随遇而安,"苟且"成了我们的精神底片或者心理原型。用乔叶不无刻薄的话来说,这种苟且心理其实就是所谓"小姐意识"。曾几何时,妓女这个古老的称谓在当代中国被置换成了"小姐",这显然不是简单的语言或者符号更替,其中隐含了当今国人内心世界中比一般妓女更为苟且的心理,红尘俗世中人已经习惯了在面具下生活,殊不知"小姐"已经无法掩饰妓女的实质,把妓女称作小姐不过是掩耳盗铃的可笑行径罢了。在乔叶看来，比肉体上沦落为妓更可怕的是精神上的沦落为妓，当今中国社会最可怕的事莫过于四处泛滥且无形渗透的"小姐意识"或者"小姐心理"。乔叶写妓女题材的小说由此超越了题材本身，而直抵我们这个时代的中国社会深层心理结构。

这使笔者想起了胡风，胡风是20世纪中国倡导心理现实主义最有力的文艺理论斗士，他坚决反对"对于生活的卖笑的态度"。他说"文艺家如果在主观精神上失去了方向，在客观现实里面又感受不到人生的迫力"，那就只能堕落为向读者献媚的写作。卖笑也好，媚俗也罢，都属于写作上的妓女心理，即乔叶所谓"小姐意识"。胡风的文艺观要求作家对生活和人生采取绝不妥协、绝不苟且的价值立场，这是现代中国文学史上现实主义创作中最宝贵的精神传统。乔叶的小说无疑继承了这种精神传统，但她并不像胡风那一代人那样呈现出激烈峻急的战斗型文风，而是采取更为内敛的客观冷静型叙述。她把自己对现实人生的批判情绪隐含在繁密细腻的客观心理现实的描摹中，尽管常常掩盖不住内心挣扎的痛苦。乔叶要致力于反映我们这个时代的心理动态，就必须要承担这个时代的精神痛苦，包括正常人和畸形人（比如妓女）的心理痛苦，更何况这两种人的心理痛苦具有内在的同一性。

作为一个具有现实担当情怀的作家，乔叶并不满足于对外在现实生活的浅层描绘，她感兴趣的是对女性人物心理现实的复杂描摹。选择当代城市妓女作为书写对象，这种题材显然带有一定风险，容易被误解为欲望化写作的标本之类，不仅如此，选择这种题材也面临着突破既有的叙事模式的难题。乔叶当然无意于写那种有关妓女的宏大民族国家叙事，她甚至也不满足于仅仅是借书写妓女的悲苦命运而对现实社会制度进行批判性的思考，她的艺术贡献在于，客观地、集中地揭示当今中国妓女群体复杂的精神心理状态，尤其是揭示她们沦落为妓的心理轨迹，包括沦落为妓之前和之后的精神变异和心理变迁，其中有她们麻木后的欢乐和清醒时的痛苦，有她们反抗的绝望和惯性的滑行，甚至还有她们偷偷从良后的隐忧和隐痛。虽然乔叶对杜十娘表达了自己的尊敬，但她并不想塑造杜十娘的翻版形象。与杜十娘拒绝苟且的刚烈形象不同，乔叶笔下的妓女形象大致有两种类型比较吸引人们的注意：一种是安于苟且、惯于苟且的妓女形象；另一种是想拒绝苟且而不得的妓女形象。前一种形象以《我是真的热爱你》中的姐姐冷红为代表，作者不仅真实地揭示了冷红沦落为妓的各种现实社会原因，写出了一个清纯的农村姑娘在城市中被迫走上卖淫道路的社会心理逻辑，更重要的是还着力写出了冷红在沦落为妓之后苟且偷生或者谋生的妓女心理，即"小姐意识"。这种惯性心理已经根深蒂固、积重难返，即使是外在客观条件完全允许她改变自己生存状态的时候，她也不想改变或者脱离既定的生活陷阱。总之，乔叶写出了冷红步步陷落的轨迹，深刻地揭示了冷红们由被动到主动，由无奈到迎合，并逐步形成了一套自我心理平衡系统的内在心理机制。与冷红惯于苟且不同，冷紫想拒绝苟且而不可得，她只能清醒地堕落，她想反抗但个人力量太微薄，所以等待她的只有死亡的结局。但冷紫的死不同于杜十娘的死，杜十娘的死是刚烈的拒绝苟且的死，而冷紫的死却笼罩着一层荒谬的色彩。她是遭到一个越狱的抢劫犯的报复而死的，而当初她冒着生命危险举报这个抢劫犯却并没有被社会所肯定和接纳，这不能不说是一出荒诞的悲剧。但毕竟冷紫又是为了救自己的姐姐冷红而被抢劫犯枪杀的，透过冷紫心底浓浓的亲情和她对于爱情的无限希冀，乔叶写出了妓女形象的另一面。正如乔叶所说："我相信的是：所有人的阳光笑脸下，都有难以触及和丈量的黑暗。当然，我也相信：所有黑暗的角落里，也都有不能泯灭的阳光。"印象中，只有苏童《红粉》中的两个妓女形象——小萼和秋仪在心理类型上与乔叶笔下的冷红与冷紫异曲同工。但与苏童刻画女性时擅于写意的飘逸风格相比，乔叶在摹写妓女心理现实的过程中更为精细入微，也更为沉痛。

长篇小说《底片》中的女主人公刘小丫是一个介于冷红与冷紫之间的妓女形象。这部长篇其实是根据作者的中篇小说《紫蔷薇影楼》改写、扩写而成。这种改写本身就说明了作者对这种题材的迷恋。乔叶感兴趣的是女主人公的心理底片或者精神潜影，她把这种"底片"情结推而广之，以此窥视所谓正常人暗中的心理真相。对于小丫而言，一方面，她在南方城市当妓女的几年里由被动到迎合，逐渐安于苟且和惯于苟且；另一方面，她回到家乡从良嫁人后，想拒绝苟且而不可得。这不光是因为她在故乡重新遭逢了早年的嫖客窦新成，且窦又对她百般勾引；更重要的还是在于她的心魔，因为她内心深处的"底片"时刻都有曝光的可能性，它就像一个病毒，只是暂时地被抑制和隔离，一旦出现了外在诱因，便迅即被激活，甚至是复制性地传播。不幸小丫就遭遇到了这种心理困境。尽管她理性上拒绝苟且，但她还是身不由己地做了前嫖客的情人。虽然她对丈夫也心存愧疚，但她无法拒绝内心潜匿的"小姐意识"，她欲罢不能，重新走了回头路，由明妓变成了暗娼。她本想回归正常的社会生活秩序，回到光明的世界，但事实证明，一个曾经堕落的人要想获得真正的精神拯救并不容易，黑暗中的阳光原本微弱，而阳光中的黑暗却更加刺目。乔叶的不同凡响在于，她不仅在《我是真的热爱你》中写出了黑暗中的一缕微光，而且在《底片》中又写出了光明背后无边的黑暗。乔叶对当今中国社会中妓女复杂心理现实精细深微的摹写，令人惊叹！

三

早在"美文"写作时期，乔叶就对当今中国城市女性的婚恋情感问题表现出了浓厚的兴趣。转行写小说之后，关注城市女性的婚恋心理困境自然也就成了乔叶小说创作的一大母题。身为女性，乔叶习惯于从女性视角透视当今中国社会日益凸出的婚恋病象，她的很多小说都涉及婚外恋题材，婚外恋已然成了我们这个时代的城市文明病。乔叶对婚男和婚女婚外出轨的理由有着独到的认识，她说："婚姻渐渐疲惫，疲惫点却不同。婚男们不满足于熟悉的身体，婚女们不满足于稀释的爱情，因此出轨就有了本质的区别：婚男们最重要的是体验不同于妻子的那个身体，而婚女们则多是为了爱情，最重要的就是爱情，为了重新听到爱情的声音。"显然，乔叶是一个女性主义的爱情理想主义者，她站在女性的立场上批判性地审视男性的身体欲望诉求。她申明自己特别喜欢杜拉斯的名言"女人就是殉道者"，因为爱情就是女人的灵魂，就是女人的道，婚女的出轨大多属于置世俗道德规范于不顾，像飞蛾扑火般为爱情而殉道。但乔叶并没有因此而把自己装扮成为那种自恋型的女性写作者，因为在她的那些婚外恋故事中，乔叶的女性爱情理想只是作为内心深处的终极目标而存在，可望而不可即；相反，她把更多的笔墨用于揭示或者暗示围城中的女性们的深度心理困境。

其实，乔叶关于婚女出轨的小说并不回避女性自身的身体欲望诉求，只不过她不像那些流行小说那样把女性身体书写当作招徕读者的诱饵罢了。与身体出轨相比，乔叶更多关注的是精神出轨，关注的是女性隐秘的心理突围欲望。换句话说，乔叶关注的是隐性出轨而不是显性出轨。这不仅把她的小说与那种专门兜售女性身体隐私的流行小说区别开来，而且把她的小说与那种抗拒男性的自恋型女权主义小说区别开来。就爱情理想主义而言，乔叶也许是传统的，但就女性心理困境而言，乔叶又是绝望的，她的婚女出轨小说在骨子里散发出现代主义气息。她总是不厌其烦地挖掘和描述婚女（亦包括婚男）的深度心理状态，许多微妙而复杂的变态心理和无意识心理状态是乔叶小说中反复表现的话题。作者热衷于对人物进行繁密深刻的心理细节描写，这种心理细节不同于外在的日常生活细节，后者是具象的，是可以直接感知到的，而前者是抽象的，如果没有十分锐敏的心理感受力和洞察力，乃至惊人的语言表现力，一个作者是无法把人物的内在心理细节完整而深入地呈现出来的。而乔叶却具备了这种突出的艺术才华，把女性人物的内在心理状态用精彩的心理细节表现出来是她的强项，她笔下的女性心理细节如同令人眼花缭乱的语言流甚至语言瀑布，常常令人叹为观止，其中渗透的通感或博喻等修辞手段，把乔叶的心理细节描写能力展露无遗。正是通过卓越的心理细节描写，乔叶把当今城市女性出轨心理揭示得淋漓尽致。而且围绕婚女的出轨心理或非常态心理的书写，乔叶实现了更高层面上的对当代城市文明病的批判性审视。乔叶对婚女的深度心理分析是与她在小说创作中追求人性深度的精神旨趣分不开的。人性的压抑和扭曲，身体与灵魂的分裂，作为精神底色埋伏在乔叶的女性心理现实主义书写之中，隐含着强烈的女性自审色彩。

中篇小说《打火机》是乔叶写婚女出轨的一篇代表作。作者没有把这篇小说讲述成一个俗套的婚外恋故事，而是把笔墨集中在对女主人公余真的深度心理开掘上。在余真的内心深处，青春期的一次强暴事件酿成了巨大的心理创伤，使她从一个喜欢玩闹的街头坏女孩陡然间变成了一个沉静斯文的好学生。这种由"坏"到"好"的裂变不过是生活的表象而已，骨子里的余真依然渴望做一个无拘束的"坏孩子"。但她被压抑的"坏毒"只有在脱离正常的生活秩序的时候才能偶露峥嵘，比如在北戴河休闲胜地，她举手投足间的"坏习气"猛然暴露在胡厅长的眼前，难怪胡要说她是一个童年还没有过完的孩子了。于是她半推半就地接受了胡的暧昧调情，因为这个坏男人身上的坏习气与余真身上长期被压抑的破坏冲动有着潜在的默契，余真渴望摆脱日常婚姻平庸状态的内心隐秘在胡的引诱下蓬勃兴起，就像夜晚打火机的微光熠熠生辉。虽然作者说，他们达成的只是"坏与坏的默契情谊",这种情谊"与爱无关",但是谁又能否认,女主人公的内心深处的确是残留着对真正的爱情的渴望呢?像余真身上这样被压抑的爱情婚姻心理状态在乔叶的小说中还有过不同的书写,但乔叶并没有简单地重复自己,而是写出了新的特色。比如中篇小说《他一定很爱你》,讲述了婚女小雅与骗子陈歌之间的一场奇异的婚外爱情故事。小雅并非不爱自己的丈夫,但她只是把丈夫当作父亲或者兄长的替代角色看待,他们之间亲情大于爱情,她总觉得自己的人生好像缺了一堂课,即爱情课,因为她与陈歌之间的爱情刚开始就煞了尾。陈歌八年后再度出现,这时的他其实是一个骗子,他也曾尝试着骗过小雅,小雅也警觉地与他保持一种暧昧的距离。事实证明,这个骗子男人欺骗了其他所有与他结识的女人,唯独没有欺骗小雅,这主要不是因为小雅的精明和警惕,而是因为陈歌内心深处对小雅充满了爱。作者以第三人称限制性视角,从女性的角度来审视男性,把小雅与陈歌之间博弈和较量的心理现实写得微妙而深透。小说的结局,读者看到的是小雅的自省与领悟,在骗子陈歌的身上,小雅看见了自己世俗心灵中的斑点。就这样,乔叶把世俗的婚外恋故事提升到了女性自审和人性反思的境界。

长篇小说《爱情互助组》敏锐地介入当前中国城市社会中出现的一种新型的婚姻家庭形态。所谓"爱情互助组",其实是城市青年男女私下选择的一种过渡性的婚姻方案,按照私密契约,男女双方在婚后继续保持各自寻找爱情的自由,一旦双方都寻找到了理想的爱情伴侣,婚姻即自动解除。这种婚姻的出现,折射了当下中国城市青年男女的精神和心理困境。小说中"熟女"宁子冬迫于父母逼婚的压力,与"剩男"耿建组成了家庭,双方亲友都以为他们是因爱情而缔结的婚姻,而实际上两人只是临时组建了一个"爱情互助组"。他们在既定的婚姻家庭内部保持各自的独立性,子冬与老成重逢，但旧情复燃后带给她的是更大的痛苦和欺骗；耿建也与初恋情人安纺邂逅，但他发现两个人之间已失去了真正的信任。他们以友谊的方式构建婚姻，以婚姻的方式寻找爱情，到头来发现所谓的爱情在友谊面前不堪一击，由此他们体会到了人生的虚无与荒谬。与《爱情互助组》表现非常态的婚姻不同，中篇小说《我承认我最怕天黑》（又名《从窗而降》）反映的是离婚女子刘帕的非常态爱情。刘帕不仅拒绝了前夫小罗的多次复婚请求，她还多次拒绝了上司张建宏的暧昧行动，但她却接受了一个民工的性爱，这个破窗而入的民工身上有着张处长所缺乏的野性的激情，他那不计后果的激情与张建宏"浑浊的苛刻与恶劣的投机"形成了截然对比。刘帕在民工的身上奇异地体验到了纯粹的爱情感觉，所以她在民工被现场抓获后敢于为他辩护，这让所有正常的人都表示不解，然而，就在这种不解或者误解中，作品的荒诞意识油然而生。乔叶的城市女性婚恋小说的现代派意味由此可见一斑。

在乔叶的城市婚恋题材小说中，除了以写实为主的作品之外，还有一类偏重写意的作品，这类小说带有明显的浪漫情绪，或者笼罩着浓郁的诗意氛围。这样说并不意味着乔叶写实性的前一类小说中没有浪漫情绪，事实上，在《打火机》等小说里暗中涌动着强烈的爱情理想主义潜流，只不过与后一类写意性的小说相比，前者的浪漫情绪更加内敛和克制，后者则颇有几分散文化或者诗化小说的神韵了。乔叶本是写散文写美文出身，写这类散文化或者诗化的小说其实是发挥了她的写作特长，同时也增添了她小说创作风格的多样性。这方面的代表作首推中篇小说《山楂树》。少妇爱如在火车上与男画家邂逅，一个返回山乡的婆家探亲，一个是逃回故乡的杀人犯，但直至小说结束，爱如才知晓画家是逃犯，而此前的他们则度过了短暂、温馨而暧昧的一段时光。他们悉数诉说着各自的情感遭遇，这里面有婆媳之间的纷争，也有夫妻之间的裂痕，但一切都在红山楂的诗意语境中被化解了，如同入口的红山楂酸酸甜甜，回味无穷。乔叶说过写这篇小说的初衷，就是她特喜欢苏联的老歌《山楂树》，但那首老歌抒写的是一个少女在两个男人的爱慕之间犹豫不决的心情，而她的这篇同名小说则写的是一对陌生男女的短暂婚外情谊，虽不免有几分暧昧，但骨子里却渗透出纯美的诗意。用作者的话来说，"其间有理解，理解得有限，也理解得温暖。其间也有意会，意会得隐约，也意会得契合"。正是这种无法定位的模糊而暧昧的男女情谊，成了涌动于小说文本字里行间的情感溪流，让读者唏嘘不已。然而，乔叶毕竟是冷峻的，即使是在写意性的诗化小说中，她也没忘记在最后关头予以致命一击，当得知画家是一名杀死妻子及其情人的逃犯时，爱如在丈夫面前已经无法掩饰自己内心的恍惚，这当然可以理解为诗意的消解，也就是浪漫的破碎。

乔叶写意性的诗化或散文化小说往往都会设置一个中心意象，如同《山楂树》中的红山楂一样，《那是我写的情书》中出现的是芹菜雨的意象。其实，这部中篇又名《芹菜雨》，小说中女主人公麦子站在地上，迎接房顶上的男子韦抛下来的雨一般的芹菜，那个场景的描绘委实诗意盎然，让人心碎。已婚的麦子因为暗恋韦而给他写了一封匿名的情书，由此加剧了韦的婚姻危机，而韦明知是麦子所为，暗中承受着无尽的痛苦。两个婚内男女之间的婚外恋情被乔叶写得隐忍而缠绵，引而不发，具有强大的心理张力。不过，乔叶并没有轻易赦免笔下的女主人公，作者写到麦子在韦妻被人劫杀的那一晚没有及时报警的细节，虽是一笔带过，却有随时消解小说诗意的力量。尽管短篇小说《像天堂在放小小的焰火》如同标题一样充满了诗意，但天宇中美丽的流星雨暗喻了小说中男女主人公超性别的友谊神话或者爱情神话必将走向破灭的结局。短篇《月牙泉》也有一个诗意的名字，但在诗意的外衣下却包裹着一对姐妹的婚外私情。作者无意于对婚外情作简单的道德评价，她关心的是女主人公精神生活中的隐秘渴望。诚如作者在散文《月牙泉外》里所言："它（婚外恋）在婚外，婚姻所有的功能和用处，它都不必考虑。它是最纯粹的那点儿爱，它是最朴素的那点儿爱，它是最简单的那点儿爱，它也是最可怜的那点儿爱。它的存在，除了爱本身以外，不再有任何意味。忽然想起那年我去敦煌看到的月牙泉。月牙泉，它孤零零地汪在那里，如一只无辜的眼睛，让人心疼，仿佛一汪稍纵即逝的奇迹。在我的想象中，真正优质的婚外恋就是这样的奇迹。"有意思的是，作者把这段文字巧妙地镶嵌进了这篇小说中，可惜小说中姐妹们的婚外恋暧昧掩盖了纯真，这就不是奇迹而是尴尬了。

四

除了另类的妓女题材和常见的婚恋题材之外，乔叶的小说创作中还有一类特殊的"历史"题材，这种题材是相对于前两种题材往往只关注当下中国社会现实而言的，它把笔触深入到现实的背后，延伸到民国时期或者新中国成立后的前三十年间，由此获得了叙述上纵深的历史感。应该说，这类"历史"题材小说的集中出现，预示着乔叶小说创作思想上的深化与日益成熟。尽管在这类小说中她仍然不免要触及自己喜爱的婚恋情感困境问题，但显然，她的视野更开阔了，不仅历史感在增强，而且生命意识更浓烈了。值得注意的是，除却写知青的《锈锄头》和写抗战的《深呼吸》之外，乔叶的这类"历史"小说主要与她的家族历史相关，所以在广义上又可称之为"家族历史小说"。当然，这样说并不意味着乔叶的这类小说是她的家族历史的真实再现，这就如同说小说是作家的自叙传并不意味着作者的生活实录一样。我们只能说，这类"家族历史小说"是乔叶对于自己或者他人的家族历史的一种回忆、连接和想象的聚合体。

乔叶的"家族历史小说"都是从女性视角切入的，她关注的是家族历史中不同代际的女性人物的历史命运，以及她们命运之间的历史关联性，由此书写她们的抑或作者自己的深层生命历史体验。自然，这些小说中也少不了男性人物，有时候这些男性人物在小说中也占据着比较重要的地位，但毋庸讳言，他们更多的是作为弱者的形象，甚至是孱弱者形象而出现的，由此也显示出乔叶的家族历史小说具有鲜明的女性意识。然而在笔者看来，乔叶的家族历史小说中的女性意识更重要的还是体现在小说中的时间意识上。乔叶曾经说过一段意味深长的话："精神生活，真的就是慢的，低的，软的。慢得像银杏的生长。因这慢，我们得以饱满和从容。低得像广袤的大地。因这低，我们得以丰饶和深沉。软得像清水和阳光。因这软，我们得以柔韧和慈悲。而对于我，一个写作者来说，慢的、低的和软的还可以另有意味和解释：慢是人性的本质，低是心灵的根系，软是情感的样态。"从这些阴性的词语群落中不难发现，乔叶坚守着并不同于主流男性写作话语规范的另一种女性文学观，她不屑于接受所谓"更快，更高，更强"的阳性或男性观念，她所理解的精神生活是与现时代快节奏的物化生活样态格格不入的，这种精神生活中隐含着一种女性的时间观。按照法国著名女性主义批评家克里斯多娃的说法，男性时间是线性的时间、历史的时间，有计划有目的的理性时间，它内在于任何给定的文明逻辑或者本体价值之中，因此是一种"强迫性时间"；而女性时间与自然节律和生物节律保持一致，是一种非线性、非历史的时间，主观的或心理的非理性时间，这种时间像想象空间一样广阔无边，不可置限，主要表现为循环时间和永恒时间，它们植根于某种神秘的经验。事实上，在乔叶的家族历史小说中，我们看到的正是这种慢节奏的带有神秘色彩的自然循环时间观念。这类小说所折射的精神生活以"慢、低、软"为质地，既是对女性生活或生命史的艺术观照，也是对人类现有物化生活的一种反讽。

中篇小说《最慢的是活着》曾获鲁迅文学奖，这是乔叶的家族历史小说中最有代表性的一部作品。这部中篇小说的叙述节奏完全符合乔叶"慢、低、软"的文学观和女性时间观，小说中对祖母和"我"的心理细节的内在和外在的刻画都是细腻深入且繁密多姿的，直抵人性最柔软、最饱满、最深沉的地带。这也是乔叶的家族历史小说中最具有自叙传色彩的一部作品，小说中的祖母形象几乎可以看成是作者老祖母的艺术翻版，这在乔叶的散文《没有什么会不见了》中交代得很分明，读者可以把散文中对祖母的人生简述与小说中的祖母形象相比照进行考察，甚至还可以发现散文中阐发哲理和人生感慨的句子与小说中如出一辙。这部作品中塑造的老祖母王兰香的形象令人难以忘怀。在她80多年的生命里程中经历了太多的历史沧桑，更经受了太多的生命困境，中年亡夫，晚年丧子，在"我"的眼中，她就是整个家族的母亲形象，她早逝的丈夫像她的孩子，她那盛年早亡的儿子在她面前一直就像长不大的孩子，连她的儿媳活到晚年也像一个长不大的女儿，她就是所有人的母亲！她活得"坚韧"，也活得"无耻"，她与驻队干部有过私情，她还愚昧、自私和封建，但她赢得了人们的尊敬，最终也赢得了长大后的"我"的尊敬。她是"我"童年的仇敌，却也是"我"成年后唯一依靠的亲人。"我的新貌，在某种意义上，就是她的陈颜。"尽管"我"和她在外在方面一直在做离心运动，但在内在方面却一直在做向心运动。两个人表面上很远，骨子里却很近。祖母的一切生命细节都"反刍"在"我"现在的日常生活中，她的生命在"我"的生命中复现。在这个意义上，生命成了精神密码的复制和绵延。小说所内含的时间观是带有循环色彩和永恒底色的女性时间观，线性的生活叙述掩盖不住神秘的生命叙述。不同代际的两位家族女性的生命史由此实现了内在沟通。

无独有偶。这种用"我"的女性视角来审视上一代人生命史的叙事模式在《解决》《龙袍》和《轮椅》等小说中也得到了体现。在《解决》中，作者通过"我"的视角审视了祖母与六爷之间的旷古私情，祖父早逝后，祖母把小叔子六爷抚养成人并帮他结婚成家，她和六爷的私生女月姑被独居的三爷收养，直到两位当事人死去，弥留之际的三爷才最终吐露心声，时间成了生命困境最好的"解决"方式。与此同时，在六爷的葬礼上，大哥因嫖妓而导致的麻烦却也获得了一种戏剧化的"解决"，两相对照，构成了有力的反讽。在《龙袍》中，"我"不再是单纯的叙述者，而是变成了主角之一。小说除了写到父母兄嫂的家事之外，还通过"我"的视角重点写到了老支书老忠，"我"童年时被老忠从啤酒池中救起后，赤身裸体躺在他怀抱中的身体记忆，居然在多年后"我"与老女婿老李同床共枕时神秘地重现了。无论是《解决》还是《龙袍》，作者所要传递的生命历史体验都是神秘的时间力量使然，尽管一个是反讽的，一个是温情的，但生命历史中的精神密码却是相通的，或者人生中并不存在简单的断裂，而是时刻埋伏着生命的玄机。还有《轮椅》，晏琪假装残疾人去体验生活，她所经受的尴尬遭际让她想起了少年时的记忆，那时身患残疾的姑父躺在轮椅里寄居在她家里治病深受厌弃。晏琪终于明白自从少年时看到姑父的残疾身体开始，她就开始厌弃起自己的身体，她成年后四处俘获男人对她的爱情，不过是为了反向补偿她厌弃身体的隐秘心理罢了。显然，《轮椅》中的时间观属于典型的女性时间观，女主人公的生命史拥有非理性的时间体验。

与以上作品偏重写实性不同，《指甲花开》和《旦角》属于乔叶"家族历史小说"中偏重写意性的两部中篇。相对而言，《指甲花开》类似于诗化小说，《旦角》接近散文化小说，前者写得清新灵动，诗境辽远，后者写得华丽丰盈，移步换景，古风弥漫。尽管风格不同，但两部作品的写意性或者寓言性都相当明显，究其实则还是为了反映不同家族历史中不同代际的女性命运，凸显她们在不同历史时期的心理现实或者潜意识场景，揭示她们在历史命运中的精神关联性。《指甲花开》从女孩小春的儿童视角透视了她的母亲柴枝和姨妈柴禾与姥姥柳月香之间两代女性的畸形命运。红红的指甲花美丽动人，但它也是柴枝和柴禾姊妹俩共同的心结和梦魇，更隐含了她们的养母柳月香早年不堪回首的妓女生涯。因染指甲花，柴禾被柴枝绑缚双手，导致被老蔡强暴，由此带来了她日后巨大的心理创伤和不幸的婚姻。老蔡从房顶坠亡后，寡妇柴禾回到娘家居住，而柴枝的丈夫正是当年柴禾的恋人，由此悄然上演了一出畸情剧。她们的隐秘被老母亲所掌握，也被小春所知晓，最后老母亲的人生隐秘也在卒后浮出历史地表。她们的痛苦、耻辱、善良、隐忍和坚韧，如同精神密码或者命运符咒，隐藏在两代并没有血缘的女性的人生历程中。这在第三代女性小春和小青的眼中，仿佛时空倒错，幻化成了不可思议的女性人生之谜。而在《旦角》中，伴随着各种流光溢彩的豫剧旦角粉墨登场，作者穿插叙述了陈双和母亲两代女性之间神秘的命运之缘。母女两代人颇为暗合的不幸爱情婚姻故事，就如同简陋的舞台上走马灯似的旦角变换，在繁华的舞台装里掩饰不住命运的补丁。

在女性视角的家族历史小说之外，乔叶近年来还创作了一些历史感和社会性比较强的小说，如"后知青小说"《锈锄头》，"抗战小说"《深呼吸》，"犯罪小说"《取暖》，"底层小说"《良宵》，"非虚构小说"《盖楼记》等。这些作品中不乏优秀之作，但总体上看，与前面重点论及的三类小说相比较而言，乔叶还处在进一步的艺术拓展中，还正处在形成新的艺术空间和艺术生长点的过程之中。这对一个目前正值小说创作黄金时段的作家来说，既是挑战，更是希望之所在！

Part3

创
作
谈

沙砾或小蟹
——创作杂谈

1. 第一个短篇小说

《一个下午的延伸》是我的第一个短篇小说,写它时我还在县里工作。县是修武县,单位是县委宣传部新闻科。我 1994 年从乡下上调进来,一进来科长就教育我说:"脚板子底下出新闻。"于是我整天忙着出去采新闻。可是一个县就只有那么大点儿地方,有多少有价值的新闻可写呢?多余的能量无处释放,我就写小散文——现在看来,小是真的,散文不散文的倒不确定。众所周知,散文的金科玉律是不能虚构,可那时候我也就二十出头,正是热爱虚构的年龄。于是我一起手写散文就开始在散文里写故事,而且有很多不是真实的故事,是虚构的故事。我那时太年轻,不知道这是散文行当的大忌,不过幸好我也没有准备在纯文学刊物发东西,能接纳我的都是一些发行量巨大的社会期刊,至今还有《小小说》之类的杂志会把我那些旧作重新拎出来转载发表,我看了不禁汗颜,同时也颔首。还真是的,还真是很像小小说呢。

都是些什么故事呢?想来也无非就是类似于《一块砖和幸福》

的那种款式：一对夫妻因为一件很小的事情离了婚，吃完了离婚饭，从饭店出来，路过一片水洼，女人过不去，男人捡起一块砖头给女人垫在了脚下，女人走一步，男人就垫一步，走着垫着，两个人便都意识到了彼此的错误："一块砖，垫在脚下，不要敲到头上。有时候，幸福就是这么简单。"

那时候，我的故事也就是这么简单。"一个故事引出一个哲理。"许多评论家都这么说我那时候的散文或者说是美文写作，也就是说，二十出头的我是通过讲故事来总结所谓的哲理。那时候每当接到陌生的读者来电或者来信，对我的称呼都是"阿姨"或者"老师"，可见我多么少年老成，过早沧桑。

就这样，那时候，我挂着散文的羊头，卖着不伦不类的狗肉，居然也颇受欢迎。不过社会期刊的版面尺寸都有定规，所以我的故事都很短，最长的也不过三千字。写着写着，就觉得散文已经不能满足了，于是就一直琢磨着该怎么把散文盛放不下的东西给倾倒出来。1997年夏季的一个下午，天刚刚下过雨，空气清新，办公室里就我一个人，我突然特别想不限篇幅地写个故事，于是就在宣传部统一印制的淡绿色方格稿纸上一字一字地写下了这个小说，那时候，我还没有电脑。小说很快就写完了。写完了也不知道这是不是小说，就两眼一抹黑，自由投稿给了《十月》。两个月后，我收到编辑的回信，说用了。这个短篇就是《一个下午的延伸》，发表在《十月》1998年第1期，责任编辑是田增翔先生。几年之后的一天，我在电视上看到了他。他很瘦，喜欢收藏石头。

不过写了也就写了，发了也就发了，我没怎么在意——十年之后，我才知道自由投稿被《十月》这样的杂志发表的概率有多么低——人也没有在小说面前停住，仍旧被散文推着往前走。亦知道再往前走也不过如此，可热络的编作关系，边角料的时间，轻车熟路的生产流程……都滋养着我的惯性。以后的三四年时间里，我依然写着小散文,直到 2001 年我调到河南省文学院当专业作家之后,各种条件都已成熟,我才开始正式去琢磨小说。起初两年,我野心勃勃地写了个长篇,后来有了自知之明,2004 年便上鲁院去练习中短。别人问及我何时开始写中短篇,我总是会把《一个下午的延伸》给忽略过去,是因为相隔时间太长的缘故,也是因为缺乏面对少作的勇气:随意设置的段落,没有质量的形容词,泛滥平庸的抒情……如今重新去看,我的心态倒是慈祥了许多。毕竟那是 1997 年的作品,对于小说而言,那时的我确实太过年轻。

2. 第一个长篇小说

2001 年 2 月,我从县里被调到河南省文学院当专业作家,资本是七本散文集。在文学院听李佩甫、张宇、李洱、墨白等小说精英们谈了一年小说之后,2002 年,我决定转型写小说。怎么写?不知道。写什么?也不知道。干脆一蒙头,傻子买鞋——冲大的去了,要写个长篇。记得佩甫老师听说我的想法之后,显然有些吃惊,他停顿了片刻,道:"还是先写写中短篇吧?"我断然道:"我觉得我能写长篇。我已经准备好了。"他笑了笑,不再说话。

用了将近一年的时间,我写下了这个长篇《我是真的热爱你》的初稿。在写作过程中,我无比真切地认识到了佩甫老师当初给我的建议是一种多么委婉的劝导。作为一个优秀的小说家,他心如明镜:对于一个完全不知小说为何物的懵懂者来说,没有中短篇写作的技术和经验作底,一个长篇小说的创作会出现多么严重的障碍和困难。回忆起来真是有些后怕:我以初生牛犊不怕虎的心态,经历了一次冒险。

还好,冒险者的运气不错。2003 年年底,这部小说被《中国作家》头条发表,2004 年初,长江文艺出版社出版了它的单行本,并且入选了该年度的中国小说排行榜长篇榜,获得了诸多评论家的关注和读者的认可。两年之后它又被《长篇小说选刊》选载。前一段时间，因为想要再版，我将这部小说从头到尾又看了一遍，经过了这么多年中短篇小说的历练，这部长篇的硬伤更加显而易见：议论过多，概念先行，叙述方式单一，结构线性……但是，在重读的过程中，我还是涌起了一种深深的感动：感动于自己对于"小姐"这个特殊群体尽力细致的认知，感动于自己在认知中尽力诚实的思辨，感动于自己对小说创作无知无畏的热忱，感动于自己在这部长篇处女作里浸入的浓烈而美好的情感……而当年为这部小说写的后记里，一些话仍然是我不变的初衷："……在更深的本意上，这两个女孩子的故事只是我试图运用的一种象征性契入，我想用她们来描摹这个时代里人们精神内部的矛盾、撕裂、挣扎和亲吻，描摹人们心灵质量行进的困惑和艰难，描摹我们每个人都曾经有过的那个纯净的自己，这个纯净的自己常常鲜活地存在于我们的内心之中，时时与我们现在的自己作着分离、相聚和牵扯。就像我们每个人其实都有这样一个血肉相融的孪生姊妹，在生命的过程中始终不懈地镌刻着我们……我是一个理想主义者，那种我认为生活中应当有而实际上却没有或者很少有的美好事物一直是我创作中最重要的激情和动力。文字赋予了我表达理想和描述理想的方式，我也将以自己的方式来回报他。我知道我做得不够好，但聊以自慰的是，我忠实地表达了一些我的认识和思考。我觉得自己的表达是认真和严肃的。"

——我知道我以后的长篇小说可能都比它成熟老到，却再也不会比它稚拙可爱。它是我小说创作的开端，是我小说创作青春期的产物，是我和小说的初恋。这样的青春期，这样的初恋，对于一个写作者来说，最为特别，也最为刻骨铭心。

3. 此散文，彼小说

都说散文是我创作历程里的一个重要阶段，那么就再说说散文。

自散文而小说之后，媒体最常提的问题有两个：一，你为什么会从散文转型写小说？我回答：我知道自己的选择是多么必然。如果说我感受到的生活是一棵树，那么散文就是其中的叶子。我写叶子的时候，状态是单纯的、透明的、纯净的、优美的。但我写树叶并不等于我不知道还有树根，有树枝，有树洞，有鸟巢，有虫子等等其他的一些东西。我不可能把这些用散文的形式去表达出来，只好把它置放到另外一个领域里去，这个领域就是小说。李洱曾在文章里调侃我说：她的散文能使人想到早年的冰心，能让人感到自己的世故，就像吃了鲜鱼能让人感到自己嘴巴的不洁——如果说我的散文创作是鲜鱼的话，那么作为厨师，我怎么会不知道厨房里还有什么呢：破碎的鱼鳞，鲜红的内脏，暧昧黏缠的腥气，以及尖锐狼藉的骨和刺……这些都是意味丰富的小说原料，它们早就在我的内心潜藏。只要到了合适的时候，小说就会破土而出。

二，对你来说这两种文体的创作感受有什么不同？不同是必然的。散文和小说是一个事物的不同棱面，如果说散文是阳光照耀着的树，那小说可能就是树背后拖出的长长的阴影，这是一种互补的关系。只是相对来说，我觉得小说的空间更大一些，给人的尺度更宽一些。它是有翅膀的，可以任我把现实的面貌进行篡改，进行重组，带它们去飞翔。我觉得这更好玩。至于创作的难度而言，如果打个比方的话，我觉得小说是旗袍，散文是睡衣。旗袍选料讲究，制作精良，如果技艺不过关，穿上不仅不漂亮，还会使你瑕疵全现，出乖露丑。而睡衣呢，因它是睡时贴身的最后一层衣服，所以最重要的一个特点便是舒服。因此款式一定要宽大，便于最广泛的肢体运动，用料不是纯棉便是真丝，而且穿得时间越久越觉得舒服，旧的，褪色的，磨了边儿的，开了线的……都可以加浓对它的依恋。

这种形容似乎可以引申为小说是面子，散文是里子。——不，这不是我想说的，它们都是里子。又似乎可以理解为小说要严谨，散文要自由——不，这也不是我想说的，它们可能恰恰相反：小说因虚构和想象的因子流溢，所以有一双强劲的隐形的自由翅膀，而散文因是以写实为依托的，所以于外在的自由中又有着一些难以言尽的拘束……这话似乎又有些不对，抛却文体的形式不谈，从本质上讲，它们应该都是贴着心的，都是自由的，它们的区别只在于旗袍和睡衣的表象，殊途同归的是表象下的那颗心和那个身。

4. 小说 vs. 生活

一直认为自己在生活中是个懵懂的人。那天，和一个朋友聊起为人处世的琐事，听他讲得头头是道，连忙把一些藏匿已久的困惑翻出来向他请教，不料他突然之间变得非常警惕："你还问我？你小说写得那么聪明，不可能不懂。"

我苦笑。已经不止一次听到有人这么评价了——小说写得聪明。说实话，对此我仍是懵懂，不知道怎么会给人留下如此印象。反正我写的时候，是没有这种感觉。不过既然人家都这么说，我要是不认也太不识抬举，且也没有力气去反驳，于是姑且认为自己写得聪明。那么下一个困惑又来了：何以在小说中聪明而在生活中懵懂？

想着这个问题的时候，眼前正放在着一碗冬瓜排骨汤。就冒出一个比喻：小说是一块排骨，生活是一头猪。

面对一块排骨的时候，我约略学过一些烹饪常识，知道什么作料什么配菜能把它做成一锅什么样的汤。酱醋盐，葱姜蒜，香菜木耳，文火武火，慢慢做来。若是做得不好，大不了换块排骨，重做。

而生活，它真的是一头猪。它是活的，总是扑面而来。它在田野里啃青，在玉米秆子里睡觉，吃泔水，拉臭粪。它四处游移，哼哼唧唧，什么味道都有，各种形态兼备。它让你不好捉，不好逮。即使你把它赶到圈里，也无法下口。当我这种智力的人面对它的时候，我没有本领来固定它，解剖它，于是我只能用本能去反应。本能的反应就是懵懂。——我得承认,有许多人和我恰恰相反。他们有本事在小说中优美地失控,而在生活中保持足够平衡的理性。他们的手中握着锋利的刀子,能干净利落地把猪置于死地。

我不能。于是我只有在夜深人静的时候,拢着一窝灶火,慢慢地,尽可能地炖好一锅排骨。而在白天,面对一头头生气勃勃横冲直撞的猪时,我最擅长做的事情,就是狼狈逃窜。

5. 写作的意义

写作是我迄今为止最重要的精神生活。它一次次地改变着我的生活轨迹,也一点点地改变着我的内心。有人问我说是不是稿费啊获奖啊这些更能坚定你写作的信念,坦白讲,这些都是花。有花当然好,但对我起决定性作用的,还是锦。这个锦,就是写作本身。没有锦,一切花香都没有依据,一切安慰也都没有背景。可以说,写作对我的最根本意义就是:锦的存在让我的心得以自足。因此,写作很可能不需要我,但我是那么需要它。

——为什么它能让我的心得以自足?为什么我那么需要它?

一天晚上,我上卫生间,发现下水道堵了。我冲了又冲,疏了又疏,还是不行。卫生间里开始弥漫出难闻的异味,但我却不反感。我想我可能已经不正常了。我已经变态了。我对异味居然也是那么留恋!我仿佛随时可以爱上一切,爱上我看到的看不到的经历过的没经历过的一切——走在大街上,看到柳树上萌生出的黄芽,我都会止步,不知所措。一切生命都在萌生,我却正在这一次次的萌生中永久地死去。而我又是如此热爱这个世界。这可怎么办啊。这可怎么好啊。我被这爱击中,被这爱打痛。我是个时时疼痛的人。我的心常常处在酸软状态。我会突然放下双手,任泪水汹涌而出。

我热爱这个世界。仿佛也热爱所有人。凡是与人有关,就不会不与我有关。再丑恶,再阴暗,仿佛与我也有一种奇怪的亲切。我似乎是一个活了千年百年的人，似乎对每个角落都熟悉，对每个灵魂都容纳。他们似乎都可以被我理解，被我吸融，由我的手导入，成为我生命里的一个个分支。

　　这种感觉很疯狂。——写作于我而言的意义，就和这种疯狂有着本质关联吧：让我在只此一次的生命历程中表达了最大可能的爱。在可以拥有的瞬间，这是权利，也是幸福。如果不表达，这个世界怎么能够知道我对它的爱？我怎么能够梳理对这个世界的爱？我怕自己会被这爱湮没。我怕自己会在这爱中崩溃。

　　像一个潮汐膨胀的海，台风掠过，海浪冲天。等到海面平静下来，沙滩上总会留下一些细碎的沙砾和卑微的小蟹。我对这个世界的爱，是海。而我留下的文字——包括这些关于创作的杂谈——就是沙砾或小蟹。

Part4

访 谈

我的文学基因
——乔叶、魏华莹对谈

魏华莹：乔老师，您好！您从 1993 年开始发表作品，到现在也有二十多年了，请您谈一下是如何走上文学道路的？

乔叶：我出生于河南省焦作市修武县。父亲是焦作市矿务局干部，他是村里的第一个大专生，学的是地质专业。母亲是村小的民办教师，快退休时才转正。1987 年，我初中毕业后就读于焦作师范——现在已经是师专了，当时的师范学校非常热门，免学费包分配，家里人认为女孩上师范能省家用，一毕业就有工作，等于将来有了铁饭碗，没必要上高中。上高中确实也有风险，如果考不上大学，出路反而受限，所以我就上了师范。1990 年我师范学校毕业，被分配的工作就是当乡村教师。我先教中学，因为没有耐心，也缺乏经验，教出来的成绩很不好，被发落到小学，一共当了四年老师。乡村小学规模并不大，每个班只有三四十个人。因为教师少，搁哪儿都得对付，让你教音乐就教音乐，让你教体育就得教体育，好在师范毕业的学生都是全才,什么课程都得会一手。我那时就什么都教,语文、数学、历史、地理都教过。因为之前接受了教训,小学的教学成绩还可以。

但在乡村学校里是比较寂寞的,没有人可以和你对话,也没有合适的男人可以谈恋爱,我就试着开始写作,起初写的多是生活散文,慢慢地,写的东西就多起来。最早写的作品,主要在《焦作日报》发表,影响仅限于市里,在地方上有些影响。后来,《焦作日报》社副刊部有一位刘老师,他跟我说,你应该去外面投投稿。我不知道外面的世界有多大,学校里订有《中国青年报》,我就试着投了稿,没想到居然发表了。当时都是一两千字的,短短的,就是报纸上那种豆腐块儿文章。但是受到鼓励以后,就写得非常多,创作热情很高。很多时候几乎每天一篇,一周能写个七八篇。因为《中国青年报》是全国发行量比较大的报纸,这样就产生了一些连锁反应,影响力慢慢扩开了。很多青年杂志开始跟我约稿,此后我发表文章就很顺利了。

1995年以后,我开始在报刊上开专栏,1996年,我出版了第一本散文集《孤独的纸灯笼》。我们那一批写的作品,媒体都命名为"青春美文"。当时有我,还有祝勇、叶倾城等等,我们都是一茬出来的。后来我的散文就越写越多,1998年一年就出版了4本散文集,到2001年我调到河南省文学院的时候,已经出了7本散文集。当时还不到30岁。

魏华莹:您早期的散文被传播得很广,具有相当的影响力,完全可以继续写下去,可是后来您开始写小说,现在是小说、散文并进,对这两种文体,您的体验和认识是怎样的?

乔叶:现在想起来,我早期的所谓散文其实离文学很远,只是靠本能的观察和思考在书写。当时年轻,也谈不上有什么很深的思考,多是胡思乱想。想因何而生,为何而死,何谓爱情之类的问题,找不到答案就去读书，读书后有了更多的困惑就去读更多的书……在当时的条件下，写作就是我和自己讨论、争辩以及沟通的最重要方式，这是非常有益和有效的方式。

20多年过去了，现在我依然在写故事，只不过更多是以小说的形式。我已经渐渐知道那么清晰、澄澈、简单、透明的，不是好故事。好故事常常是暧昧、繁杂、丰茂、多义的，是一个混沌的世界。散文和小说是一个事物不同的棱面，如果说散文是阳光照耀着的树，那小说可能就是树背后拖出的长长的阴影，这是一种互补的关系。并不是说散文在撒谎，而小说才是真实的，散文和小说都是真实的。只是相对来说，我觉得小说的空间更大一些，给人的尺度更宽一些。小说是有翅膀的，可以任我把现实的面貌进行改写，我觉得这更好玩。我现在偶尔也写散文，我觉得写小说以后，散文的风格也会发生变化，可能会受小说影响，会复杂一些，更有深度一些。

魏华莹：您能回顾下到河南省文学院工作后初写小说的经历吗？

乔叶：我刚到文学院的时候，连小说是什么都不是特别明晰。当时文学院组织的作品研讨会多是围绕小说来进行的。之前我的阅读基本只是一些社会期刊，到文学院之后，和许多优秀的小说家频繁交流，蓦然发现差距非常大。即使参加研讨会也没办法参与讨论，还要担心发言质量，很有压力，很崩溃，也很自卑。比如我常常听不懂李佩甫老师张宇老师他们在说什么，他们谈福楼拜，我没读过；他们谈马尔克斯，我没读过，就这样，对于很多作家仅仅听过名字，没有阅读背景，也就听不明白他们话语背后的深意，自然也无从融入。在好胜心的驱使之下，我开始大量阅读，弥补自己的不足。不久就开始尝试写小说。当时李佩甫老师是文学院的领导，他告诫我，你得先写写中短篇小说。我年轻嘛，很不服气，执拗地要写一个大长篇给他看，就写出了《我是真的热爱你》。

这是我的第一部长篇，我称之为"我和小说的初恋"。写这部小说是在 2001 年前后。当时乡间开始盛行进城打工，我所在的村子里就有很多这种情况，回老家的时候也会听人讲，说哪个女孩在外面打工，莫名其妙地有了很多钱，家里条件迅速改观，盖了好房子怎样怎样……这在心里埋下了一点儿意识。后来又看到一个新闻，说姐妹两个都去做小姐的故事。我就本能觉得这是一个很有空间的题材，就想把它当成小说去写一写。这个小说的写作我遇到了很大的问题，在一次访谈中，我也做了反思，我说作为一个写散文的人，在初写小说的时候，我为了写得特别像小说，总是试图清洗掉自己的散文经验，故意把矛盾设置得很集中，表达方式上也有些用力过猛。现在如果再写，我应该不会那样处理了。

后来我还写了一篇类似题材的小说《紫蔷薇影楼》，是一个小姐金盆洗手回到老家重新开始生活的故事，这篇写得就相对成熟一些。

魏华莹：您的中篇小说《最慢的是活着》（载《收获》2008 年第 3 期），获第五届鲁迅文学奖。这篇作品写祖孙情感与人世沧桑，很是真挚感人，请问这篇作品的人物有原型吗？

乔叶：这篇作品的人物原型就是我的祖母。我的祖母本名王玉兰，母亲的名字叫吕月英。我将她们的名字各取一字，组成了小说中祖母的名字。因为在我心中，祖母和母亲并无二致，甚至比母亲还要母亲。

关于这篇作品，我有一篇专门的创作谈《以生命为器》，试着去回顾写作的过程。可以说，我和祖母的感情很深，自从我开始写作以来，我一直就想写写她，可是我发现自己写不了。她在世时，我写不了。她去世多年之后，我依旧写不了。无数次做梦梦到她，她栩栩如生地站在我的面前，我还是找不到落笔的方式。直至《最慢的是活着》这篇小说，终于动笔写出来，虽然仍觉得写出来的不是我心中最想写出的那个她，但总算是对这份怀念有了个交代，我从中获得了很大的安慰。

魏华莹：当代作家中很多是思潮型的，您的《拆楼记》（河南文艺出版社 2012 年出版）就是非虚构思潮中的一部力作。您如何看待文学写作与文学思潮的关系？

乔叶：总的来说，作家和文学思潮是互相影响的双向关系。有的作家能够影响文学思潮，有的文学思潮也能够影响作家。我大概是属于后者。不过，也不是什么思潮都能影响我。我觉得能起到影响作用的文学思潮，就是要能把作家以往积累的东西给调动起来。就是说，作家要有积累，但这个积累是沉睡的，到了适当的时刻，被思潮唤醒了。我的《拆楼记》就属于这种情况。当时《人民文学》倡导"非虚构写作"，并且开了"非虚构"专栏，梁鸿发了第一篇。李敬泽老师时任《人民文学》的主编，在一次他组织的小说家会议上，他就强调让大家不要过二手生活，提出"人民大地，文学无疆"，鼓励大家多去走走，应该更为真切地感受生活。在和李敬泽老师聊天时，我就说我姐姐家拆迁的这件事很有意思，比谁谁写得还有意思。李敬泽老师笑道，你光说有什么用，不写出来都是白扯。他就鼓励我把这段经历写出来。我想那就写呗，就开始创作这部作品。

我开始写《拆楼记》是在 2011 年，当时本来是在筹备写《认罪书》，有了《拆楼记》的想法之后，我就反复回乡，跟踪我姐姐家拆迁的事情，及时写了出来。可以说，《拆楼记》是一个加塞出来的作品。《拆楼记》完成于 2011 年，2012 年出了书。2011 年下半年到 2012 年我就集中力量写了《认罪书》。

魏华莹：您的长篇小说《认罪书》（北京十月文艺出版社 2013 年出版）发表后引起了较大反响。作为"70 后"您应该没有亲历"文革"，但之前您有一部中篇小说《拾梦庄》，是以梦魇的方式写到了那段历史，还有一个短篇小说《扇子的故事》，是以学生的眼光来回顾"文革"时期老师的遭遇。请问您的这段记忆伤痕或者反省意识是从何而来？您是在什么意识下想要去写《认罪书》这部长篇小说？

乔叶：我一直觉得，对我来说，写作是一个被迫成长的过程，这本书的写作也是如此。这个长篇我最初给出版社报的选题是《妹妹晚安》，从题目就能看出应该是一个小格局的家庭伦理故事，故事构架是一个女子爱上哥哥，然后却和弟弟结婚了。在写作的过程中我很不满意。恰好当时空气污染情况很严重，出现了关于雾霾问题的全民大讨论。我就在想，每个发展阶段都会有类似的社会问题，不应该把所有责任都简单地推给政府或者体制，作为公民应该承担哪些个体责任，我们的国民性是不是也有着善于推卸责任的问题，总想要别人承担责任，自己却并不反省。如果仅仅是犯了罪，迅速将其遗忘掉，继续再犯罪，那么我们就无从建立新的社会生活、新的社会秩序和新的国民精神。国家的历史和命运最终还是要落实到个体身上，我们每个人都是制造者，也是承担者。如何让罪不再一而再再而三地发生？首先要认罪、知罪，让罪真正成为历史，而不会成为不断循环的未来现实。

意识到这个问题后，我就想有没有一个时间距离比较近的事件，可以用来回溯这种国民性的根源，就想到了"文革"。然后我对"文革"的亲历者做了一些采访。在越来越多的寻访中，我发现"文革"过去这么多年了，已经形成"四人帮"作恶的固定批判模式，那么多人参与到这项狂热的运动中去，然后又悄无声息地退出，都觉得自己没有责任，但是这些参与者本身是应当承担历史责任的。那段时间，我也关注到陈毅的儿子陈小鲁回母校组织"文革"道歉会的新闻报道，但这样愿意反思的人非常少。因为国民普遍存在着逃避心理，显得反思意识尤为可贵。后来我就开始准备，做了很多功课，收集素材和相关资料。曾有一个文学事件，就是要求某位经历过"文革"的作家忏悔他在"文革"时期行为的思想大讨论，这件事对我的心理也有一定的冲击。汉娜·阿伦特在《平庸之恶》中探讨过的问题也触动过我，那就是普通人在国家机器运转的系统里，作为其中的一个零件，是不是应该有自己的温度和立场……就这样，各种动因促成，使得我非常想写这个小说。

《扇子的故事》其实是写作准备过程中的一个采访，我把它单独写成了一个短篇，《拾梦庄》也是这样。记得当时我曾去重庆看了当地的一个"红卫兵"墓园，听了一些关于"武斗"的悲惨故事，感触很深。这两个小说都是为《认罪书》做功课而写的。

魏华莹： 您的《拆楼记》《认罪书》多写现实和历史，有一种很沉重的痛感在里面，而新作《藏珠记》（作家出版社 2017 年出版）则更轻盈，好像又回到你散文写作中的清新明净，忽然放飞自我，进入一个相对轻松的话语环境里。请问是什么促成您写作的变化？

乔叶： 这应该和我的阅读背景有关，我很喜欢卡尔维诺的作品。他的"祖先三部曲"，即《分成两半的子爵》《树上的男爵》《不存在的骑士》，我会反复地读，每次读起来都乐不可支，觉得这个作家太聪明了。卡尔维诺的可贵之处在于，他虽然是有着超现实主义想象力的幻想大师，却也是一个写实主义者。他曾说："唯有从文体的坚实感中才能诞生创造力；幻想如同果酱；你必须把它涂在一片实在的面包片上。如果不这样做，它就没有自己的形状，像果酱那样，你不能从中造出任何东西。"被卡尔维诺的奇思妙想蛊惑，我有时候也想做一些尝试，有意写一些轻盈的故事。在《藏珠记》之前，我还有一个中篇小说，叫《拥抱至死》，写的是某人突然有了特异功能，能让拥抱的事物消失，当然这是一个很奇异、很不靠谱的前提，不过我经过努力，把它落地，写成了一个可以称之为小说的东西。

在写作《藏珠记》的时候，也正是韩剧《来自星星的你》大热的时候，我也追着看，还有韩剧《鬼怪》，我也很喜欢看。这对我的写作也都有影响。韩国的编剧很厉害，看着是很简单的故事，但就能吸引你看下去。我写《藏珠记》，也是在尝试用看似很奇幻但实际上很现实的路子来写。后来任瑜写了一篇评论，说我是掀开穿越的外衣，里面是现实的珠子，就是这样。

魏华莹：到目前的写作为止，您作品中的哪个人物是自己特别喜欢的？

乔叶：这个问题我还真没有想过，好像很多人物都用力很深。在我看来，每个人物其实都是自己的各个分身，包括反面人物也是自己的投影。对每个人物，我都是有感情的。如果非要说哪个更刻骨铭心一些，那应该还是《最慢的是活着》中的奶奶。那篇作品写出之后，我自己其实是不大敢看的，因为每次看都会哭。

魏华莹：我发现您写作很喜欢用物作载体，比如《打火机》《锈锄头》《扇子的故事》《藏珠记》等等，喜欢将视点聚焦到一个物体，这是您有意为之吗？

乔叶：现在看似乎是一种写作习惯。仔细追究，也是有缘由的。《紫蔷薇影楼》是我在《人民文学》发表的第一篇小说，当时，李敬泽老师还在《人民文学》任副主编。他说这篇小说写得很好，你得起个好名字。我就乱七八糟地想了很多，包括"无耻之徒""换个姿势，再来一次"等等。最终选定"紫蔷薇影楼"这个名字，就是他的建议。2006年写的《打火机》，刚开始也是乱起名字，都不怎么靠谱，他让我改了很多次。到了《锈锄头》，题目就很写实了。也许从那之后我就有了这样的倾向，喜欢把题目寄寓在某一个象征性的物体之上，既能虚又能实，似乎有更多的可言说的空间。

魏华莹：您有过触电或创作剧本的经历吗？

乔叶：没有，但之前有给影视公司写过大纲。这么多年来，我一直没有触电经历。一方面是自己物质欲求比较低，不是很缺钱用，没有太为生活所迫想要去赚影视上的热钱。另一方面，我很享受写小说的过程，享受这种创造性的个体劳动。编剧虽然赚钱，可很大程度上限制较多，不仅仅受制于大众的要求，还有制片人、导演等各个环节的约束，不像韩剧的编剧是有很大话语权的。而且这个工作周期很长，常常是几年之内都随时要处于待命修改的状态。所以我想，与其对各方面力量妥协，还不如自由自在扎扎实实写小说。对于创作纯文学作品，这方面我确实挺坚持的，还是想保持对文学的初心，不想被太多东西束缚住。

魏华莹：您曾有多年的编辑经历，对您的写作有着怎样的影响？

乔叶：还是有影响的。我曾经在《散文选刊》做副主编大概有五年时间，对我最大的影响是学会了理性的观照，把自己和一个纯粹写作者的身份拉开了距离。因为之前总是在想作为作家会怎样考虑，喜欢站在一个写作者的角度上，视野相对狭窄，习惯在自己的小道上走。但编辑就不一样了，编辑一定要把自己的审美趣味拓宽，即便是自己不喜欢的作品，也要从工作角度上去更多地接纳和理解它的丰富性。我们编辑部在每期发稿之前会开编前会，会上大家一起探讨问题的时候，你就会自觉认知自己的编辑身份，会站在编辑部或者杂志层面来考虑问题。这也使得我作为一个写作者，被迫地扩大了自己的视野，尽量变得开阔一些。

魏华莹：您最近出版了诗集《我突然知道》（河南文艺出版社2018年出版），据说您很久之前就是诗人了，写作了很多诗歌，能谈一谈您的诗歌写作过程吗？

乔叶：其实有些羞于提起，但我确实很喜欢写诗，一直以来都是。1993年，《诗刊》杂志社在云台山举办"青春诗会"。我当时已经到修武县委宣传部工作了，陪同他们一起采风。《诗刊》有两位老师，一位叫梅绍静，一位叫雷霆，他们对我很好，给了我很大的鼓励。当年我就在《诗刊》上发表了一组诗，1994年也发表过一组。1995年我就参加了"青春诗会"。后来兴趣发生转移，就开始写散文和小说。很多编辑读到我的文章就说你是写过诗的吧，他们能够辨识出来，写过诗的人语言风格一看就知道。我把这当作一种赞美。

在我看来，小说有一个现实的物理外壳，人物的情绪和故事的走向都要求很严谨；散文是一种相对比较舒服、自在的书写方式；诗歌呢，是一种更为张扬的表达方式，写起来还是很尽兴的。但写好很难，特别考验人的才华，要求灵感、语言、意象、思考等等都要到位。我注定是个失败的诗人，不过能经常读到好诗，从中汲取到营养，我就很满足了。

魏华莹：您喜欢读哪些文学作品？

乔叶：我读书比较杂，一般我遇到什么就读什么，阅读量比较大。诗歌方面喜欢聂鲁达和惠特曼。有一段时间很喜欢卡瓦菲斯，他是一个比较另类的诗人。国内有很多诗人也相当不错，比如雷平阳。《最慢的是活着》这个小说题目就来源于他的一首诗。我也很喜欢写《我想和你虚度时光》的李元胜的诗，那种虚空感十分曼妙。国外的小说，我很喜欢读福楼拜的作品，我曾经反复阅读《包法利夫人》。我觉得精读作品对一个作家很重要，另外文学翻译也相当重要，《包法利夫人》是李健吾先生翻译的，他学贯中西，语言功底扎实。我也很喜欢读作家对作品的分析，比如格非评析《包法利夫人》，还有很多作家也分析过，作家们的理解很有趣，从中能给你提供很多思路和启发，就像一个多重的映射。

《金瓶梅》我也很喜欢读，甚至对《金瓶梅》的喜欢胜过《红楼梦》。为什么呢？我觉得《金瓶梅》是一部非常有力量的作品，虽然它不是很唯美，却能把人物命运写得很深刻，它是一种毫不留情的深刻。我也很感兴趣作家们的分析，比如格非写的《雪隐鹭鸶——〈金瓶梅〉的声色与虚无》就是他的私人视角，读他们的文本分析，看他们怎样把自己的视角带进去，可以给你提供一个参照，特别有意思。我觉得自己这方面是有所欠缺的，很想补补课。

魏华莹：作为河南本土作家，您主要的成长、工作、生活都在这片土地。您的作品中也多次出现河南的民俗风情，如小说《旦角》写河南的地方戏，《藏珠记》用很多笔墨写豫菜的特色。您如何评价地域对作家的影响？

乔叶：郜元宝先生曾经评论过我的作品，说我"不像过去某些河南作家那样，将预先获得的某种关于'中国'的普遍认知纳入周作人所谓'土气息泥滋味'的本色的'河南'，把'外面的世界'纳入'里面'的世界，再把这样做成的与本色的河南已经有些乖离的想象的河南投射出去，成为他们想象的中国的一部分。恰恰相反，我觉得你首先拆除了河南/河南以外的中国之间的界线，一开始就把河南作为中国当下生活世界的一部分。"这是他十年前的评论，他的定位很准确。我那时还不大服气自己是河南作家，这些年渐渐接受了。所以之前我总说自己是河南文学的不孝之子，近些年才慢慢开始尽孝。这是一个回归的过程。之前我一直想拼命地洗掉地域性的痕迹，后来发现它就是我的母体，我必然带着她的强大基因，并从中获益。可以说，我获得的基本性的文学营养，或者说我的文学基因的构成，决定着我的写作必须携带着河南的地域性。

魏华莹：您的作品被翻译成越来越多国家的文字，您如何看待这种传播和文学互动。您理想中的翻译者和作家的关系，是怎样的？

乔叶：在文学的传播和互动过程中，翻译者非常重要。翻译者们做的，到底是些什么事？前些时参加了第二届中欧国际文学节，规定作业是每人说一句感言。我说作家和作品的关系，如同对镜自照。有时候，我们需要换镜互照，或者是一起变镜为窗，抵达一个更丰富更精彩的文学世界。翻译和原作之间，又何尝不是这种关系？每一个翻译，都是做镜子的人，镜子亮不亮，有多亮，变形了多少，更美了，更丑了，镜子里能照到什么，都很有意思。如果有一天，镜子背面镀的那层膜破了，镜子不是也就成了窗户？

葡萄牙作家贝绍图关于翻译的精彩论述也让我印象深刻，他说，翻译的过程，恰如翻山越岭送一碗水，这一路，风雨迢迢，水一定会洒，可是有什么关系呢？天上会下雨，一路上也有河。所以请不要太担心，等到这碗水送到喝水人那里时，碗里的水不会少的，甚至还会多，水里的成分也会更复杂。水虽然不再是原来的水，复杂的水也有着复杂的营养成分。运气好的话，水还会成为酒呢。

随着我作品被译的逐渐增多，我也越来越体会到翻译之难，越来越深知，语言的河流能把人渡多悠远，就能把墙砌多高厚，所以有苛刻者说，翻译出多少就会流失多少——但是，如果没有这些艰难困苦的过程，就什么也留不下。也因此，虽然从不知道自己的小说会被翻成什么腔调，但我对所有的翻译者都怀抱由衷的敬意，翻译者，他们肩负的几乎就是不可能完成的任务啊。

魏华莹：您现在鲁院和北师大合办的研究生班学习，据说这是继莫言余华他们之后的第二届，是"隔了17年以后恢复了一个伟大的传统"，能谈谈您的新收获吗？

乔叶：作为成年人，我很享受重新做学生的时光。其实我一直是有学生的心态。所谓写作，只有不断地学习，才能保持向上的姿态，有更多的生命力和创作活力。我从最初写诗歌，到写散文，后来到文学院开始写小说，其实都是在被迫地扩充自己的学习和创作领地。我一直比较遗憾的是，自己没有接受过正规的高等教育，现在能到北师大深造，我很珍惜。只要有空，我就经常去泡泡图书馆，在那种气氛之中，颇为沉醉。至于收获，是一定会有的。但现在它不会立马变现，它是一个缓慢的不断释放的过程。对此，我有耐心等待。

魏华莹：最后一个问题，您如何看待文学与现实的关系？

乔叶：现实不是问题，现实永远存在，无论在哪个时代。如何面对现实，对作家来说却是一个要命的问题。怎么思考现实，怎么认识现实，以及如何表达现实，这是个重要的能力。归根结底，现实是个妖怪,你怎样用照妖镜把它反射出来,这就成了一个关键问题。

前段时间我写了一篇文章,叫《柳青的现实》,是应《长篇小说选刊》写的约稿。为什么要谈柳青的现实?因为我觉得柳青是一个很有意思的人。都知道他在乡下住了十四年,非常深入农民。他是怎样深入的呢?这十四年里,他并没有在村子里住,柳青曾讲,省里有一位作家1958年开始在生产队里当社员,三年后他是"五好"社员,他不但没写出好作品,甚至连能够发表的也没有。因为这位同志把自己对象化了,没有按照工作的要求保持独特性。所以柳青坚持在村外住,在获取素材的同时,又有意地和乡村保持距离。包括他对农民表达感情的方式也很耐人寻味。比如农民找他借钱,他不借,他选择把钱给公社,然后由公社来分派。他就是这么一个独特的样本,能够把很多东西照亮。这就是柳青深邃的地方。

乔叶创作年表

1993 年

《别同情我》 | 《中国青年报》副刊 1993 年 2 月

1994 年

诗歌 | 《想起母亲（二首）》 | 《诗刊》1994 年第 6 期
诗歌 | 《爱情田野诗（组诗）》 | 《诗刊》1994 年第 9 期

1995 年

诗歌 | 《课间操（三首）》 | 《诗刊》1995 年第 7 期
诗歌 | 《我的机关生活（组诗）》 | 《诗刊》1995 年第 12 期

1996 年

散文集 | 《孤独的纸灯笼》 | 上海人民山版社 | 1996 年 4 月
诗歌 | 《走过三峡（组诗）》 | 《诗刊》1996 年第 4 期

1997 年

诗歌 | 《五月，与母亲的絮语》 | 《诗刊》1997 年第 11 期

1998 年

短篇小说　|　《一个下午的延伸》　|　《十月》1998 年第 1 期

散文集　|　《坐在我的左边》|　中国青年出版社 |　1998 年 6 月

1999 年

诗歌　|　《无题四首》　|　《诗刊》1999 年第 3 期

诗歌　|　《鸟语·花香》　|　《诗刊》1999 年第 11 期

2000 年

散文集　|　《迎着灰尘跳舞》|　福建人民出版社 |　2000 年 1 月

散文集　|　《喜欢和爱之间》|　中国国际广播出版社 |　2000 年 10 月

散文集　|　《爱情底片》|　浙江人民出版社 |　2000 年 10 月

散文集　|　《薄冰之舞》|　长江文艺出版社 |　2000 年 11 月

2001 年

散文集　|　《自己的观音》|　中国青年出版社 |　2001 年 5 月

2003 年

短篇小说　|　《你是我的温暖》|　《牡丹》2003 年第 2 期

长篇小说　|　《守口如瓶》|　《中国作家》2003 年第 10 期

2004 年

长篇小说　|　《我是真的热爱你》|　长江文艺出版社 |　2004 年 4 月

中篇小说　｜　《我承认我最怕天黑》　｜　《百花洲》 2004 年第 4 期

中篇小说　｜　《紫蔷薇影楼》　｜　《人民文学》 2004 年第 11 期

短篇小说　｜　《普通话》　｜　《都市小说》 2004 年第 12 期

诗歌　｜　《一些琐碎的时光 (组诗)》　｜　《诗刊》 2004 年第 17 期

2005 年

散文集　｜　《我们的翅膀店》　｜　中国青年出版社　｜　2005 年 1 月

短篇小说　｜　《取暖》　｜　《十月》 2005 年第 2 期

随笔　｜　《我的文学自传》　｜　《十月》 2005 年第 2 期

中篇小说　｜　《他一定很爱你》　｜　《十月》 2005 年第 2 期

中篇小说　｜　《从窗而降》　｜　《十月》 2005 年第 2 期

短篇小说　｜　《深呼吸》　｜　《上海文学》 2005 年第 2 期

中篇小说　｜　《爱情六周记》　｜　《都市小说》 2005 年第 2 期

短篇小说　｜　《无耻适合每个夜晚》　｜　《小说林》 2005 年第 3 期

中篇小说　｜　《解决》　｜　《红豆》 2005 年第 7 期

中篇小说　｜　《芹菜雨》　｜　《都市小说》 2005 年第 8 期

中篇小说　｜　《轮椅》　｜　《人民文学》 2005 年第 9 期

2006 年

长篇小说　｜　《爱一定很痛》　｜　《小说月报》 原创版 2006 年第 1 期

中篇小说　｜　《打火机》　｜　《人民文学》 2006 年第 1 期

短篇小说　｜　《遍地棉花》　｜　《芒种》 2006 年第 7 期

中篇小说　｜　《锈锄头》　｜　《人民文学》 2006 年第 8 期

短篇小说 ｜ 《不可抗力》 ｜ 《中国作家》2006 年第 8 期

中篇小说 ｜ 《山楂树》 ｜ 《布老虎中篇小说》 ｜ 春风文艺出版社 ｜ 2006 年 8 月

2007 年

长篇小说 ｜ 《虽然，但是》 ｜ 河南文艺出版社 ｜ 2007 年 1 月

长篇小说 ｜ 《底片》 ｜ 《长江文艺》2007 年第 1 期 （由群众文艺出版社 2008 年 6 月出版）

长篇小说 ｜ 《结婚互助组》 ｜ 《西部华语文学》2007 年第 4 期 （由江苏文艺出版社 2007 年 10 月出版）

中篇小说 ｜ 《旦角》 ｜ 《西部华语文学》2007 年第 4 期

短篇小说 ｜ 《像天堂在放小小的焰火》 ｜ 《收获》2007 年第 4 期

诗歌 ｜ 《朴素（外二首）》 ｜ 《诗刊》2007 年第 5 期

中短篇小说集 ｜ 《我承认我最怕天黑》 ｜ 山东文艺出版社 ｜ 2007 年 5 月

散文集 ｜ 《天使路过》 ｜ 哈尔滨出版社 ｜ 2007 年 5 月

散文集 ｜ 《五颗樱桃》 ｜ 江苏文艺出版社 ｜ 2007 年 10 月

短篇小说 ｜ 《防盗窗》 ｜ 《滇池》2007 年第 10 期

中篇小说 ｜ 《指甲花开》 ｜ 《上海文学》2007 年第 11 期

2008 年

随笔 ｜ 《我和小说的初恋》 ｜ 《长篇小说选刊》2008 年第 1 期

短篇小说 ｜ 《良宵》 ｜ 《人民文学》2008 年第 2 期

短篇小说 ｜ 《最后的爆米花》 ｜ 《山花》2008 年第 2 期

中篇小说 ｜ 《最慢的是活着》 ｜ 《收获》2008 年第 3 期

短篇小说 ｜ 《家常话》 ｜ 《上海文学》2008 年第 7 期

短篇小说 ｜ 《爱情传奇》 ｜《小说界》2008年第7期

散文集 ｜《底片》｜群众出版社｜2008年9月

短篇小说 ｜《一个豫剧女演员的落泪史》｜《西部华语文学》2008年第12期

中篇小说 ｜《拥抱至死》｜《青年文学》2008年第12期

随笔 ｜《在淮阳听戏》｜《人民文学》2008年第12期

2009年

小说集 ｜《最慢的是活着》｜上海万卷出版公司｜2009年9月

散文集 ｜《黑布白雪上的花朵》｜安徽少年儿童出版社｜2009年3月

中篇小说 ｜《失语症》｜《人民文学》2009年第9期

中篇小说 ｜《我信》｜《芒种》2009年第9期

2010年

中篇小说 ｜《龙袍》｜《绿洲》2010年第4期

短篇小说 ｜《妊娠纹》｜《北京文学》2010年第10期

短篇小说 ｜《语文课》｜《延河》2010年第10期

散文集 ｜《薄荷一样美好的事》｜江苏文艺出版社｜2010年10月

2011年

小说集 ｜《最慢的是活着》｜浙江文艺出版社｜2011年5月

短篇小说 ｜《月牙泉》｜《西部》2011年第2期

非虚构 ｜《盖楼记》｜《人民文学》2011年第6期

非虚构 ｜《拆楼记》｜《人民文学》2011年第9期

散文集 | 《玫瑰态度》 | 上海辞书出版社 | 2011 年 10 月

2012 年

小说集 | 《失语症》 | 工人出版社 | 2012 年 1 月

小说集 | 《被月光听见》 | 21 世纪出版社 | 2012 年 4 月

长篇小说 | 《拆楼记》 | 河南文艺出版社 | 2012 年 5 月

中篇小说 | 《扇子的故事》 | 《山花》 2012 年第 5 期

诗歌 | 《向诗靠近》 | 《西部》 2012 年第 9 期

2013 年

中篇小说 | 《拾梦庄》 | 《长江文艺》 2013 年第 2 期

长篇小说 | 《认罪书》 | 《人民文学》 2013 年第 5 期

中篇小说 | 《在土耳其合唱》 | 《莽原》 2013 年第 5 期

诗歌 | 《根河的事物（组诗）》 | 《骏马》 2013 年第 5 期

2014 年

小说集 | 《月牙泉》 | 中国言实出版社 | 2014 年 1 月

散文集 | 《刀爱》 | 新疆电子音像出版社 | 2014 年 1 月

短篇小说 | 《鲈鱼的理由》 | 《时代文学》 2014 年第 1 期

短篇小说 | 《黄金时间》 | 《花城》 2014 年第 1 期

小说集 | 《最慢的是活着》 | 现代出版社 | 2014 年 4 月

散文集 | 《谁在风中留下》 | 外文出版社 | 2014 年 9 月

2015 年

小说集 ｜ 《旦角》 ｜ 安徽文艺出版社 ｜ 2015 年 1 月

散文集 ｜ 《深夜醒来》 ｜ 当代中国出版社 ｜ 2015 年 1 月

散文集 ｜ 《走神》 ｜ 河南文艺出版社 ｜ 2015 年 1 月

小说集 ｜ 《拥抱至死》 ｜ 山东文艺出版社 ｜ 2015 年 3 月

小说集 ｜ 《指甲花开》 ｜ 台海出版社 ｜ 2015 年 4 月

散文集 ｜ 《让自己有光》 ｜ 厦门大学出版社 ｜ 2015 年 8 月

小说集 ｜ 《打火机》 ｜ 河南文艺出版社 ｜ 2015 年 11 月

小说集 ｜ 《取暖》 ｜ 长江文艺出版社 ｜ 2015 年 11 月

短篇小说 ｜ 《塔拉，塔拉》 ｜ 《芒种》 2015 年第 1 期

中篇小说 ｜ 《博峰上的雪》 ｜ 《大观》 2015 年第 2 期

短篇小说 ｜ 《玛丽嘉年华》 ｜ 《江南》 2015 年第 5 期

短篇小说 ｜ 《煲汤》 ｜ 《回族文学》 2015 年第 8 期

短篇小说 ｜ 《煮饺子千万不能破》 ｜ 《青年作家》 2015 年第 10 期

2016 年

散文集 ｜ 《生活家》 ｜ 江苏文艺出版社 ｜ 2016 年 1 月

短篇小说 ｜ 《原阳秋》 ｜ 《人民日报》 2016 年 1 月 6 日

小说集 ｜ 《一个下午的延伸》 ｜ 作家出版社 ｜ 2016 年 8 月

短篇小说 ｜ 《送别》 ｜ 《天津文学》 2016 年第 5 期

短篇小说 ｜ 《上电视》 ｜ 《作家》 2016 年第 6 期

短篇小说 ｜ 《厨师课》 ｜ 《长江文艺》 2016 年第 6 期

短篇小说 ｜ 《走到开封去》 ｜ 《作家》 2016 年第 12 期

2017 年

小说集 ｜ 《最慢的是活着》 ｜江苏文艺出版社｜ 2017 年 3 月

长篇小说 ｜ 《藏珠记》 ｜作家出版社｜ 2017 年 7 月

长篇小说 ｜ 《拆楼记》（修订版）｜十月文艺出版社｜ 2017 年 11 月

短篇小说 ｜ 《零点零一毫米》 ｜ 《作品》 2017 年第 1 期

长篇小说 ｜ 《藏珠记》 ｜ 《十月》 2017 年第 3 期

短篇小说 ｜ 《进去》 ｜ 《广西文学》 2017 年第 8 期

短篇小说 ｜ 《口罩》 ｜ 《作家》 2017 年第 9 期

中篇小说 ｜ 《四十三年简史》 ｜ 《人民文学》 2017 年第 11 期

2018 年

长篇小说 ｜ 《我是真的热爱你》（修订版）｜四川文艺出版社｜ 2018 年 1 月

长篇小说 ｜ 《结婚互助组》（修订版）｜四川文艺出版社｜ 2018 年 1 月

小说集 ｜ 《塔拉，塔拉》 ｜太白文艺出版社｜ 2018 年 1 月

小说集 ｜ 《在土耳其合唱》 ｜十月文艺出版社｜ 2018 年 1 月

小说集 ｜ 《像天堂在放小小的焰火》 ｜四川文艺出版社｜ 2018 年 4 月

散文集 ｜ 《天气晴朗，做什么都可以》 ｜北京联合出版公司｜ 2018 年 5 月

散文集 ｜ 《一往情深过生活》 ｜北京联合出版公司｜ 2018 年 6 月

诗集 ｜ 《我突然知道》 ｜河南文艺出版社｜ 2018 年 11 月

2019 年

小说集 ｜ 《她》｜ 广西师范大学出版社｜ 2019 年 6 月

短篇小说 ｜ 《至此无山》 ｜ 《中国作家》 2019 年第 1 期

短篇小说　|　《在饭局上聊起齐白石》　|　《花城》2019 年第 4 期

中篇小说　|　《朵朵的星》　|　《人民文学》2019 年第 6 期

小说集　|　《她》|　广西师范大学出版社 | 2019 年 6 月

短篇小说　|　《头条故事》　|　《北京文学》2019 年第 7 期

2020 年

非虚构　|　《小瓷谈往录》　|　《十月》2020 年第 2 期

短篇小说　|　《卧铺闲话》　|　《人民日报》2020 年 6 月 6 日

短篇小说　|　《给母亲洗澡》　|　《北京文学》2020 年第 11 期

2021 年

短篇小说　|　《合影为什么是留念》　|　《人民文学》2021 年第 6 期

童话　|　《朵朵的星》　|　长江文艺出版社 | 2021 年 4 月

散文集　|　《无数梅花落野桥》　|　作家出版社 | 2021 年 6 月

小说集　|　《七粒扣》　|　译林出版社 | 2021 年 8 月

散文集　|　《一杯白茶》　|　漓江出版社 | 2021 年 9 月

2022 年

中篇小说　|　《无疾而终》　|　《作品》2022 年第 7 期

中篇小说　|　《你不知道吧》　|　《四川文学》2022 年第 9 期

长篇小说　|　《宝水》　|　北京十月文艺出版社 | 2022 年 11 月